서유기

일러두기

1. 이 번역은 대만의 이인서국里仁書局에서 나온 이탁오비평본李卓吾批評本 『서유기교주西遊記校注』(2000년 초판 2쇄)를 저본底本으로 삼고, 상해고적출판사上海古籍出版社 및 북경인민출판사北京人民出版社 등에서 나온 세 종류의 다른 판본을 참고로 하되, 이탁오의 이름으로 된 평점評點은 생략하고 이야기 본문만 번역한 것이다.

2. 이 번역에서 혹시 발견될 수도 있는 오류는 역자 모두의 책임이다.

3. 기본적인 줄거리를 이해하는 데 반드시 필요한 사항은 각주 형식의 역주를 두어 설명하였고, 그 외에 불교나 도교와 관련된 개념어 등에 대한 설명은 '●'으로 표시하여 각 권의 맨 뒤에 「부록」('불교·도교 용어 풀이')으로 실었다.

4. 주석에서 중국 고유명사의 표기는 현행 맞춤법의 규정에 따라 신해혁명(1911)을 분기점으로 하여, 그 이전은 한자 발음대로, 그 이후는 중국어 원음대로 표기하였다. 단, 현행 외래어 표기법이 중국어 원음을 올바로 나타낼 수 없다고 판단되는 경우는 예외로 두었다. 예를 들어, '曲江縣'은 현행 외래어 표기법에 따르면 '취장시앤'이라고 써야 하지만 이 책에서는 '취쟝시앤'으로 표기하였다.

5. 본문 삽화는 청나라 때의 『신설서유기도상新說西遊記圖像』에서 발췌하였다.

6. 책명은 『 』으로, 편명이나 시 등은 「 」으로 표기하였다.

7. 이 책의 「부록」에 포함된 '불교·도교 용어 풀이', '등장인물', '현장법사의 서역 여행도'는 서울대학교 서유기 번역 연구회의 역자들이 직접 작성한 것이다.

8. '불교·도교 용어 풀이'는 가나다순으로 정리했다.

西遊記

서유기

오승은 지음

홍상훈 외 옮김

3

솔

차례

제21회
영길보살, 황풍 요괴를 붙잡다

한편, 싸움에서 진 쉰 마리의 부하 요괴들은 찢어진 깃발과 부서진 북을 들고 동굴 안으로 달려 들어가 보고했어요.

"대왕님, 호랑이 선봉장은 저 털북숭이 중놈을 이기지 못하고 동쪽 산비탈 아래로 내쫓기고 말았습니다."

늙은 요괴는 그 말을 듣고 무척 근심했어요. 고개를 숙인 채 묵묵히 계책을 생각하고 있던 차에, 앞문을 지키던 부하 요괴가 또 알렸어요.

"대왕님, 호랑이 선봉장은 저 털북숭이 중한테 맞아 죽었고, 그 중이 지금 문 앞에 시체를 끌고 와서 욕하며 싸움을 걸고 있습니다."

늙은 요괴는 그 말에 더욱 근심스럽게 말했어요.

"그 중놈, 진짜 무식하게 날뛰는 놈이로군! 내가 자기 사부를 잡아먹은 것도 아닌데 우리 선봉장을 때려죽이다니! 정말 가증스럽구나!"

그러면서 소리쳤어요.

"내 갑옷과 무기를 가져오너라! 나도 손오공인지 뭔지 하는 놈

애길 듣기만 했는데, 이번에 내 직접 나가서 얼마나 대단한 놈인지 보고, 그놈을 잡아들여 우리 선봉장의 목숨값을 받아야겠다."

부하 요괴들이 급히 갑옷과 무기를 가져오자 늙은 요괴는 갑옷을 단단히 차려입고, 세 갈래 날이 뻗은 작살 한 자루를 들고, 요괴들을 이끌고 동굴 밖으로 뛰쳐나갔어요. 제천대성은 문밖에 서 있다가 달려 나오는 요괴를 발견했는데, 그 모습이 정말 용맹해 보였어요. 그의 차림새를 볼까요?

금 투구는 햇빛에 반짝이고
금 갑옷에는 광채 어리네.
투구 위의 장식은 산 꿩의 꼬리인 듯
갑옷 덮은 비단 도포는 옅은 주황색
갑옷 엮은 끈은 용이 서린 듯 찬란히 빛나고
가슴 보호하는 거울은 테두리가 휘황하게 반짝이네.
사슴 가죽 장화는
홰나무 꽃으로 물들였고
비단 두른 치마는
버들잎 같은 융모絨毛로 장식했네.
손에 든 세 갈래 쇠갈퀴 날카롭기 그지없어
왕년의 현성이랑신에 못지않구나.

金盔幌日　金甲凝光
盔上纓飄山雉尾　羅袍罩甲淡鵝黃
勒甲縧　盤龍耀彩
護心鏡　繞眼輝煌
鹿皮靴　槐花染色
錦圍裙　柳葉絨妝

늙은 요괴는 문을 나오자 사나운 소리로 크게 외쳤어요.

"어느 놈이 손오공이냐?"

손오공은 호랑이 선봉장의 가죽을 밟고 손에는 여의봉을 든 채 대답했어요.

"네 외할아버지는 여기 계시니, 우리 사부님이나 내보내라!"

자세히 살펴보니, 손오공은 체구도 작고 얼굴은 비쩍 말랐으며 키도 넉 자가 안 되는지라, 요괴가 비웃으며 말했어요.

"저런, 안됐구나! 도대체 얼마나 씩씩한 사나인가 했더니, 알고 보니 이따위 해골바가지 같은 병골이었구나!"

그러자 손오공이 웃으며 말했어요.

"보는 눈도 없는 애송아! 네 외할아버지는 비록 몸은 작지만 어디 한번 그 작살로 내 머리를 내리쳐 보시지! 그럼 바로 여섯 자가 더 커질 테니까!"

"대가리 꼼짝 말고 내 몽둥이 맛이나 한번 봐라!"

제천대성은 태연자약 조금도 겁먹지 않았지요. 요괴가 정말로 들이치자 손오공은 허리를 굽실굽실, 몸이 여섯 자가 쭉 늘어나 키가 한 길 가까이 커졌지요. 깜짝 놀란 요괴가 작살을 멈추며 소리를 내질렀어요.

"손오공! 내 앞에서 어디 그따위 호신용 변신술을 부려! 허튼 수작 말고 이리 오너라, 내 너에게 진짜 솜씨가 뭔지 한번 보여 주지!"

손오공이 웃으며 말했어요.

"아가야, '사정을 봐주려거든 손을 쓰지 말고 손을 쓰면 사정을 봐주지 말라(留情不擧手 擧手不留情)'고 했듯이, 네 외할아버지 손이 여간 매섭지 않으니 네가 이 몽둥이질을 견뎌내지 못할까 걱정이구나."

요괴가 그런 말을 들어줄 리 있나요? 그놈은 작살을 돌려 잡더니 손오공의 가슴을 찔러왔어요. 손오공은 '고수는 서두르지 않고 서두르는 자는 고수가 아니다(會家不忙 忙家不會)'라는 말처럼 느긋하게 여의봉을 들어 '검은 용이 땅을 휩쓰는 자세[烏龍掠地勢]'를 취해 작살을 쳐내고 바로 요괴의 머리를 쳤어요. 황풍동 앞에서 벌어진 그 둘의 싸움은 정말 대단했어요.

요괴 왕은 화내고
제천대성은 위세 떨치네.
요괴 왕은 화내며
손오공을 잡아 호랑이 선봉장의 복수를 하려 하고
제천대성은 위세 떨치며
정령을 잡아 스님을 구하려 하네.
쇠갈퀴 찔러오면 여의봉이 막고
여의봉 내리치면 작살로 맞받아치네.
하나는 산을 호령하는 우두머리요
다른 하나는 불법을 지키는 멋진 원숭이 왕
처음엔 먼지 속에서 싸우더니
나중엔 각기 공중에 떠 있네.
작살 찌르니
끝은 빛나고 고달은 날카롭고
여의봉은
검은 자루에 금테 둘렀네.
작살에 찔리면 영혼은 저승으로 돌아가고

여의봉에 맞으면 틀림없이 염라대왕 알현할 터
오로지 바른 손과 잽싼 눈에 달렸으니
힘이 세고 몸도 강인해야 할지라.
둘이서 생사도 돌보지 않고 싸우니
누가 무사하고 누가 다칠지 모르겠네.

妖王發怒　大聖施威

妖王發怒　要拿行者抵先鋒

大聖施威　欲捉精靈救長老

叉來棒架　棒去叉迎

一個是鎭山都總帥　一個是護法美猴王

初時還在塵埃戰　後來各起在中央

點鋼叉　尖明鐏利

如意棒　身黑箍黃

戳着的魂歸冥府　打着的定見閻王

全憑着手疾眼快　必須要力壯身强

兩家捨死忘生戰　不知那個平安那個傷

늙은 요괴와 제천대성은 서른 합을 겨뤄도 승부가 나지 않았어요. 손오공은 승부를 보려고 분신을 만드는 '신외신身外身'의 술법을 썼어요. 털을 한 움큼 뽑아 입에 넣고 잘게 씹다가 공중으로 내뿜으며 "변해랏!" 하고 소리치자, 백여 명의 손오공이 나타났어요. 그들은 모두 똑같은 차림새에 여의봉을 하나씩 들고 공중에서 요괴를 포위해버렸어요. 요괴도 겁이 나서 술법을 부렸어요. 그놈은 동남쪽으로 급히 머리를 돌리더니, 입을 세 번 쩍 벌려 숨을 깊이 들이마시더니 훅! 하고 내뿜었어요. 그러자 갑자기 한바탕 누런 먼지바람이 공중에서 휘몰아쳤어요. 정말 무시무시한

바람이었지요!

쌀쌀하게 휭휭 부는 바람에 하늘과 땅이 변하고
그림자도 형체도 없이 누런 모래 빙빙 도네.
숲을 뚫고 고개 무너뜨리며 소나무 매화나무도 쓰러뜨리고
흙을 뒤집어 먼지 날리며 고갯마루도 무너뜨리네.
황하의 물결 일어나 바닥까지 뒤섞이고
상강의 물 치솟아 파도가 뒤집어지네.
푸른 하늘의 북두성과 견우성도 뒤흔들려
삼라전마저 거의 갈아 넘어뜨릴 뻔했네.
오백나한 하늘에서 시끄럽게 떠들어대고
팔대금강 일제히 어지럽게 소리쳐대네.
문수보살文殊菩薩*은 푸른 사자 쫓아가고
보현보살普賢菩薩은 흰 코끼리 찾지 못하네.[1]
현무玄武*의 거북과 뱀은 무리를 잃고
재동제군梓潼帝君*의 노새는 다래가 날아가버리네.
행상들은 절규하며 높은 하늘에 호소하고
뱃사공들은 엎드려 절하며 온갖 소원 비네.
몰아치는 안개 속 목숨은 파도에 흘러가고
명예와 이익 쫓는 불쌍한 인생들은 물길 따라 판가름 나네.
신선의 산 복된 땅도 캄캄한 어둠에 잠기고
바다 섬 봉래산蓬萊山도 어두컴컴하기만 하네.
태상노군은 단약 굽는 화로 돌보기 어렵고
수성은 용 수염으로 만든 부채 거둬들였네.

---

1 소원 성취를 나타내는 보살이다. 일반적으로 석가모니의 오른쪽에 흰 코끼리를 탄 모습으로
   묘사된다.

서왕모가 마침 반도원으로 가려 하던 차에
일진 광풍에 허리에 찬 옥고리 어지럽게 짤랑짤랑
현성이랑신은 관주성에서 길을 잃고
나타태자는 칼집의 칼 뽑아 들기 어렵네.
이천왕은 손에 든 탑도 보지 못하고
재주 많은 노반[2]은 금 송곳 떨어뜨려버렸네.
뇌음사의 웅장한 삼 층 건물도 넘어져버리고
조주의 돌다리도 두 동강 나버렸네.
수레바퀴 같은 해도 어른어른 광채를 잃고
하늘 가득 별들은 모두 갈팡질팡하네.
남산의 새는 북쪽 산으로 날아가고
동쪽 호수의 물은 서쪽 호수로 넘쳐흐르네.
암수가 짝을 잃고 갈라져도 서로 부르지 못하고
모자가 헤어져도 소리쳐 부르기 어렵네.
용왕은 온 바다를 돌며 야차를 찾고
벼락신[雷公]은 여기저기서 번개를 찾네.
십대염왕은 판관을 찾고
지옥의 쇠머리 귀신은 말머리 귀신 쫓아가네.
이 바람 보타산까지 불어
관음보살의 경전 한 권 휘말려 오르네.
하얀 연꽃 떨어져 바닷가를 날아가고
보살의 열두 정원 바람에 쓰러지네.
반고가 지금껏 보아온 바람도
이 바람처럼 험악하게 불어온 적 없다네.
휭휭 쌩쌩

---

2 춘추시대 노나라의 뛰어난 장인 공수반公輸班(公輸般)을 가리킨다.

온 세상의 험한 곳도 금방 무너져버리고
만리강산이 모두 떨고 있네.

冷冷颼颼天地變　　無影無形黃沙旋
穿林折嶺倒松梅　　播土揚塵崩嶺岾
黃河浪潑徹底渾　　湘江水湧翻波轉
碧天振動斗牛宮　　爭些刮倒森羅殿
五百羅漢鬧喧天　　八大金剛齊嚷亂
文殊走了青毛獅　　普賢白象難尋覓
眞武龜蛇失了群　　梓橦騾子飄其鞦
行商喊叫告蒼天　　稱公拜許諸般愿
煙波性命浪中流　　名利殘生隨水辦
仙山洞府黑攸攸　　海島蓬萊昏暗暗
老君難顧煉丹爐　　壽星收了龍鬚扇
王母正去赴蟠桃　　一風吹亂裙腰釧
二郎迷失灌州城　　哪吒難取匣中劍
天王不見手心塔　　魯班掉了金頭鑽
雷音寶闕倒三層　　趙州石橋崩兩斷
一輪紅日蕩無光　　滿天星斗皆昏亂
南山鳥往北山飛　　東湖水向西湖漫
雌雄柝對不相呼　　子母分離難叫喚
龍王徧海找夜叉　　雷公到處尋閃電
十代閻王覓判官　　地府牛頭追馬面
這風吹到普陀山　　捲起觀音經一卷
白蓮花卸海邊飛　　吹倒菩薩十二院
盤古至今曾見風　　不似這風來不善
吻喇喇　乾坤險不咋崩開　　萬里江山都是顫

요괴가 이런 바람을 일으키자 제천대성의 털로 만들어낸 작은 손오공들은 모두 공중으로 날려가 물레처럼 어지럽게 빙글빙글 도니 여의봉을 휘두르기는 고사하고 몸도 제대로 가눌 수 없었어요. 당황한 손오공은 몸을 한 번 흔들어 털을 몸에 거둬들이고, 혼자 여의봉을 휘두르며 요괴에게 다가갔어요. 그러나 또 요괴가 손오공의 얼굴을 향해 누런 바람을 불자 불같은 두 눈의 금빛 눈동자도 단단히 감겨 도저히 뜰 수가 없었어요. 이 때문에 여의봉을 휘두르기 곤란해지자 결국 패배해 물러나는 수밖에 없었지요. 그러자 요괴가 바람을 거두고 동굴로 돌아간 일에 대해서는 더 이상 얘기하지 않겠어요.

한편, 저팔계는 누런 바람이 크게 일어나면서 하늘과 땅에 빛이 사라지자 말고삐를 붙들고 짐을 지켰어요. 그는 산 으슥한 곳에 엎드려 감히 눈도 뜨지 못하고 머리도 들지 못한 채, 입으로는 쉬지 않고 염불을 외면서 기도를 올렸지요. 손오공의 승부가 어떻게 되었는지 사부의 생사가 어떻게 되었는지도 몰랐지요.

그렇게 염려스런 생각에 잠겨 있을 때, 갑자기 바람이 자고 하늘이 맑아졌어요. 얼른 고개를 들고 동굴 앞을 보니 싸우는 모습도 보이지 않고, 징 소리와 북소리도 들리지 않았어요. 이 멍텅구리는 감히 그 문 앞으로 가볼 엄두도 못 내고, 또 말과 봇짐을 지킬 이도 없는지라, 진퇴양난에 빠져 어쩔 줄 모르고 있었어요. 그렇게 근심에 휩싸여 있던 차에 제천대성이 서쪽에서 고함을 지르며 오자, 그는 비로소 몸을 일으켜 맞이했어요.

"형님, 엄청난 바람이네! 근데 어디서 오시는 길이요?"

손오공이 손을 내저으며 말했어요.

"지독하다, 지독해! 이 손 어르신이 태어난 이래 이렇게 센 바람은 처음 본다. 그 늙은 요괴가 세 갈래 날이 뻗은 작살 한 자루를 들고 이 몸과 싸웠다. 서른 합 남짓 겨뤘을 때 이 몸이 신외신 술법을 부려 그놈을 포위했지. 그러자 그놈이 엄청 다급해져서 이 바람을 일으킨 거야. 정말 흉악한 바람이어서 서 있기조차 힘들기에, 술법을 거두고 가까스로 바람을 뚫고 도망쳤다. 허, 지독한 바람이야! 대단해! 이 몸도 바람을 부르고 비를 부를 줄 알지만, 이 요괴의 바람만큼 지독하지는 못했어."

"사형, 그 요괴의 무예는 어떻습디까?"

"봐줄 만하더군. 작살 쓰는 법도 빈틈없어서 이 몸과 대등하게 싸울 수 있더군. 하지만 바람이 지독해서 이기기 어렵겠어."

"그럼 사부님은 어떻게 구해요?"

"사부님 구하는 건 잠시 미루자. 그런데 여기 안과 의사가 있는지 모르겠다. 내 눈을 좀 고쳐야 하는데 말이야."

"눈은 어떻게 된 거요?"

"그 요괴가 불어대는 바람에 맞아서 눈알이 따끔거리더니, 이젠 차가운 눈물이 계속 흐르는구나."

"형님, 이런 산중에 날도 저물었으니, 안과 의사는커녕 묵을 곳조차 없소!"

"묵을 곳을 구하는 건 어렵지 않다. 내 생각에 아직은 요괴가 사부님을 감히 해치지 못할 것 같으니, 일단 큰길로 나가 인가를 찾아 쉬자꾸나. 이 밤이 지나고 내일 날이 밝으면 다시 와서 요괴를 항복시키면 되겠지."

"맞아요, 맞아!"

저팔계는 말을 끌고 짐을 진 채 그 으슥한 곳을 나와 길 어귀로 올라섰어요.

이때 점점 날이 어두워지고 있었는데, 길 남쪽 산자락에서 개

짖는 소리가 들렸어요. 둘이 멈춰 서서 살펴보니, 바로 가물가물
등불이 빛나고 있는 농가가 하나 있었어요. 둘은 길이 있건 없건
상관 않고 풀밭을 헤치며 걸어 그 집 대문 앞에 도착했어요.

자줏빛 지초芝草 무성하고
하얀 돌은 파릇파릇
자줏빛 지초 무성한 곳엔 푸른 풀 우거졌고
하얀 돌 파릇파릇한 곳엔 초록 이끼 반쯤 덮였네.
반딧불 몇 점 반짝반짝 빛나고
온 숲의 들나무는 빽빽이 들어차 있네.
향긋한 난초 향기 진하게 풍기고
나긋한 대나무 새로 심었네.
맑은 샘 구불구불한 골짜기로 흘러가고
늙은 잣나무 깊은 벼랑에 기대 있네.
외진 곳이라 유람객도 찾지 않고
문 앞엔 그저 들꽃만 피어 있을 뿐.

紫芝翳翳　白石蒼蒼

紫芝翳翳多靑草　白石蒼蒼半綠苔

數點小螢光灼灼　一林野樹密排排

香蘭馥郁　嫩竹新栽

淸泉流曲澗　古栢倚深崖

地僻更無遊客到　門前惟有野花開

　둘은 감히 멋대로 들어서지 못하고 "계십니까? 문 좀 열어주세
요!" 하고 소리칠 수밖에 없었어요. 그러자 노인 하나가 젊은 농
부 몇 명을 거느리고 나왔는데, 그들은 모두 쇠스랑이며 빗자루

같은 것을 들고 있었지요. 노인이 물었어요.

"누구요, 누구?"

그러자 손오공이 허리 굽혀 절하며 말했어요.

"저희들은 동녘 땅 위대한 당나라에서 온 성승聖僧의 제자들입니다. 서천으로 부처님을 뵙고 불경을 구하러 가던 도중에 이 산을 지나다가 저희 사부님께서 황풍대왕에게 붙잡혀 가셨는데, 아직 구해내지 못하고 있습니다. 날이 저물어 하룻밤 묵고자 찾아왔으니, 부디 편의를 베풀어주십시오."

노인이 답례하며 말했어요.

"마중 나가지 못해 미안하외다. 이곳은 구름 많고 인적이 드문 곳이라, 방금 대문에서 부르는 소리를 듣고 요사한 여우나 호랑이, 아니면 산중의 강도 무리인 줄 알았소이다. 그래서 여기 못난 하인들이 놀라서 우루루 몰려나온 것이지요. 두 분 스님이신 줄은 몰랐습니다. 들어오시지요, 들어오세요."

그들 형제는 말을 끌고 짐을 지고 들어가 곧장 안쪽에 이르러 말을 묶어놓고 짐을 내려놓은 다음, 농가의 노인과 절을 하며 인사를 나누었어요. 그리고 하인 하나가 차를 올렸어요. 차를 마시고 나자, 참깨로 지은 밥을 내놓았지요. 밥을 다 먹자 잠자리를 마련해주었어요. 그때 손오공이 물었어요.

"잠이야 자지 않아도 됩니다만, 고마운 분께 여쭤보고 싶은 일이 있습니다. 여기 혹시 안약 파는 데가 있습니까?"

"어느 스님께서 눈병이 나셨소?"

"노인장, 솔직히 말씀드리자면, 저희처럼 출가한 이들은 본래 병이 없어서 눈병이란 걸 모릅니다."

"눈병이 없다면 약은 왜 찾으시오?"

"저희가 오늘 황풍동 입구에서 사부님을 구하려 했는데, 뜻밖

護法設壇留大聖
孫吉凶定風魔

손오공이 영길보살의 도움을 얻어 황풍 요괴를 굴복시키다에도 그 요괴가 내 얼굴에 바람을 확 내뿜는 통에 눈알이 따끔거리더니, 지금은 눈물까지 줄줄 흘러서 안약을 찾는 것입니다."

"잘하시는구려, 잘해! 이 스님이 나이도 어리면서 어찌 그리 거짓말을 하시오? 그 황풍대성黃風大聖의 바람은 너무 지독해서 무슨 봄바람이나 가을바람, 솔바람이나 대밭에 부는 바람, 그리고 동서남북에서 불어오는 바람 따위와는 비교할 수도 없소."

그러자 저팔계가 말했어요.

"그렇다면 분명 갑뇌풍甲腦風(정신병)이나 양이풍羊耳風(지랄병), 대마풍大麻風(문둥병), 편정두풍偏正頭風(편두통) 같은 게 아닐까요?"

"아니라오, 아니야. 그건 삼매신풍三昧神風이라는 것이오."

그러자 손오공이 물었어요.

"그걸 어찌 아십니까?"

"그 바람은 하늘과 땅을 어둡게 만들고 귀신들도 시름겹게 만들 수 있어요. 바위를 찢고 벼랑도 볼썽사납게 무너뜨리고, 사람에게 불면 목숨도 끝장나고 말지요. 당신들이 그가 부는 바람을 맞고도 살아 있기를 바란다고요? 오로지 신선만이 별 탈이 없을 거라오."

"과연 그렇군요. 저희는 신선은 아니지만, 신선이 오히려 제 후배가 될 겁니다. 내 이 목숨이 그렇게 쉽게 끝장낼 수 있는 게 아니라오. 그저 제 눈알만 따끔거리게 만들었을 뿐이지요."

"그렇게 말씀하는 걸 보니 당신도 무슨 내력이 있는 분인가 보구려. 이곳에 안약 파는 사람은 없소이다. 이 늙은이도 바람을 맞으면 찬 눈물이 나올 때가 간혹 있는데, 이인異人을 만나 처방을 하나 전수받은 게 있지요. '삼화구자고三花九子膏'라는 약인데, 바람 때문에 생긴 눈병이라면 모두 고칠 수 있소이다."

손오공은 그 말을 듣고 고개를 숙이며 공손히 읍揖하고 말했어요.

"그걸 조금 얻을 수 없을까요? 시험이나 한번 해보지요."

노인은 그러마고 하더니 안으로 들어가 마노석瑪瑙石으로 만든 조그만 단지를 들고 나왔어요. 그리고 마개를 뽑더니 옥비녀로 조금 찍어 손오공의 눈에 발라주면서, 눈을 뜨지 말고 편히 자고 나면 내일 아침에는 좋아질 것이라고 말했어요. 노인은 약을 다 바르자 돌단지를 챙겨 하인들을 데리고 안으로 물러갔어요.

저팔계는 봇짐을 풀고 이부자리를 펴서 손오공이 편히 쉬게 해주었어요. 손오공이 눈을 감고 이리저리 더듬자, 저팔계가 놀리며 말했어요.

"선생, 지팡이는 어디 두셨소?"

"이 여물만 축내는 멍텅구리야! 네가 나를 장님 취급하는구나!"

그 멍텅구리는 속으로 킥킥 웃으며 잠이 들었어요. 손오공은 이불 위에 앉아 신공神功을 운용하다가 새벽 한 시가 넘어서야 잠들었어요.

어느덧 새벽이 되어 날이 밝아오자 손오공은 얼굴을 비비고 눈을 뜨며 말했어요.

"과연 좋은 약이구나! 눈이 전보다 훨씬 밝아졌어!"

그러면서 고개를 돌려 뒤쪽을 바라보니, 어라, 거기 있던 방이며 창문들은 어디 가고 늙은 홰나무와 높다란 버드나무만 서 있는 게 아니겠어요? 손오공과 저팔계는 모두 저 푸른 사초莎草를 요 삼아 잠들었던 것이지요.

그때 저팔계가 깨어나며 말했어요.

"형님, 왜 그렇게 떠드시오?"

"눈을 크게 뜨고 좀 봐라."

이 멍텅구리가 문득 고개를 들어 보니 집이 보이지 않는지라, 깜짝 놀라 구르듯 벌떡 일어나며 말했어요.

"우리 말은?"

"저 나무에 매여 있잖냐?"

"봇짐은요?"

"네 머리맡에 있잖아!"

"이 집도 되게 고약하네. 이사를 가면서 어째서 우리한테 한마디도 안 했지? 이 저팔계님에게 알려주었다면 차나 과일이라도 좀 대접했을 텐데. 아무래도 조세 피해 도망 다니는 유랑민이라, 이장里長이 눈치챌까 봐 야반도주한 모양이군! 허! 우리도 죽은 듯이 곯아떨어진 모양이야! 집 한 채를 헐었는데 어떻게 아무 소리도 듣지 못했지?"

그러자 손오공이 킥킥 웃으며 말했어요.

"이 멍텅구리야, 헛소리 좀 그만해라. 저기 나무 위에 무슨 편지가 있는 게 안 보이냐?"

저팔계가 다가가 손으로 떼어보니, 종이 위에는 네 구절의 노래가 적혀 있었어요.

농가는 속인이 사는 곳이 아니요
불법佛法을 지키는 가람신伽藍神이 만든 오두막이라네.
오묘한 약 주어 눈병을 고쳤으니
온 마음으로 요괴 굴복시키는 데 주저하지 마오.

> 莊居非是俗人居　護法伽藍點化盧
> 妙藥與君醫眼痛　盡心降怪莫蹰躕

손오공이 말했어요.

"이런 못돼먹은 신神 같으니! 사부님 말을 용마로 바꾼 후로 줄곧 점호를 안 했더니 또 와서 이따위 장난질을 해!"

"형님, 허세 좀 부리지 마쇼! 신이 왜 형님한테 점호 따윌 받겠소?"

"동생은 아직 몰라. 이 불교를 수호하는 가람신과 육정육갑六丁六甲, 오방게체五方偈諦, 사치공조四値功曹 등은 관음보살의 명을 받들어 은밀히 우리 사부님을 보호하는 자들이야. 당직 신고를 받은 그날 이후 자네를 얻게 되어 그놈들을 써먹은 적이 없었거든. 그래서 점검을 하지 않았던 게야."

"형님, 그가 관음보살님의 뜻을 받들어 남몰래 사부님을 보호해야 하는지라 몸을 드러낼 수 없기 때문에 술법을 부려 신선의 별장[仙莊]을 만든 것이니, 너무 나무라지 마시오. 어제도 그가 애써서 형님 눈에 약도 발라주고 우리에게 밥도 차려 주었으니 그만하면 마음을 다한 게 아니겠소? 그러니 나무라지 마시오. 우린 사부님이나 구하러 갑시다."

"동생 말이 맞아. 여기서 황풍동까지는 멀지 않으니, 자넨 꼼짝 말고 숲속에서 말을 돌보고 짐이나 지키라고. 이 몸은 동굴 안을 염탐해서 사부님의 행방을 알아보고, 다시 그놈과 붙어볼 테니까."

"그게 좋겠소. 사부님이 살아 계신지 돌아가셨는지 제대로 알아보시구려. 만약 돌아가셨다면 각기 제 갈 길을 찾아야 할 것이고, 돌아가시지 않았다면 우리도 온 힘을 기울이고 마음을 다해야겠지요."

"쓸데없는 소리 마! 내 다녀올게."

그는 몸을 솟구쳐 금방 황풍동 입구에 도착했는데, 요괴들은 아직 문을 잠근 채 잠들어 있었어요. 손오공은 문 앞에서 소리치지 않고, 요괴들이 놀라지 않도록 손가락을 구부려 수결을 짓고 주문을 외며 몸을 흔들어 낮에도 돌아다니는 알락다리모기로 변했어요. 그 모습은 정말 조그맣고 교묘했으니, 그것을 증명하는 시가 있지요.

어지러이 나는 작은 형체에 뾰족한 부리
앵앵 소리는 가는 벼락과 같네.
규방의 비단 장막도 쉽게 드나들고
더운 날 따뜻한 공기 정말 좋아하네.
자욱한 연기와 내리치는 부채는 무서워하지만
등불의 밝은 빛은 유달리 좋아하네.
가볍고 작은 몸 문틈으로 재빨리 뚫고 들어가
요괴의 동굴 속으로 날아가네.

擾擾微形利喙　嚶嚶聲細如雷
蘭房紗帳善通隨　正愛炎天暖氣
只怕薰煙撲扇　偏憐燈火光輝
輕輕小小忒鑽疾　飛入妖精洞裡

　문을 지키던 졸개 요괴는 마침 코를 골며 자고 있었는데, 손오공이 그의 얼굴로 가서 한 번 물어주자 그놈은 몸을 일으키며 깨어나 말했어요.

　"아이고, 할아버지! 무지 큰 모기로구나! 한 방 물리니까 큰 종기처럼 붓는구먼."

　그러더니 눈을 크게 뜨고 말했어요.

　"날이 밝았네."

　이어서 삐걱 하는 소리와 함께 두 번째 중문을 열었어요. 손오공이 앵앵거리며 날아 들어가 보니, 늙은 요괴는 졸개들에게 각자 문을 잘 지키라고 분부하는 한편 무기를 준비하고 있었어요.

"어제 그 바람을 맞고도 손오공이 죽지 않았다면, 틀림없이 오늘 또 찾아올 게야. 오기만 하면 반드시 명줄을 끊어버려야지."

손오공은 그 말을 듣고 다시 대청을 지나 뒤쪽으로 날아갔어요. 그곳에는 문이 하나 단단히 닫혀 있었는데, 문틈으로 뚫고 들어가 보니 그곳은 널따랗고 텅 빈 뜰이었어요. 뜰 저 한편의 바람막이로 박아둔 말뚝 위에 삼장법사가 밧줄에 묶여 있었어요. 삼장법사는 눈물을 줄줄 흘리며 손오공과 저팔계가 어디 있는지 몰라 애를 태우고 있었어요. 손오공은 날갯짓을 멈추고 그 대머리 위에 앉으며 소리쳤어요.

"사부님!"

스님은 손오공의 목소리를 알아듣고 말했어요.

"애야, 날 죽일 셈이냐! 어디서 부르는 게냐?"

"사부님, 사부님의 머리 위에 있어요. 초조해하지 마시고, 걱정 놓으세요. 우리가 반드시 저 요괴를 잡아서 사부님을 구해드리겠습니다."

"제자야, 언제쯤에나 요괴를 잡는단 말이냐?"

"사부님을 잡아 온 저 호랑이 요괴는 이미 저팔계가 때려죽여 버렸어요. 다만 늙은 요괴가 뿜는 바람의 위세가 무시무시합니다. 그래도 아마 오늘쯤이면 그놈을 잡을 수 있을 거예요. 안심하세요. 울지 마시고요. 그럼, 전 갑니다."

이렇게 말하고 손오공은 앵앵거리며 날아 앞쪽으로 왔어요. 늙은 요괴는 높지막한 자리에 앉아 각 부대의 두목들을 점호하고 있었는데, 동굴 앞쪽의 부하 요괴가 '영숑'이라는 글자가 적힌 지휘관 깃발을 펄럭이며 들고 달려와서 보고했어요.

"대왕님, 제가 산을 순찰하려고 막 문을 나서는데, 입이 커다랗고 귀가 큰 중이 숲속에 앉아 있었어요. 재빨리 도망치지 않았더라면 그자에게 붙잡힐 뻔했어요. 그런데 어제 보았던 그 털북숭이 중은 보이지 않았어요."

"손오공이 없다면 틀림없이 바람에 날려 죽었을 것이다. 그렇지 않다면 어딘가로 구원병을 청하러 갔겠지."

그러자 여러 요괴들이 말했어요.

"대왕님, 정말 그놈을 날려 죽였다면 우리가 운이 좋은 것입니다만, 그렇지 않고 어디 신병神兵들을 청하러 간 거라면 어쩌지요?"

"그놈이 어떻든 무슨 걱정이며, 무슨 신병 따위를 겁내겠느냐! 내 바람의 위세를 잠재울 수 있는 것은 영길보살靈吉菩薩뿐이니, 그것 말고 무서울 게 뭐란 말이냐!"

손오공은 천장의 들보에 있다가 그 말을 듣고 기뻐 어쩔 줄 몰랐어요. 그는 밖으로 날아 나와 본래 모습으로 돌아가 숲으로 가서 소리쳤어요.

"아우야!"

"형님, 어디 갔다 오시는 거요? 조금 전에 '영' 자가 적힌 깃발을 든 요괴가 나왔다가 나한테 쫓겨 도망갔어요."

손오공이 웃으며 말했어요.

"애썼구나! 네 공이 크다! 이 몸이 모기로 변해 동굴 안에 들어가 사부님을 찾아보니, 사부님은 바람막이 말뚝에 묶여 울고 계시더구나. 그래서 이 몸이 울지 마시라고 말씀드리고, 다시 대들보로 날아 올라가 엿들었지. 그랬더니 그 깃발을 든 놈이 헐레벌떡 들어오더니, 보고를 하더구나. 너한테 쫓겨왔는데, 나는 보지 못했다는 거야. 그러자 늙은 요괴가 이리저리 짐작하며 제멋대로 떠들기를, 이 몸이 바람에 날려 죽어버렸을 거라는 둥, 신병을 부르러 갔을 거라는 둥 하는 거야. 그러더니 그놈이 제 입으로 자기가 무서워하는 사람이 누군지 실토하더란 말이지! 정말 절묘하다! 절묘해!"

"그놈이 누구 이름을 대던가요?"

"그놈은 신병도 무섭지 않은데, 자기 바람의 위세를 잠재울 수 있는 것은 영길보살뿐이라고 하더구나. 하지만 영길보살이 어디 있는지 모르겠어."

그렇게 한참 상의하고 있을 때, 큰길가에 노인 한 명이 걸어가고 있는 모습이 보였어요. 그 모양새를 볼까요?

몸은 튼튼하여 지팡이도 짚지 않았고
얼음 같은 수염 눈 같은 귀밑머리 덥수룩하네.
금빛 꽃처럼 반짝이는 눈은 속을 알 수 없이 흐릿하고
비쩍 마른 몸에 쇠약한 근육이지만 단단해 보이네.
굽은 등에 머리 숙이고 천천히 걷는데
짙은 눈썹과 붉은 얼굴은 어린애 같네.
그 용모는 사람처럼 보이지만
마치 수성이 신선 세계에서 나온 듯하네.

身健不扶拐杖　氷鬚雪鬢蓬蓬
金花耀眼意朦朧　瘦骨衰觔強硬
屈背低頭緩步　龐眉赤臉如童
看他容貌是人稱　卻似壽星出洞

저팔계는 그를 발견하고 무척 기뻐하며 말했어요.

"사형, '산을 내려가는 길 알려거든 오가는 사람에게 물어보라 (要知山下路 須問去來人)'는 말이 있듯이, 저 사람에게 가서 물어보면 어때요?"

그러자 손오공은 여의봉을 집어넣고 옷깃을 바로잡더니, 노인에게 다가가 물었어요.

"노인장, 말씀 좀 여쭙겠습니다."

그 노인은 대답을 하는 둥 마는 둥 하더니 답례를 하며 말했어요.

"어디서 오신 스님이신가? 이 허허벌판에 무슨 볼일이 있어?"

"저희는 불경을 가지러 가는 성승 일행입니다. 어제 이곳에 이르렀다가 사부님을 잃어버렸습니다. 그래서 여쭙는 말씀인데, 영길보살은 어디 계시는지요?"

"영길보살님은 바로 남쪽에 계시지. 여기서 거기까지 이천 리 길인데, 소수미산小須彌山이라는 산에 있는 도량道場이 바로 영길보살께서 불경을 강설하는 절이지. 자네들은 그분의 경전을 가지러 가는가?"

"그분의 경전을 가지러 가는 것이 아니라, 제가 그분께 폐를 끼칠 일이 하나 있어서요. 그런데 어느 길로 가야 하지요?"

노인은 손으로 남쪽을 가리키며 말했어요.

"이 구불구불하고 좁은 길로 가면 되네."

제천대성이 기뻐하며 고개를 돌려 길을 바라보자, 노인은 맑은 바람으로 변해 조용히 사라져버렸어요. 길가에 편지 한 장만 남겨져 있었는데, 거기에는 다음과 같은 네 구절의 노래가 적혀 있었어요.

제천대성에게 보고 올리나니
노인은 바로 이장경이라오.
수미산에는 비룡장이 있는데

그 옛날 영길보살이 부처에게 받은 무기지요.

上覆齊天大聖聽　老人乃是李長庚

須彌山有飛龍杖　靈吉當年受佛兵

　손오공이 편지를 손에 쥐고 몸을 돌려 길을 내려오자, 저팔계
가 물었어요.

　"형님, 어찌된 게 연일 운수가 사납구려. 요 이틀 동안은 대낮에
도 귀신을 보니 말이오. 바람으로 변해 사라진 그 노인은 누구요?"

　손오공이 편지를 저팔계에게 건네주자, 그는 편지를 한 번 읽
어보더니 또 물었어요.

　"이장경은 누구요?"

　"서방 태백금성의 이름이지."

　저팔계는 깜짝 놀라 허공을 향해 절하며 말했어요.

　"은인이시여, 은인이시여! 태백금성께서 옥황상제께 아뢰어
구명해주시지 않았더라면 이 몸의 목숨이 어떻게 되었을지 모를
겁니다."

　"동생, 너도 감사할 줄을 알아? 하지만 절대 나서지 말고 이 숲
깊숙한 곳에 숨어서 봇짐과 말을 잘 지키라고. 그사이에 손 어르
신이 수미산을 찾아가 보살을 모셔 올 테니까."

　"알았소. 알아! 얼른 떠나시기나 하시구려. 이 몸은 오귀법烏
龜法을 배웠으니 머리를 움츠려야 할 때는 머리를 움츠릴 테니
까요."

　제천대성은 공중으로 뛰어올라 근두운을 타고 곧장 남쪽으로
갔어요. 근두운은 과연 빨라서 그가 머리를 한 번 끄덕이자 삼천
리를 지났고, 허리를 한 번 비트는 사이 팔백 리 남짓 지났어요.

순식간에 높은 산이 하나 나타났는데, 산허리에 상서로운 구름이 깔리고 상서로운 아지랑이가 자욱하게 피어났어요. 그 산 깊숙한 골짜기에 과연 절이 하나 있었는데, 종소리와 경쇠 소리가 유유히 울려 퍼지고 향 연기가 아스라이 피어올랐어요. 제천대성이 곧장 절 문에 이르러 보니, 허드렛일 하는 불목하니가 목에 염주 몇 알을 걸고 입으로는 염불을 읊조리고 있었어요. 손오공이 인사를 건넸어요.

"안녕하시오?"

불목하니는 허리를 굽혀 답례하며 말했어요.

"어디서 오신 나리신지요?"

"여기가 영길보살께서 불경을 강설하시는 곳이오?"

"그렇습니다만, 무슨 일이시온지?"

"번거롭지만 노인장께서 말씀 좀 전해주시오. 나는 동녘 땅 위대한 당나라 황제의 아우님이신 삼장법사님의 제자이며 제천대성이라 불리는 손오공 행자라오. 오늘 보살님 뵈올 일이 있어 찾아왔소."

그러자 불목하니가 웃으며 말했어요.

"나리께선 성함도 길고 말씀도 많으시군요. 전 도저히 다 기억하지 못하겠습니다."

"그럼 그저 당나라 승려의 제자 손오공이 왔다고 전해주시구려."

불목하니는 강당으로 가서 그대로 전했어요. 그러자 영길보살은 즉시 가사를 걸치고 향을 피워 손오공을 영접했어요. 제천대성이 막 발걸음을 옮겨 절 문 안으로 들어서며 살펴보니, 그곳 풍경은 이러했어요.

법당 가득 수놓은 비단을 감싼 듯

온 건물에 위엄이 넘치네.

문인들은 나란히 『법화경』[3]을 외고

늙은 반장은 쇠로 빚은 경쇠를 가볍게 치네.

부처님 앞에 올린 공양은

모두가 신선의 과일과 신선의 꽃이요

탁자에 나열된 것들은

모두가 정갈한 음식들이네.

휘황하게 빛나는 보배로운 촛불

너울너울 금빛 불꽃은 무지개처럼 빛을 내쏘네.

진한 향기 풍기는 순수한 향

하늘하늘 옥 같은 연기 오색 안개처럼 날아오르네.

그야말로 강설이 끝나고 마음 한가로워 막 입정에 드니

흰 구름은 조각조각 소나무 끝을 감싸네.

고요히 지혜의 검[4]을 거두니 마두가 끊어지고

반야의 지혜로 바라[5]의 좋은 깨달음 드높아지네.

> 滿堂錦繡　一屋威嚴
>
> 眾門人齊誦法華經　老班首輕敲金鑄磬
>
> 佛前供養　盡是仙果仙花
>
> 案上安排　皆是素饈素品
>
> 輝煌寶燭　條條金焰射虹霓
>
> 馥郁眞香　道道玉煙飛彩霧

3　『묘법연화경妙法蓮華經』을 줄여서 부르는 명칭이다. 이 경전은 모두 일곱 권으로 되어 있으며, 주요 내용은 석가모니가 설법하신 유일한 목적이 중생을 모두 부처가 되도록 하는 데 있음을 설명하는 것이다.

4　불교에서는 지혜를 칼날에 비유하면서, 그것을 통해 일체의 번뇌를 자르고 영원한 해탈을 얻을 수 있다고 설명한다.

5　바라밀波羅蜜 혹은 바라밀다波羅蜜多(범어 '파라미타Paramita'의 음역)를 가리킨다. 이것은 '피안에 도달하다[到彼岸]'라는 뜻인데, '건넌다[渡]'라고도 번역한다.

　영길보살이 옷차림을 단정히 하고 나와 마중하니, 손오공은 내
당으로 들어가 손님의 자리에 앉았어요. 영길보살이 차를 내오라
고 하자, 손오공이 말했어요.

　"차는 내오지 않으셔도 됩니다. 다만 제 사부께서 황풍산에서
곤란을 겪고 계시는지라, 보살님께 큰 법력을 베푸셔서 요괴를
항복시키고 사부님을 구해주십사고 청하러 왔습니다."

　"나는 석가여래의 명을 받들어 이곳에서 황풍산의 요괴를 진
압하고 있네. 석가여래께선 내게 '정풍단定風丹' 한 알과 '비룡보
장飛龍寶杖' 한 자루를 주셨네. 당시 그놈이 나한테 잡혔으나 내가
목숨을 살려주면서 성질을 감추고 산에 들어가서 생명을 해치는
죄를 저지르지 말라고 했는데, 뜻밖에도 이제 그놈이 자네의 사
부님을 해치려 하면서 가르침을 거슬렀으니, 내 죄일세."

　영길보살은 손오공더러 잠시 머물면서 공양도 하고 인사도 나
누라고 했지만, 손오공은 간곡하게 사양했어요. 그러자 영길보살
은 비룡보장을 들고 제천대성과 함께 구름을 몰아, 오래지 않아
황풍산에 도착했어요. 영길보살이 말했어요.

　"제천대성, 이 요괴가 나를 무서워하니까, 나는 구름 속에 있을
테니 자네가 가서 싸움을 걸어보시게. 그놈을 유인해서 나오게
하면 내가 법력을 펼치기 좋겠네."

　손오공은 그 말에 따라 구름에서 내리더니, 다짜고짜 여의봉을
휘둘러 동굴 문을 때려 부수며 소리쳤어요.

　"요괴야! 우리 사부님을 돌려줘라!"

　문을 지키던 졸개 요괴가 깜짝 놀라서 급히 보고하자, 요괴가

말했어요.

"이 못된 원숭이놈! 정말 무례하구나! 순순히 항복하지 않고 도리어 내 문을 때려 부수다니! 이번에 나가면 신풍神風을 부려서 반드시 죽이고 말겠다."

그리고 예전처럼 갑옷을 입고 손에 작살을 들고 문밖으로 달려 나오더니, 손오공을 보고는 다짜고짜 작살을 휘두르며 가슴을 찔러왔어요. 제천대성은 옆으로 슬쩍 비키며 여의봉을 들어 정면으로 맞받아쳤어요. 몇 차례 싸우다가 그 요괴는 머리를 돌려 동남쪽을 바라보더니 입을 벌려 바람을 내뿜으려 했어요. 그런데 그때 공중에서 영길보살이 비룡보장을 내던지면서 무슨 주문을 외자, 여덟 개의 발톱을 가진 한 마리 금빛 용이 쫙 하고 양 발톱을 둥글게 펼치더니 단번에 요괴를 움켜잡았어요. 그리고 머리를 거머쥐고 두세 번 산의 돌벼랑에 후려치니 요괴의 본래 모습이 드러났는데, 바로 누런 털의 담비였어요. 손오공이 재빨리 다가가 여의봉을 들고 내리치려 하자, 영길보살이 만류하며 말했어요.

"제천대성, 그놈의 목숨을 해치지 마시게. 내 그놈을 데리고 석가여래를 찾아뵈어야겠네."

그러면서 손오공에게 이렇게 말했어요.

"저놈은 본래 영취산 아래에서 도를 닦은 쥐였는데, 유리잔 속의 청유清油를 훔치는 바람에 등불이 어두워지자, 금강역사金剛力士들이 잡으러 올까 봐 무서워 이곳으로 도망쳐서는 정령이 되어 못된 짓을 저지르고 있었네. 석가여래께서 저놈을 살펴보시고 죽을죄는 아니라 여기셔서, 날더러 단속하라 하셨지. 하지만 저놈이 생명을 해치고 못된 짓을 저지르면 영취산으로 잡아 오라 하셨네. 이제 다시 저놈이 제천대성에게 대들고 당나라 승려를 해치려 했으니, 저놈을 석가여래께 데려가서 그 죄를 밝혀 바로잡아야만 이번 일의 공적이 쌓일 것이네."

손오공은 그 말을 듣고 영길보살에게 감사했어요. 영길보살이 서쪽으로 돌아간 일에 대해서는 더 이상 얘기하지 않겠어요.

한편, 저팔계는 숲속에서 이제나 저제나 손오공을 기다리고 있는데, 갑자기 산비탈 아래에서 고함 소리가 들려왔어요.

"동생, 말을 끌고 짐을 지고 내려오게."

그 멍텅구리는 손오공의 목소리를 알아듣고 급히 봇짐과 말을 수습해서 숲 밖으로 달려 나와 손오공을 보고 말했어요.

"형님, 어떻게 된 일이요?"

"영길보살을 모셔 와서 비룡보장으로 그 요괴를 잡았는데, 알고 보니 누런 털의 담비가 정령이 된 거였어. 영길보살이 그놈을 데리고 영취산으로 석가여래를 뵈러 떠났지. 우리 둘은 동굴에 가서 사부님을 구하자."

그 멍텅구리는 비로소 희희낙락 기뻐했어요. 둘은 동굴 안으로 쳐들어가 거기 있던 교활한 토끼며 요사한 여우, 노루, 뿔 사슴 따위를 한 번에 쇠스랑과 여의봉으로 모조리 때려죽여버리고, 뒤뜰로 가서 사부를 구했어요. 삼장법사는 동굴 문을 나오더니 물었어요.

"너희 둘은 어떻게 요괴를 붙잡았느냐? 무슨 수로 나를 구했지?"

손오공이 영길보살을 모셔 와 요괴를 항복시킨 이야기를 죽 들려주자, 삼장법사는 감사해 마지않았어요. 그들 형제는 동굴 안에 있던 정갈한 찬거리를 챙겨 공양을 마련해 먹고, 비로소 밖으로 나가 큰길을 찾아서 서쪽을 향해 떠났어요.

그 뒤로 어떻게 되었는지는 알 수 없는데, 이에 대해서는 다음 회를 들어보시라.

제22회
목차의 도움으로 사오정을 거두다

한편, 삼장법사와 두 제자는 재난을 벗어나 길을 떠난 지 하루가 안 되어 황풍령을 지나 서쪽으로 나아가니, 아주 넓은 평원에 들어서게 되었어요. 시간은 쏜살같이 흘러 어느덧 여름을 지나 가을로 접어든 때, 시들어가는 버드나무에서 철 늦은 매미가 울어대고 전갈자리 대화성大火星이 서쪽으로 옮겨가고 있었지요. 한창 걸어가노라니 큰 물이 미친 듯 넘실거리며 거센 물결이 용솟음치는 큰 강을 만났어요. 삼장법사가 말 위에서 다급히 외쳤어요.

"얘들아, 저 앞에 흐르는 강 좀 봐라. 저렇게 넓고 깊은데, 어째서 오가는 배도 한 척 안 보인단 말이냐? 우린 어디로 건너가야 하는 게냐?"

저팔계가 보더니 말했어요.

"정말 물결이 거센데요. 건널 만한 배도 없겠어요."

손오공이 공중으로 뛰어올라 손차양을 하고 둘러보더니 그도 깜짝 놀라 말했어요.

"사부님, 이거 정말 힘들겠는데요, 진짜 힘들겠어요. 이 정도 강이면, 저라면야 허리 한 번 틀어 훌쩍 건널 수 있지만, 사부님은 정말 건너기 어렵겠어요. 천 번 만 번 애쓰셔도 어렵게 생겼어요."

"여기서는 끝이 없는 것처럼 보이는데, 폭이 얼마나 될 것 같으냐?"

"팔백 리 정도는 되겠는데요."

그러자 저팔계가 말했어요.

"형님, 어떻게 그 거리를 알 수 있단 말이요?"

"솔직히 말하지. 이 형님의 두 눈은 말이다, 낮이면 언제나 천리 앞길의 온갖 일을 다 볼 수 있지. 방금 공중에서 보니, 길이야 알 수 없다만 폭만은 줄잡아 팔백 리가 족히 되겠구나."

스님이 수심에 차 한숨만 쉬며 말 머리를 돌리는데, 강 언덕에 석비가 세워져 있는 것이 보였어요. 셋이 함께 가서 보니 전서체 篆書體로 '유사하流沙河'라는 세 글자가 씌어 있고, 중간 부분에 해서체楷書體로 조그맣게 넉 줄이 씌어 있었어요.

　　　팔백 리 유사하의 경계이니
　　　삼천 리 약수弱水[1] 깊기도 하다.
　　　거위 털도 떠오르지 못하고
　　　갈대꽃도 바닥에 가라앉는 곳

　　　　　　　　　　　　八百流沙界　　三千弱水深

　　　　　　　　　　　　鵝毛飄不起　　蘆花定底沉

스승과 제자가 비문을 보고 있으려니, 물결이 산처럼 용솟음치고 파도가 산더미처럼 뒤집어지더니 푸드득 하는 소리와 함께

1　신선이 사는 곳에 있는 강. 부력이 아주 약해서 거위 털처럼 아주 가벼운 물건도 가라앉는다고 한다.

강 속에서 요괴 한 마리가 튀어나왔는데, 그 몰골이 흉측하기 이를 데 없었어요.

머리는 온통 화염처럼 시뻘건 털로 더부룩하고
방울 같은 두 눈은 등잔처럼 번쩍거리네.
검지도 푸르지도 않은 푸르딩딩 칙칙한 얼굴에
우레 같고 북소리같이 늙은 용의 소리를 내네.
몸에는 아황색 망토를 걸치고
허리엔 새하얀 등껍질 띠 두 갈래 모아 질끈 동였네.
목에는 해골바가지 아홉 개를 늘어뜨리고
손에 든 보물 지팡이, 무시무시하기도 해라.

一頭紅燄髮蓬鬆　　兩隻圓睛亮似燈
不黑不青藍靛臉　　如雷如鼓老龍聲
身披一領鵝黃氅　　腰束雙攢露白藤
項下骷髏懸九箇　　手持寶杖甚崢嶸

요괴는 회오리바람을 일으키며 강 언덕으로 달려오더니 당나라 스님을 낚아채려 했어요. 당황한 손오공이 얼른 스승을 부둥켜안고 더 높은 언덕으로 올라가 몸을 피했어요. 저팔계가 짐을 내려놓고 쇠스랑을 꺼내 요괴에게 덤벼들었지만 요괴가 보물 지팡이로 막았어요. 이리하여 둘은 유사하 기슭에서 각기 무예를 뽐내게 됐으니, 정말 멋진 한판 싸움이었지요.

아홉 날의 쇠스랑과 요괴를 항복시키는 지팡이
두 사람이 강 언덕에서 맞서 싸우네.
이쪽은 총독 천봉원수

저쪽은 죄를 지어 추방당한 권렴대장
이전에 영소보전에서 만난 적도 있건만
오늘은 서로 버티며 용맹함을 겨루네.
이쪽 쇠스랑을 날리니 발톱 세운 용이요
저쪽 지팡이로 막으니 이빨 가는 코끼리일세.
쇠스랑을 쭉 뻗쳐 사면에서 푹푹 찔러대고
지팡이 날려 바람을 가르며 맞받아치네.
이쪽은 다짜고짜 사정없이 할퀴어대고
저쪽은 흐트러짐도 헛손질도 없이 휘두른다.
하나는 유사하 경계를 오랫동안 차지해온 식인 요괴
하나는 석가모니 불법을 받들어 수행하는 장수

九齒鈀　降妖杖　二人相敵河崖上
這箇是總督大天蓬　那箇是謫下捲簾將
昔年曾會在靈霄　今日爭持賭猛壯
這一箇鈀去探爪龍　那一箇杖架磨牙象
伸開大四平　鑽入迎風戱
這箇沒頭沒臉抓　那箇無亂無空放
一箇是久占流沙界吃人精　一箇是秉敎迦持修行將

둘은 치고받고 또 치고받고 스무 합이 넘게 겨뤘으나 승부를
가릴 수 없었어요. 제천대성은 삼장법사를 보호하면서 말고삐를
잡고 짐을 건사하다가, 저팔계와 요괴가 싸우는 것을 보자, 분을
못 이겨 이를 바드득 갈고 손바닥을 쓱쓱 비비면서 가서 싸우고
싶어 안달이 났어요. 그는 여의봉을 꺼내 들고 말했어요.

"사부님, 여기 앉아 계세요. 무서워하실 거 없습니다. 저놈 데리
고 좀 놀다 올게요."

스승이 가지 말라고 아무리 붙들어도 손오공은 휘파람을 불며 뛰어 나갔어요. 요괴와 저팔계의 싸움은 한창 절정인지라 뜯어 말리기도 어려운 지경이었지요. 손오공이 여의봉을 수레바퀴처럼 휘둘러 요괴의 머리통을 한 대 후려갈기자, 당황한 요괴가 재빨리 몸을 돌려 피하더니 그 길로 유사하 속으로 들어가버렸어요. 화가 난 저팔계가 펄펄 뛰며 말했어요.

"형님! 누가 와 달랬소? 그 요괴놈, 점점 손이 둔해져서 내 쇠스랑을 막을 수가 없었는데 말이야. 서너 합 안 가도 내가 잡을 수 있었어요! 형이 하도 험상궂게 날뛰니까 나 살려라 하고 도망가잖아요? 이제 어쩐단 말이오!"

그러자 손오공이 웃으며 말했어요.

"아우야, 내 솔직히 말하마. 황풍 요괴를 항복시키고 하산한 후요 달포 동안 여의봉을 못 갖고 놀다가, 너랑 그놈이랑 재미나게 싸우는 걸 보니까 몸이 근질근질해서 어디 견딜 수가 있어야지. 그래 뛰어들어 장난 좀 쳤다. 그 요괴놈 장난인 줄도 모르고 줄행랑을 쳐버렸네."

둘이 손을 잡고 키득키득 이야기를 나누며 삼장법사 있는 곳으로 돌아오자, 삼장법사가 물었어요.

"요괴는 잡았느냐?"

손오공이 말했어요.

"요괴놈이 싸움을 견디지 못하고 물속으로 줄행랑을 쳤습니다."

"얘야, 저 요괴가 여기 산 지 오래되었으니 깊이가 어느 정도인지 알 게 아니냐? 이렇게 끝없이 넓은 약수에 배조차 없으니, 여기 물을 잘 아는 사람이 좀 안내해주면 좋을 텐데 말이다."

"옳으신 말씀입니다. 속담에 이르길 '붉은 주사와 가까이하면 붉어지고 검은 먹과 함께하면 검어진다(近硃者赤 近墨者黑)'고 했듯이, 저 녀석이 여기 사니까 분명 이곳 물을 잘 알 겁니다. 그럼 이제 그놈을 잡아 일단 죽이지 말고, 사부님을 모시고 강을 건너게 한 뒤 죽이든 살리든 해야겠는걸요!"

저팔계가 말했어요.

"형님, 망설일 필요 없소. 형님이 먼저 잡을 수 있게 양보해주겠소. 난 여기서 사부님을 보호하고 있을 테니까."

그러자 손오공이 웃으며 말했어요.

"착한 아우야! 이 일은 나도 장담할 수 없겠다. 물속에서 하는 수작은 이 어르신도 아주 잘하는 게 아니거든. 변신하지 않고 그대로 가는 거라면, 수결을 맺고 또 물을 피하는 주문[避水呪]까지 외워야 갈 수 있어. 그렇지 않으면 무슨 물고기나 새우, 자라, 게 같은 걸로 변신해야 겨우 갈 수 있어. 싸움 솜씨로 말하자면, 높은 산이나 구름 속에서 하는 거라면 아무리 신묘하고 특별한 일이라도 이 몸이 모두 할 수 있지. 다만 저 물에서 하는 수작만큼은 영 껄끄럽단 말이야."

"이 저팔계 어르신이 왕년에 은하수 총독을 지내면서 수병水兵 팔만을 통솔했기 때문에, 물에 대해선 좀 알지. 다만 저 강에 있는 그놈 친족들이 남녀노소, 사돈의 팔촌까지 다 나와 덤비면 나라도 당해낼 수 없을 거요. 그러다 혹 잡히기라도 하면 어떡하오?"

"만일 네가 물속에서 싸우게 되면 승부에 연연하면 안 돼. 이기지 말고 지는 척하면서 그놈을 물 밖으로 유인해내렴. 그럼 이 몸이 손을 써 도와줄 테니."

"그러면 되겠구나. 좋아, 내가 가겠소."

말을 마치자마자 저팔계는 푸른 무명 승복을 벗어 던지고, 신발도 벗고, 두 손으로 쇠스랑을 휘둘러 물길을 열었어요. 은하수 총독을 지낸 왕년의 솜씨로 물결을 밟고 파도를 뒤집으며 나가,

마침내 강바닥까지 내려가 앞으로 계속 나갔어요.

한편, 그 요괴는 싸움에서 지고 도망쳐 와 겨우 한숨 돌리고 있는데, 누가 물을 휘젓는 소리가 들려 벌떡 일어나 살펴보니, 다름 아닌 저팔계가 쇠스랑을 들고 물길을 헤쳐 오고 있는 거였어요. 요괴는 지팡이를 번쩍 들어 앞을 가로막으며 소리를 질렀어요.

"이 중놈이! 어딜 도망치는 거냐? 이거나 먹어라!"

저팔계가 쇠스랑으로 막으며 말했어요.

"무슨 요괴이기에 감히 여기서 내 길을 막는 거냐?"

"네가 날 몰라보다니! 나는 요괴나 귀신도 아니고, 성이나 이름도 없는 그런 놈이 아니란 말이다."

"사악한 요괴나 귀신이 아니라면 어째 이런 데서 살고 있는 거지? 도대체 이름이 뭐냐? 사실대로 얘기하면 목숨만은 살려 주지."

"나로 말하자면,"

어려서부터 신통한 기운 왕성하여
천지 만 리를 실컷 놀러 다녔지.
영웅으로 이름을 천하에 날리고
호걸로서 만인의 본보기가 되었어.
만국구주를 멋대로 돌아다니고
오호사해를 맘대로 누비고 다녔어.
그게 다 도를 배우려 세상 끝까지 헤매고
스승을 찾으러 땅 구석구석을 다닌 거라네.
언제나 의발을 삼가 몸에 지니고
날마다 마음을 놓지 않고 수련했지.
세상 방방곡곡 수십 번 유랑했고

천하 곳곳을 백여 차례는 떠돌았네.

그 덕분에 비로소 진인을 만나

위대한 도 활짝 열어주니 금빛 찬란하더라.

먼저 영아嬰儿와 차녀姹女를 거두고

후에 목모木母와 금공金公을 놓아주네.

명당[2]에 있는 신장의 물은 혀 밑으로 들어가고

중루[3]에 있는 간의 불은 심장으로 향하네.

삼천 공덕이 찼기에 옥황상제 배알하고

정성으로 예를 올리며 출셋길 밝혔지.

옥황상제 벼슬을 내리시며

친히 권렴대장에 봉하셨지.

남천문에선 아주 높은 직책이었고

영소보전 앞에서도 상층이라 할 만했지.

허리에는 호랑이 머리 모양의 패를 늘어뜨리고

손에는 항요장을 들었네.

머리에는 금 투구 햇빛 받아 반짝이고

몸에 두른 갑옷은 밝은 노을처럼 빛났지.

옥황상제 행차를 호위함에 선봉을 서고

조회에 드나들 때도 앞 열에 섰네.

그런데 어느 날 서왕모께서 반도를 따

요지에서 연회 열어 여러 장수들을 초청했네.

그 자리에서 실수로 옥 술잔을 깨뜨리니

천신들 모두 혼비백산했네.

---

2 도교에서는 양미간 사이를 천문天門이라 하고, 거기서 아래로 한 치 되는 곳을 명당이라 부른다.

3 도교에서는 목구멍을 중루라고 부른다.

옥황상제 대노하시어

조정을 주관하는 좌보상에게 명하셨네.

관과 갑옷을 벗기고 관직을 박탈당한 채

사형장으로 떠밀려 갔지.

그때 고맙게도 적각대천선

대열에서 나와 간언하여 날 구해주었네.

죽었다 다시 살아나니 더 재판은 않고

유사하 동쪽 언덕으로 유배를 당했네.

배부르면 이 강 속에 웅크려 자고

배고프면 물결 헤치고 나와 먹잇감을 찾네.

나무꾼이 날 만나면 목숨 성치 못하고

어부가 날 보면 전부 죽어나갔지.

오가며 먹어치운 사람 수 많아

생명 해치는 못된 짓을 일삼았네.

네 감히 횡포 부리며 내 집 문 앞에 오다니

오늘 내 배 속이 잔뜩 기대를 하는구나.

질기고 거칠어 못 먹을 음식이라 하지 말지니

꽉 붙들어 조용히 저며 고기 조림으로 만들어주마.

自小生來神氣壯	乾坤萬里曾遊蕩
英雄天下顯威名	豪傑人家做模樣
萬國九州任我行	五湖四海從吾撞
皆因學道蕩天涯	只爲尋師遊地曠
常年衣鉢謹隨身	每日心神不可放
沿地雲遊數十遭	到處閑行百餘盪
因此才得遇眞人	引開大道金光亮
先將嬰兒姹女收	後把木母金公放

明堂腎水入華池　　重樓肝火投心臟

三千功滿拜天顔　　志心朝禮明華向

玉皇大帝便加陞　　親口封爲捲簾將

南天門裡我爲尊　　靈霄殿前吾稱上

腰間懸掛虎頭牌　　手中執定降妖杖

頭頂金盔幌日光　　身披鎧甲明霞亮

往來護駕我當先　　出入隨朝予在上

只因王母降蟠桃　　設宴瑤池邀眾將

失手打破玉玻璃　　天神箇箇魂飛喪

玉皇即便怒生嗔　　却令掌朝左輔相

卸冠脫甲摘官銜　　將身推在殺場上

多虧赤脚大天仙　　越班啓奏將吾放

饒死回生不典刑　　遭貶流沙東岸上

飽時困臥此河中　　餓去翻波尋食餉

樵子逢吾命不存　　漁翁見我身皆喪

來來往往吃人多　　翻翻覆覆傷生瘴

你敢行兇到我門　　今日肚皮有所望

莫言粗糙不堪嘗　　拿住消停剁鮓醬

저팔계가 이 말을 듣고 대노하여 욕을 퍼부었어요.

"저 나쁜 놈! 눈은 괜히 달고 다니더냐? 이 어르신께서 물거품을 날리며 오셨는데 네가 감히 뭐, 거칠고 질기니까 저며서 고기조림으로 담가주겠다고? 보아하니 네가 날 말라빠진 고깃덩이로 아는 모양인데, 까불지 마! 네 조상님의 이 쇠스랑 맛이나 봐라!"

요괴는 쇠스랑이 다가오자 봉황이 고개를 숙이는 '봉점두鳳點頭' 수법을 써서 몸을 피했어요. 둘은 물 밖으로 솟구쳐 나와 물결

을 딛고 파도를 밟으며 싸웠어요. 이번 싸움은 지난번 싸움에 댈 게 아니었지요. 어땠는고 하니,

권렴대장과 천봉원수, 각자 신통력을 뽐내니 정말 볼만하
구나.
저쪽은 요괴 잡는 지팡이 머리 위로 들어 빙빙 돌리고
이쪽은 아홉 날 쇠스랑 손놀림 비호처럼 날쌔네.
물결을 밟으며 산천을 뒤흔들고
파도를 밀어 올리니 천지 사방 캄캄하다.
무시무시하기가 태세신太歲神[4]이 불전 깃대를 들이치는 듯
악독하기가 상문신喪門神이 부처님 보개를 젖혀버리는 듯[5]
이쪽은 일편단심 늠름하게 당나라 스님 보호하고
저쪽은 지은 죄 차고 넘쳐 물 요괴가 되었네.
쇠스랑 한 번 긁으면 아홉 줄 상처가 나고
항요장 내리치면 혼이 쏙 빠지네.
기꺼이 서로 버티느라 애를 쓰고
솜씨 겨루느라 심혈을 기울이네.
따져보면 경전을 가지러 가는 사람으로서
화가 뻗쳐 참을 수 없는 일이지.
온통 들쑤셔 방어, 뱅어, 잉어, 쏘가리 비늘을 떨어뜨리고
거북이, 자라, 악어 등껍질을 망가뜨리네.
붉은 새우와 자줏빛 게 모두 죽어나가니
물속 관청의 수신水神들 하늘 우러러 절을 올리네.

---

4 고대 점성술에서 땅의 태세신이 하늘의 태세인 목성과 상응하여 움직이는데, 이 방향을 나쁜
   방향이라 생각하여 태세신의 방위로 흙을 파거나 나무를 잘라 건축 공사하는 것을 금했다.
5 상문신은 점성가들이 말하는 '총신叢辰' 가운데 하나로, 흉살수兇殺宿에 속하며 죽음을 관장
   한다. 여기 나오는 보개는 부처가 펴 든 양산을 가리킨다.

들리는 건 오직 쿠르릉 쾅 우레처럼 파도 뒤집히고 물결 구
르는 소리

해와 달도 빛을 잃어, 온 천지가 괴이하네.

捲簾將　天蓬帥　各顯神通眞可愛

那箇降妖寶杖着頭輪　這箇九齒釘鈀隨手快

躍浪振山川　推波昏世界

兇如太歲撞幢幡　惡似喪門掀寶蓋

這一箇　赤心凜凜保唐僧　那一箇　犯罪滔滔爲水怪

鈀抓一下九條痕　杖打之時魂魄敗

努力喜相持　用心要賭賽

算來只爲取經人　怒氣衝天不忍耐

攬得那鯾鮊鯉鱖退鮮鱗　龜鼈黿鼉傷損蓋

紅蝦紫蟹命皆亡　水府神明朝上拜

只聽得波翻浪滾似雷轟　日月無光天地怪

두 사람은 꼬박 네 시간을 싸웠지만 승부를 가릴 수 없었어요.
이야말로 청동 대야가 쇠 빗자루를 만난 격이요, 옥경玉罄이 금종
金鐘을 마주한 격이었어요.

한편, 제천대성은 당나라 스님을 호위하여 강기슭 언덕에 선
채, 둘이 물 위에서 싸우는 걸 눈이 빠져라 지켜보기만 할 뿐, 어
떻게 손을 쓰진 못하고 있었어요. 그때 저팔계가 쇠스랑을 허투
루 한 번 휘두르고 패한 척 머리를 돌려 동쪽 언덕으로 달아났어
요. 요괴가 그 뒤를 쫓아 언덕 쪽으로 다가오자, 손오공은 더 이상
참지 못하고 스승을 버려둔 채 여의봉을 빼 들고 강기슭으로 뛰
어내려 요괴의 머리를 내리쳤어요. 요괴는 대적할 엄두도 못 내

八戒大戰流沙河
木叉奉法收悟淨

저팔계가 유사하에서 사오정과 싸우다

고 걸음아 나 살려라 또 강물 속으로 도망쳐 들어가버렸어요. 그러자 저팔계가 꽥꽥거렸어요.

"야, 필마온! 이 성질 급한 원숭이놈아! 조금만 더 참았다가 내가 그놈을 높은 곳으로 꾀어낸 다음 네가 강가를 막아 다시 못 돌아가게 했으면 되었을 텐데, 놓치고 말았잖아? 이제 들어갔으니 언제 또 나오겠어?"

손오공이 웃으며 말했어요.

"이 멍텅구리! 그만 꽥꽥거려! 그만 떠들라니까! 이제 그만 사부님을 뵈러 가자."

할 수 없이 저팔계가 손오공과 함께 높은 언덕으로 돌아오자, 삼장법사가 인사하고 맞이하며 수고를 치하했어요.

"팔계야, 고생이 많았구나."

"고생이랄 것까지야 뭐 있겠습니까? 요괴를 항복시켜 사부님께서 강을 건너시게 해드려야 그게 완벽한 계책이 되는 건데……."

"그래, 저 요괴와 싸운 건 어떻게 되었느냐?"

"그놈 솜씨가 딱 제 맞수더군요. 한창 싸우다가 지는 척 도망가니까 그놈이 강기슭까지 따라 나왔거든요. 그런데 형님이 몽둥이를 쳐들자마자 줄행랑을 놓았습니다."

"그렇다면 어찌해야 좋단 말이냐?"

손오공이 말했어요.

"걱정 말고 마음 푹욱 놓으십시오. 오늘은 벌써 날도 저물었으니 이 언덕에 앉아 계시다 제가 공양을 얻어 오면 자시고 주무십시오. 내일 다시 해보자고요."

저팔계가 말했어요.

"옳으신 말씀, 그럼 빨리빨리 다녀오셔!"

손오공은 급히 구름을 불러 올라타고 바로 북쪽의 인가로 가서 정갈한 밥을 한 그릇 얻어다 스승께 바쳤어요. 삼장법사는 그가 순식간에 돌아온 걸 보고 물었어요.

"오공아, 우리 공양을 얻어 온 집에 가서 강을 건널 방법이 있는지 한번 물어보자꾸나. 그게 저 요괴와 싸우는 것보다 낫지 않겠느냐?"

손오공이 웃으며 대답했어요.

"그 집이 얼마나 먼데 그러세요! 육칠천 리는 족히 떨어져 있는데, 그 사람들이 이 강에 대해 뭘 알겠어요? 물어봤자 아무 소용없어요."

저팔계가 말했어요.

"형님, 또 허풍을 떠는구려. 육칠천 리 길을 어떻게 이렇게 빨리 갔다 올 수 있다고 그래?"

"네가 뭘 알겠느냐! 이 몸의 근두운은 한번 떴다 하면 십만팔천 리야. 이런 육칠천 리쯤은 고개 두어 번 끄덕하고, 허리 한 번 굽혔다 펴면 다녀올 수 있어. 이까짓 거 누워서 떡 먹기지 뭐."

"형, 그게 그렇게 쉽다면 형이 사부님을 업고 고개를 끄덕끄덕 허리 한 번 굽혔다 펴서 강을 건너가면 될 거 아냐? 왜 고생고생 하며 그 요괴놈과 싸우려는 거야?"

"그럼 너도 구름을 탈 줄 아니까 네가 사부님을 업고 건너가면 되잖아."

"사부님은 보통 인간의 육신이라 태산처럼 무거워서 내가 타는 구름으로는 감당할 수가 없어. 하지만 형의 근두운이라면 분명히 될 거야."

"내 근두운도 그래 봤자 똑같은 구름이야. 좀 더 멀리 가느냐 덜 가느냐 하는 차이만 있을 뿐이지. 너도 무거워서 태울 수 없는 걸 낸들 어떻게 태우겠어? 옛말에 '태산을 움직이기는 겨자씨처

럼 가벼워도, 보통 사람을 데리고 속세를 벗어나기는 어렵다(遭
太山輕如芥子 携凡夫難脫紅塵)'라고 하지 않더냐. 저런 지독하고 못
된 요괴놈도 사람의 혼을 붙들어 잡는 섭법을 쓰고 바람을 부리
지만 땅에서 질질 끌며 데려가는 것이지 공중으로 끌고 올라가
데려갈 순 없어. 그리고 그런 술법쯤은 이 몸도 다 부릴 수 있지.
또 은신법이나 축지법도 전부 다 쓸 줄 알아. 하지만 사부님은 낯
선 여러 나라를 몸소 다녀야만 고해苦海를 초탈할 수 있지. 그래
서 한 걸음 나아가기도 힘드신 거야. 너와 내가 할 수 있는 건 오
직 사부님을 보호해서 몸과 생명을 위태롭지 않게 하는 것일 뿐,
이런 고통을 대신할 수도, 불경을 대신 가져다드릴 수도 없어. 설
사 우리가 앞질러 가 부처님을 뵌다 해도 우리에겐 경을 내주려
하지 않으실걸? '쉽게 얻은 것은 소홀히 여기게 된다(若將容易得
便作等閑看)'는 말이 이런 걸 두고 하는 얘긴 게야."

멍텅구리 저팔계는 그 말을 듣자 맞소, 그렇군! 하며 순순히 수
긍했어요. 이윽고 반찬도 없는 식사를 마치고 스승과 제자 일행
은 유사하 동쪽 높은 언덕에서 쉬었어요.

다음 날 아침 삼장법사가 말했어요.

"오공아, 오늘은 어떻게 할 작정이냐?"

"어떻게 하고 말고도 없습니다. 팔계가 다시 내려갔다 오는 수
밖에요."

"형님, 형님은 손끝 하나 까딱 안 하면서 나더러만 자꾸 내려가
라고?"

"착한 아우야, 이번엔 내 절대 조급히 굴지 않으마. 네가 유인만
해오면 강가를 막아 돌아가지 못하게 한 뒤 꼭 사로잡을게."

멋진 저팔계! 그는 얼굴을 쓱쓱 문지르고 으쓱으쓱 기운을 내
더니만, 양손에 쇠스랑을 쥐고 강가로 가서 물길을 열어 저번처

럼 강바닥의 요괴 소굴까지 내려갔어요. 그때 요괴는 자다가 막 깨어난 참이었는데, 물을 휘젓는 소리가 들리자 급히 고개를 돌려 두 눈을 부릅뜨고 살펴보니, 저팔계가 쇠스랑을 쥐고 오는 거였어요. 요괴는 펄쩍 뛰어나가 앞을 가로막으며 호통을 쳤어요.

"꼼짝 마라! 꼼짝 마! 지팡이를 받아라!"

저팔계가 쇠스랑을 들어 막으며 말했어요.

"무슨 말라비틀어진 '상주 지팡이[哭喪杖]'를 들고 난리야? 네 할아비한테나 받아보라고 그러시지!"

"네 이놈! 네깐 놈이 뭘 안다고! 나의 이……"

보물 항요장은 본래 명성이 드높으니
원래 달 속의 계수나무 가지였지.
한나라 때 신선 오강이 한 가지 베어 온 것을
춘추시대 명장名匠 노반이 공들여 다듬었지.
속에는 한 줄기 쇠심을 박고
밖에는 구슬 실에 옥 꿰어 주렁주렁 달았지.
이름하여 보물 지팡이, 요괴를 능히 항복시키고
영소보전 굳건히 지켜 괴물을 복종시키지.
관직이 대장군에 이르니
옥황상제께서 하사하시어 몸에 지니게 하셨지.
길어졌다 짧아졌다 내 마음대로
가늘었다 굵어졌다 내 뜻대로지.
옥황상제 호위하여 반도대회 가고
조회에 나아가 상좌에도 앉았지.
보전에 근무 설 때 일찍이 여러 신성들이 참례하는 걸 보았고 주렴 걷어 뭇 신선들 배알하는 걸 보았지.
뛰어난 신통력을 기른 신비의 병기라
인간세계의 평범한 무기가 절대 아냐.
유배당해 하늘 문 밖으로 쫓겨 내려온 후
멋대로 종횡무진 세상 밖을 쏘다녔네.
간 크게 자기 자랑 늘어놓아선 안 되겠지만
이 세상 창과 칼 어느 것도 이에 견주기 어렵네.
네 녹슨 쇠스랑 꼴 좀 보아라
밭 갈고 채소 가꾸는 데나 쓸 만하겠다!

寶杖原來名譽大　　本是月裡桫欏派
吳剛伐下一枝來　　魯班製造工夫蓋
裡邊一條金趄心　　外邊萬道珠絲玠
名稱寶杖善降妖　　永鎮靈霄能伏怪
只因官拜大將軍　　玉皇賜我隨身帶
或長或短任吾心　　要細要麤憑意態
也曾護駕宴蟠桃　　也曾隨朝居上界
值殿曾經眾聖參　　捲簾曾見諸仙拜
養成靈性一神兵　　不是人間凡器械
自從遭貶下天門　　任意縱橫遊海外
不當大膽自稱誇　　天下鎗刀難比賽
看你那箇銹釘鈀　　只好鋤田與築菜

그러자 저팔계가 웃으며 말했어요.

"네가 아직 매맛을 덜 봤구나, 이 나쁜 놈! 채소 가는 쇠스랑이
든 뭐든 간에 한 번 스치기라도 해봐라. 고약 붙일 데도 없이 아홉
개 상처 구멍에서 일제히 피가 흘러, 죽지 않더라도 평생 파상풍

에 걸려 고생할걸?"

　요괴가 저팔계가 가로막은 쇠스랑을 휙 쳐내며 강바닥에서 저
팔계와 함께 수면으로 나왔어요. 이번 싸움은 지난번보다 훨씬
더했으니, 자, 보세요!

　　항요장 빙글빙글 돌리면, 쇠스랑으로 내리찍고

　　말이 통하지 않으니 같은 편이 아니로다.

　　오직 저팔계만이 사오정을 감당할 수 있기에

　　명을 받아 둘이서 싸움이 붙었네.

　　이기고 지는 쪽도 없이 엎치락뒤치락

　　파도를 뒤집고 물결을 튕기며 으르렁거리네.

　　이쪽은 노기 충천 어찌 용서할 수 있으며

　　저쪽은 자존심 상해 어찌 참고 견디랴?

　　쇠스랑이 치고 항요장이 막으며 용맹을 뽐내니

　　유사하에 소용돌이 일으키며 독한 기세 흉흉하다.

　　기세 당당, 고생 끙끙

　　이 모두 삼장법사 서역으로 가기 때문이라네.

　　쇠스랑은 너무도 사납고

　　항요장 쓰는 품 노련하기 그지없네.

　　이쪽은 붙잡아 언덕으로 끌고 가려 하고

　　저쪽은 붙들어 물속으로 끌고 가려 하네.

　　벽력같은 소리에 용과 물고기 놀라 뛰고

　　검은 구름에 하늘이 캄캄, 귀신이 납작 엎드리네.

　　　　　　　　寶杖輪　釘鈀築　言語不通非眷屬

只因木母尅刀圭[6]　致令雨下相戰觸

沒輸贏　無反覆　翻波淘浪不和睦

這箇怒氣怎含容　那箇傷心難忍辱

鈀來杖架逞英雄　水滾流沙能惡毒

氣昂昂　勞碌碌　多因三藏朝西域

釘鈀老大兇　寶杖十分熟

這箇揪住要往岸上拖　那箇抓來就將水裡沃

聲如霹靂動魚龍　雲暗天昏神鬼伏

이번 판엔 주거니 받거니 서른 합이 넘도록 싸웠건만 승부를 가릴 수가 없었어요. 그러자 저팔계가 또다시 진 체하며 쇠스랑을 끌고 도망쳤어요. 요괴가 뒤를 쫓아 밀려오는 물결을 헤치고 언덕까지 따라오자, 저팔계가 욕을 퍼부었지요.

"이 못된 괴물놈! 어디 올라와봐! 여기 높은 데서 제대로 한번 싸워보자고!"

요괴도 맞받아 욕을 했지요.

"네 이놈, 날 유인해 끌고 가 또 그놈에게 넘겨주려고? 네가 내려와 보시지! 물속에서 겨뤄보자!"

그 요괴 원래 약은 놈인지라 더 이상 언덕에 오르려 하지 않고 강가에서 저팔계와 입씨름을 벌일 뿐이었어요.

한편, 손오공은 요괴가 언덕으로 올라오려 하지 않자, 급한 성미에 속이 바짝바짝 타고 울화통이 터져 단방에 잡지 못하는 것이 답답할 뿐이었어요.

6 목모木母는 저팔계를 가리키고, 도규刀圭는 사오정을 가리킨다. 도규는 고대에 약을 재던 기구였는데, 여기서는 사오정의 별명으로 쓰이고 있다.

"사부님, 여기 혼자 좀 계십시오. 제가 저놈에게 '주린 매가 먹이를 채는 법[餓鷹澗食]'을 써야겠습니다."

그는 근두운을 타고 공중에 날아올랐다 쏜살같이 내려가 요괴를 잡아채려 했어요. 요괴는 저팔계와 한창 말싸움을 하고 있다가 갑자기 바람 소리가 들려 얼른 고개를 돌려보니 손오공이 구름을 타고 내려오고 있는 거였어요. 그래서 다시 항요장을 거두고 풍덩 물속으로 뛰어들어 자취를 감추었으니, 순식간에 종적이 묘연했어요. 손오공은 한참 동안 언덕 위에 서 있다가 저팔계에게 말했어요.

"아우야, 저 요괴도 꽤나 교활한 놈이구나. 이제 다신 언덕에 오르려 하지 않을 텐데, 어쩌면 좋지?"

"어렵겠어요, 어려워! 싸움으론 이길 수 없겠어. 젖 먹던 힘까지 다 썼는데도 비기고 말았으니……."

"사부님부터 뵈러 가자."

두 사람이 다시 높은 언덕에 올라 삼장법사에게 요괴를 잡기가 어렵겠다고 사정을 얘기하니, 삼장법사는 눈물을 뚝뚝 흘리며 말했어요.

"이처럼 힘들어서야 어떻게 건넌단 말이냐?"

손오공이 말했어요.

"사부님, 걱정하지 마십시오. 사실 그 요괴가 강바닥에 깊이 숨어버리니까 잡기가 어려운 것이거든요. 팔계야, 너 여기서 사부님 모시고 있어라. 더 이상 그놈과 맞붙지 말고! 이 몸께서 남해에 좀 다녀올 테니까."

"형님, 남해엔 왜 가셔?"

"경전을 가지러 가는 이 짓도 원래 남해 관음보살이 시킨 거고, 우리들을 풀어준 것도 관음보살이 아니더냐? 오늘 유사하에서 길이 막혀 더 갈 수 없게 생겼는데, 이것도 그가 아니면 누가 어떻게 할 수 있겠냐? 내가 보살을 모셔 오는 게 저 요괴와 싸우는 것보다 훨씬 낫겠다."

"그래, 맞소! 형님, 가시면 제발 날 위해 한 말씀 올려주시구려. 지금껏 가르침을 잘 따르고 있다고 말이야."

그러자 삼장법사가 말했어요.

"오공아, 보살님을 모셔 올 거면, 지체하지 말고 얼른 갔다 얼른 오너라."

손오공은 즉시 근두운을 타고 곧장 남해로 향했어요. 아! 한 시간도 안 되어 금방 보타산普陀山 경관이 보이기 시작했지요. 순식간에 근두운에서 내려 자죽림에 도착하니, 스물네 하늘의 천신天神들이 나와 맞이하며 말했어요.

"제천대성, 어쩐 일이시오?"

"우리 사부님께서 재난을 당하시어, 긴히 보살님을 뵈러 왔소."

"앉으시오, 안에 기별하겠소."

그날 당직을 서는 천신이 조음동에 가서 알렸어요.

"손오공이 찾아뵐 일이 있답니다."

그때 관음보살은 봉주용녀捧珠龍女와 보련지寶蓮池 못가에서 난간에 의지하여 꽃구경을 하고 있다가, 전갈을 받자 구름에 덮인 바위를 돌아 문을 열고 안으로 들이라 했어요. 제천대성은 단정하고 불제자의 예를 갖춰 인사를 올렸어요. 관음보살이 물었어요.

"어찌하여 당나라 스님은 보호하지 않고서? 무슨 일로 또 날 찾아왔느냐?"

"보살님, 저희 사부님께서 지난번 고로장에서 제자 하나를 거두었으니 저팔계란 녀석이옵니다. 보살님의 은덕을 입어 법명을 오능이라 받았다면서요? 겨우겨우 황풍령을 지나 지금 팔백 리 유사하에 이르렀는데, 아무것도 뜨지 못하는 삼천 리 약수인지라 사부님께선 도저히 건널 수가 없습니다. 게다가 강에 요괴 한 놈이 사는데 무예가 아주 뛰어납니다. 고맙게도 오능이 나서서 그놈과 수면에서 세 차례나 크게 싸웠지만 승부를 내지 못했으니, 그놈에게 가로막혀 강을 건널 수가 없습니다. 그래서 보살님께 부탁드리는 것이오니, 자비심을 베푸시어 강을 좀 건너게 해주시지요."

"이 원숭이 녀석! 또 제 잘난 맛에 우쭐대느라 당나라 스님을 모시고 간다는 말은 하지도 않았구나?"

"저희는 단지 그놈을 잡아 사부님을 건너게 해달라고 시킬 작정이었습니다. 물속에서 일어난 일은 저도 잘은 모르는데요, 오능이 그놈의 소굴을 찾아내 말을 걸었기 때문에, 아마도 경을 가지러 간다는 말 같은 건 하지 않았을 겁니다."

"유사하의 그 요괴는 다름 아닌 하계에 유배된 하늘의 권렴대장이다. 그 역시 내가 불문에 귀의시켜 경전을 가지러 가는 일행을 보호하라고 일러놓았다. 네가 만약 동녘 땅에서 경을 가지러 가는 사람이라고 말만 했으면 절대 너희와 다투지 않고 무조건 복종했을 게야."

"그 요괴는 이제 싸우는 걸 겁내서 밖으로 나오려고도 안 하고 그저 물속에만 처박혀 있으니, 어떻게 불러내 귀의시킨답니까? 그리고 저희 사부님은 또 어떻게 이 약수를 건넌단 말입니까?"

관음보살이 즉시 목차 혜안을 불러 소매에서 붉은 조롱박을 하나 꺼내주면서 분부했어요.

"이 조롱박을 가지고 손오공과 함께 유사하에 가서 '오정아' 하고 부르기만 해도 그 자가 금방 나올 게다. 우선 그를 삼장법사에게 데리고 가 귀의시킨 다음, 그가 가지고 있는 아홉 개 해골바가지를 한 줄로 꿰어 구궁九宮의 꼴에 맞춰 늘어놓고 그 가운데

이 조롱박을 놓으면 한 척의 법선法船이 될 것이니, 당나라 스님을 싣고 유사하를 건널 수 있을 게야."

그리하여 혜안이 보살의 명을 좇아 제천대성과 함께 조롱박을 받쳐 들고 조음동을 나와, 법지法旨를 받들어 자죽림을 떠났지요. 이를 증명하는 시가 있답니다.

오행의 짝이 하늘의 섭리에 맞아떨어져
옛 주인을 알아보네.
수련은 이미 기초가 섰으니 절묘한 쓰임새 있고
옳은 것과 그른 것 구별하여 원인을 알아내네.
이제 본성을 회복하여 같은 부류에게 돌아가고
본래 성정 애써 구하여 타락에서 돌아왔네.
이토二土의 공덕[7]을 온전히 하여 적막을 이루니
물과 불이 조화로워 티끌 한 점 없도다.

五行匹配合天眞　認得從前舊主人

煉已立基爲妙用　辨明邪正見原因

今來歸性還同類　求去求情共復淪

二土全功成寂寞　調和水火沒纖塵

얼마 뒤 둘은 구름을 멈추어 유사하 언덕에 내렸어요. 저팔계는 목차 행자를 알아보고 스승을 모시고 앞으로 맞이하러 나왔어요. 목차는 삼장법사와 예를 갖추고, 또 저팔계와도 인사를 나누었어요. 저팔계가 말했어요.

7　일반적으로 '이토'는 살과 죽음, 탁함과 학함이 없는 깨끗한 흙과 그런 것들이 있는 더러운 흙을 가리킨다. 그 외에 사토事土와 이토理土, 보토報土와 화토化土, 보토報土와 응토應土, 실지토實智土와 변화토變化土로 나누어 설명하기도 한다.

"전에 존자尊者의 가르침을 입어 보살님을 뵌 뒤, 이 저팔계는 불법을 잘 따라 이제 기꺼이 불문에 들었사옵니다. 그동안 사부님 모시며 워낙 바빴던 터라 미처 감사의 인사도 올리지 못했습니다. 용서하십시오, 용서하세요."

손오공이 말했어요.

"이제 인사는 그만하고, 그놈을 부르러 갑시다."

삼장법사가 말했어요.

"누굴 부르느냐?"

손오공이 말했어요.

"제가 보살님을 뵙고 그간 생긴 일을 다 고했더니 보살님께서 말씀하시길, 이 유사하의 요괴가 바로 하계에 귀양 온 권렴대장인데, 하늘에서 큰 죄를 지어 이 강으로 떨어져 제 모습을 잊고 요괴가 된 것이라고 했습니다. 그놈도 일찍이 보살님의 교화를 입어 사부님께 귀의하여 서천으로 가겠노라 자원했답니다. 그런데 저희가 경을 가지러 간다는 말을 하지 않는 바람에 이처럼 힘들여 싸우게 된 거랍니다. 보살님께서 이제 목차존자를 보내 이 조롱박을 저놈에게 주어 법선을 만들어서 사부님을 건너게 해드리라 하셨습니다."

삼장법사는 이 말을 듣고 극진한 예로 쉴 새 없이 절을 하고, 또 목차존자에게 감사의 인사를 했어요.

"목차존자께서 아무쪼록 빨리 가주십시오."

목차는 조롱박을 받쳐 들고 구름과 안개를 타고 유사하 수면에 이르자, 매서운 소리로 외쳤어요.

"오정아! 오정아! 경전을 가지러 가는 분들이 여기 오신 지 오래되었구나! 네 어찌하여 아직도 복종하지 않느냐?"

한편, 그 요괴는 원숭이 왕이 두려워 강바닥으로 도망친 뒤 제

소굴에서 쉬고 있던 중이었어요. 그런데 제 법명法名을 부르는 소리가 들리자 분명 관음보살이다 싶었고, 또 '경전을 가지러 가는 분들이 있다'는 말을 듣자 도끼에 목이 날아갈 것도 두려워하지 않고 급히 물결을 뒤집어 머리를 쑥 내밀고 보니, 목차 행자가 와 있었어요. 그는 싱글벙글 웃으며 앞으로 나와 인사를 했어요.

"존자께서 오셨는데 마중도 못했습니다. 보살님께선 지금 어디 계시옵니까?"

"사부님께선 아직 안 오셨다. 먼저 날 보내 네게 분부하시길, 어서 당나라 스님의 제자가 되라고 하셨다. 그리고 네 목에 걸린 해골바가지와 이 조롱박을 가지고 구궁의 형태대로 법선 한 척을 만들어 그분이 이 약수를 건너시게 해드리라 하셨다."

"경을 가지러 가는 분이 어디 계신데요?"

"저기 동쪽 언덕에 앉아 계신 분이 아니고 누구겠냐?"

사오정이 저팔계를 보더니 말했어요.

"저 자식, 어디서 굴러먹던 돼먹잖은 놈인지 몰라도, 저하고 꼬박 이틀이나 싸웠지만 경전 가지러 간다는 말은 일언반구 없던데요?"

또 손오공을 보더니 이렇게 말했어요.

"이 양반이 저놈을 도와주는 모양인데, 어찌나 무섭던지! 저 못 갑니다."

그러자 목차가 말했어요.

"저쪽은 저팔계이고 이쪽은 손오공이니라. 모두 당나라 스님의 제자들이고 또 모두 보살님이 귀의시킨 자들이지. 뭘 그리 겁내느냐? 자, 나랑 같이 당나라 스님을 뵈러 가자."

사오정이 그제야 항요장을 거두고 누런 비단 승복을 단정히 하고 언덕으로 뛰어올라, 삼장법사에게 두 무릎을 꿇고 엎드려 말했어요.

"사부님, 제자 눈이 있어도 눈동자는 없다고, 사부님의 존안尊顔을 알아보지 못하고 많은 결례를 범했으니, 부디 용서해주십시오."

저팔계가 말했어요.

"저런 똥자루 같은 놈! 왜 빨리 귀의하지 않고 죽자 사자 나한테 덤벼? 그래놓고 이제 와 뭐 어쩌고 어째?"

손오공이 웃으며 말했어요.

"아우야, 저 친구 탓하지 마라. 어쨌든 우리가 경을 가지러 간다는 얘기나 이름을 말하지 않아서 그런 거니까."

삼장법사가 말했어요.

"정말 성심으로 우리 불문에 귀의하겠느냐?"

사오정이 대답했어요.

"일찍이 보살님의 교화를 입어 저 강 이름으로 성을 삼고 제게 사오정이란 법명을 지어주셨거늘, 어찌 사부님을 따르지 않을 리가 있겠습니까?"

그러자 삼장법사가 말했어요.

"그렇다면 좋다. 오공아, 계도戒刀를 가져오너라. 오정의 머리를 깎아줘야겠다."

삼장법사의 말이 떨어지자마자 제천대성이 계도를 가져다 그의 머리를 깎아주었어요. 사오정은 삭발이 끝나자 삼장법사에게 절하고, 또 손오공과 저팔계에게 절을 한 뒤 형제의 순서를 정했어요. 삼장법사는 그가 배례하는 모습이 스님들 법도와 하나 다를 게 없음을 보고, 그를 또 사화상沙和尚이라 부르기로 했어요. 목차가 말했어요.

"부처님의 뜻을 받들게 된 바, 더 무슨 얘기가 필요하겠느냐?

얼른 법선을 만들어라."

사오정은 우물거리지 않고 곧 목에 건 해골바가지를 끌러 새끼줄로 엮어 구궁 모양으로 만든 뒤 관음보살의 조롱박을 그 안에 놓고서, 스승에게 언덕에서 내려오도록 청했어요. 삼장법사가 마침내 법선에 올라 자리에 앉으니 정말 가벼운 배를 탄 것처럼 편안했어요. 왼쪽엔 저팔계가 부축하고 오른쪽엔 사오정이 받들어 모셨지요. 손오공은 뒤에서 용마龍馬를 끌고 구름과 안개를 타고 뒤따르고, 머리 위에선 또 목차가 호위하니, 드디어 삼장법사는 둥실둥실 편안히 유사하에 배를 띄워 물결 잔잔하고 바람 고요히 약수를 건너갔어요.

그야말로 화살이 날아간 듯 빠르게 건너편 언덕에 닿으니, 무사히 큰 물결을 벗어나게 되었지요. 게다가 옷엔 물 한 방울 흙 한 점 묻히지 않고, 다행히 손발엔 물기 하나 없이 깨끗한 모습 그대로 스승과 제자 모두 거뜬히 땅을 밟았어요. 그러자 목차는 상서로운 구름을 낮추어 조롱박을 거두어들였어요. 또 해골바가지는 순식간에 아홉 가닥의 음산한 바람이 되어 소리도 없이 사라졌어요. 삼장법사는 목차에게 절하여 감사드렸고 무릎을 꿇고 땅에 머리를 조아려 관음보살께 공손히 절을 올렸지요.

목차는 곧장 동쪽 큰 바다로 돌아가고
삼장법사 말에 올라 서역으로 향하네.

木叉徑回東洋海　三藏上馬却投西

이들이 언제나 비로소 정과正果를 얻어 경을 구하게 될지는 알 수 없으니, 이에 대해서는 다음 회를 들어보시라.

제23회
네 보살이 삼장법사 일행을 시험하다

이런 시가 있지요.

불법을 받들어 서쪽으로 가는데 길은 멀고
가을바람 솔솔 부니 서리꽃 피어나네.
짓궂은 원숭이는 자물쇠 단단히 채워 줄 풀어주지 말고
못난 말은 굴레 단단히 씌우고 채찍질은 말아라.
목모木母와 금공金公은 원래 스스로 합치고
할멈과 어린아이는 본래 다름이 없다네.*
철탄¹을 깨물어 여니 참소식이요
반야바라의 큰 지혜가 그 집에 이르렀다네.

奉法西來道路賒　秋風淅淅落霜花

乖猿牢鎖繩休解　劣馬勤兜鞭莫加

木母金公原自合　黃婆赤子本無差

1　불교에서 철탄은 '쇠 말뚝[鐵橛子]'을 가리킨다. 『무진등론無盡燈論』에 따르면, 쇠 말뚝은 씹을 곳이 없어서 맛이 없는 것처럼 보이나, 이것은 모르는 얘기이다. 큰 용맹심으로 분발하여 쉬지 않고 이리저리 씹다보면 쇠 말뚝이 씹힐 때가 있을 것이요, 그때에야 비로소 여기에 무진장한 불법의 맛이 담겨 있음을 알게 된다고 했다.

　이번 이야기는 경전을 가지러 가는 길이 일신一身의 근본을 닦는 길과 떨어져 있지 않음을 말하고 있지요.

　한편, 삼장법사와 세 제자는 진여眞如를 깨닫고, 속세의 사슬을 한순간에 풀어버리고, 지혜의 바다[性海] 유사하를 헤쳐 나와 아무런 장애 없이 큰길을 따라 서쪽으로 가고 있었지요. 푸른 산, 푸른 강을 두루 지나며 온갖 풀과 야생화를 실컷 보았어요. 세월은 정말 쏜살같이 흘러 또다시 가을로 접어드니, 눈에 보이는 것은 이러했지요.

> 단풍잎 온 산을 붉게 물들이고
> 국화는 늦바람을 견뎌내네.
> 늙은 매미 울음소리 점점 게을러지고
> 시름겨운 귀뚜라미 그리움 끝이 없네.
> 푸른 비단 부채 같은 연잎은 찢어졌고
> 금귤 우거진 숲에 향기 가득하네.
> 가련하구나, 몇 줄로 늘어선 기러기
> 점점이 먼 하늘에 줄지어 나네.

楓葉滿山紅　黃花耐晚風
老蟬吟漸懶　愁蟋思無窮
荷破靑紈扇　橙香金彈叢
可憐數行雁　點點遠排空

　길을 가자니 어느새 날이 저물었는지라, 삼장법사가 말했지요.

"애들아, 오늘도 날이 저물어가는데, 어디 가서 쉬지?"

손오공이 대답했어요.

"사부님 말씀은 틀렸어요. 출가한 사람은 바람을 마시고 물가에서 자고, 달빛과 서리를 맞으며 노숙하니 가는 곳마다 집이거늘, 어디서 쉴지 뭐하러 물으시는 겁니까?"

저팔계가 말했어요.

"형님, 형님은 홀가분하게 길을 가니까 다른 사람이 힘든 것은 신경도 쓰지 않는군요? 유사하를 건넌 후 여태껏 산을 오르고 고개를 넘으면서 무거운 짐까지 짊어지고 있으니, 정말 힘들어 죽겠소. 인가를 찾아서 밥도 좀 얻어먹고, 원기도 좀 추슬러야 이치에 맞는 게 아니요?"

"멍텅구리야, 말속에 어째 원망이 서린 듯하구나? 아직도 고로장高老庄에서처럼 빈둥거리며 굴러들어온 복이나 기다릴 생각을 하고 있다면 안 될 게다. 불문佛門의 바른길에 들어왔으니, 고생을 해야 제자 노릇을 제대로 하는 것이지!"

"형님, 이 짐이 얼마나 무거운지 좀 보시오."

"동생, 자네와 오정이 온 뒤로 나는 짐을 져본 일이 없는데, 얼마나 무거운지 어떻게 알아?"

"형님, 한번 세어보시구려."

누런 등나무 껍질이 네 묶음에
길고 짧은 밧줄이 여덟 개
게다가 비를 가리려면
서너 겹 천막도 필요하지.
멜대는 또 미끄러질까 걱정이라
양쪽 끝엔 커다란 못까지 박혀 있지.

구리로 상감하고 철로 두들겨 만든 구환석장에
등나무 넝쿨과 대껍질로 엮어 만든 삿갓까지 짊어졌네.

四片黃藤箋　　長短八條繩
又要防陰雨　　氈包三四層
扁擔還愁滑　　兩頭釘上釘
銅厢鐵打九環杖　　箋絲藤纏大斗蓬

"이렇게 많은 짐을 날마다 이 몸 혼자 진 채 걷고 있소. 형님만 사부님의 제자 노릇 하고, 나는 머슴 취급이오?"

손오공이 웃으며 말했어요.

"멍텅구리야, 누구에게 하는 말이냐?"

"형님에게 하는 말이지."

"나한테 말하면 안 되지. 이 손 어르신은 오직 사부님만 잘 보살피면 되고, 너와 오정은 짐과 말을 전담하는 거야. 조금이라도 게으름을 피우는 날엔 이 몽둥이로 따끔하게 복사뼈 한 대 얻어맞을 줄 알아!"

"형님, 때린다는 말은 하지 마시오. 때리는 건 힘으로 사람을 괴롭히는 거요. 형님이 자존심 세고 도도해서 절대 짐을 지지 않으려 할 걸 잘 아오. 하지만 사부님이 타는 말은 저렇게 크고 토실토실한데 노스님 한 분만 달랑 태우고 있으니, 형제의 정을 봐서 짐 몇 개만 저기다 실어주시구려."

"네가 말이라고 하는 저놈은 보통 말이 아니야. 원래는 서해 용왕 오윤의 아들로 용마 삼태자라고 하지. 까불다가 궁전의 명주를 태워버려서 저놈의 아비가 불효죄로 고발하는 바람에 하늘의 법을 어긴 몸이 되었으나, 다행히 관음보살이 목숨을 구해주었지. 쟤는 응수두간鷹愁陡澗에서 오랫동안 사부님을 기다렸어. 다행히도 관음보살이 친히 오셔서 저놈의 비늘과 뿔을 없애고, 목밑의 구슬도 떼어주시고 나서야 저런 말로 변신할 수 있었어. 그리고 사부님을 태우고 서천으로 부처님을 뵈러 가겠노라 자원했던 거야. 이는 모두 각자의 공과功果니까, 다시는 재를 끌어들이지 말라고."

사오정이 이 말을 듣고 물었지요.

"형님, 진짜 용이에요?"

"그래."

저팔계가 말했어요.

"형님, '용은 구름과 안개를 뿜고 흙과 모래를 날리며, 산을 오르고 고개를 넘는 수단이 있으며, 강과 바다를 뒤집는 신통력이 있다'는 옛말을 들었소. 그런데 지금 쟤는 어째서 저렇게 천천히 걷는단 말이오?"

"저놈이 빨리 가기를 바란다면, 내 그렇게 만들어주지. 잘 봐라!"

멋진 제천대성! 그가 여의봉을 한 번 흔드니 만 갈래 오색구름이 생겨났어요. 백마는 손오공이 여의봉을 드는 것을 보고 얻어맞을까 봐 무서워 허둥지둥 네 발굽을 번개같이 놀려 쌩하니 내달렸지요. 저 삼장법사는 손에 힘이 없어 고삐를 당기지도 못하고 달리는 대로 내버려둘 수밖에 없었어요. 말은 산언덕까지 내달려 올라간 뒤에야 뚜벅뚜벅 천천히 걷기 시작했지요. 삼장법사가 헐떡이는 숨을 간신히 진정하고 고개를 들어 보니, 멀리 울창한 소나무 그늘 속에 높다랗게 지어올린 집들이 몇 채 위세당당하게 서 있었어요.

문에는 비취색 잣나무 가지 늘어졌고
집은 푸른 산 가까이 자리 잡았네.

몇 그루 소나무 가지 한들한들
여러 줄기 대나무 잎도 무성하네.
울타리 곁 들국화에는 서리 엉겨 아름답고
다리 옆 그윽한 난초, 물에 붉게 비치네.
진흙 바른 벽에는
벽돌 둘러져 있네.
높은 집 아주 웅장하고 아름다우며
큰 건물들 매우 깨끗하고 조용하네.
소와 양 보이지 않고 닭과 개도 없으니
아마 가을걷이도 끝나 농사가 한가한 듯.

門垂翠栢　宅近青山

幾株松冉冉　數莖竹班班

籬邊野菊凝霜豔　橋畔幽蘭映水丹

粉泥墻壁　磚砌圍圜

高堂多壯麗　大廈甚清安

牛羊不見無雞犬　想是秋收農事閑

삼장법사가 고삐를 늦추고 천천히 구경하고 있는 차에, 손오공 형제들이 막 도착했지요. 사오정이 말했어요.

"사부님, 말에서 떨어지지는 않으셨나요?"

삼장법사는 손오공을 꾸짖었지요.

"이 발칙한 원숭이야! 그렇게 말을 놀라게 하면 어쩌란 말이냐? 다행히 그래도 떨어지지는 않았다만!"

손오공은 웃음을 띤 채 말했어요.

"사부님, 저한테 뭐라 하지 마세요. 저팔계가 말이 느리다고 해서 제가 말을 좀 빨리 가게 한 것뿐이니까요."

저 멍텅구리는 말을 쫓아오느라 급하게 달려 숨을 헐떡거리며 입으로는 계속 투덜댔어요.

"관둬요, 관둬! 배가 홀쭉해서 허리띠도 헐렁해졌고! 짐이 무거워 질 수도 없는데, 말을 쫓느라 헐레벌떡 뛰게 만들기까지 하다니, 나 원 참!"

삼장법사가 말했어요.

"얘들아, 저편에 마을이 보이니 가서 잠자리를 청해보자꾸나."

손오공이 이 말을 듣고 고개를 들어 바라보니, 정말 하늘에 상서로운 구름과 서기 어린 노을이 가득 차 있었어요. 그는 직감적으로 부처와 신선이 법술을 써놓은 곳이 틀림없음을 알았으나, 감히 천기를 누설하지는 못하고 그저 이렇게 말했지요.

"좋아요, 좋아! 가서 하룻밤 재워달라고 해보지요."

삼장법사가 서둘러 말에서 내려 문루²를 보니, 기둥과 대들보에 연꽃이며 코끼리의 코가 장식되어 있었어요. 사오정은 짐을 내려놓고, 저팔계는 말을 끌며 말했지요.

"이 집은 보통 부자가 아닌 것 같은데……."

손오공이 곧장 들어가려 하자, 삼장법사가 말했지요.

"안 된다. 우리는 출가한 사람이니 남에게 의심받을 만한 일은 알아서 조심해야 하는 법, 함부로 들어가지 말거라. 사람이 나올 때까지 기다렸다가 예를 갖추어 잠자리를 청해보자."

그래서 결국 저팔계는 말을 묶고 담 아래 비스듬히 기대고, 삼장법사는 섬돌 위에 서 있고, 손오공과 사오정은 주춧돌에 앉아 있었어요. 한참이 지나도 사람이 나오지 않자, 성질 급한 손오공은 벌떡 일어나 문안을 기웃거렸지요. 남쪽을 향해 대청이 세 개 있는데, 창에는 발이 높이 걸려 있었어요. 그리고 안채로 향한 중

---

2 대궐이나 성城 등의 문 위에 지은 다락집. 초루誰樓라고도 한다.

문 위에는 산처럼 오랜 수명과 바다처럼 큰 복[壽山福海]을 기원하는 그림이 가로로 길게 걸려 있었으며, 금칠을 한 양쪽 기둥에는 커다란 붉은 종이에 쓴 춘련春聯이 걸려 있었는데, 거기에는 이렇게 적혀 있었어요.

버들가지 실같이 나부낄 때 평평한 다리에 날은 저물어가고
눈을 뿌린 듯 향기로운 매화 피었으니 작은 뜰에 봄이 왔네.

絲飄弱柳平橋晩　雪點香梅小院春

한가운데에는 검은 옻칠이 바랜 향궤가 있고, 그 위엔 구리로 만든 짐승 모양의 향로가 놓여 있었지요. 윗자리에는 등받이 의자 여섯 개가 놓여 있고, 양쪽 벽에는 사계절의 모습이 그려진 병풍이 걸려 있었어요. 손오공이 막 기웃거리고 있는데, 뒷문에서 발소리가 들리더니 젊지도 늙지도 않은 중년의 부인이 걸어 나오며 교태 어린 목소리로 말했어요.

"뭣하는 사람이기에 남의 과붓집을 함부로 들어오시나!"

당황한 제천대성은 연신 "네, 네" 하면서 이렇게 말했어요.

"저는 동녘 땅 위대한 당나라에서 왔는데, 부처님을 뵙고 경전을 구하라는 어명을 받들어 서쪽으로 가는 중입니다. 일행 넷이 댁 앞을 지나다 날이 저물어, 보살님 댁에서 하룻밤 묵어갈 수 있을까 해서 왔습니다."

부인은 웃으며 맞아들였지요.

"그럼, 나머지 세 분은 어디 계시나요? 모셔 오시지요."

손오공은 소리 높여 불렀어요.

"사부님, 들어오시랍니다."

삼장법사는 저팔계와 사오정에게 말을 끌고 짐을 메게 해서

함께 문으로 들어섰어요. 부인이 대청까지 나와 맞아들였고 저팔
계는 게슴츠레한 눈으로 힐끔거리는데, 부인의 차림새는 이러했
지요.

금실 넣어 짠 녹색 모시 저고리
그 위에 덧입은 것은 분홍색 조끼
비단 띠 맨 노란 비단 치마
그 아래 비치는 것은 바닥이 높은 꽃신
유행 따라 올린 쪽머리 검은 비단처럼 넘실거리는데
그 옆엔 똬리 튼 용 같은 두 가지 색의 상투가 잘 어울리네.
궁정풍의 상아 빗 울긋불긋 반짝이고
비스듬히 꽂은 두 개의 적금 비녀
반쯤 희끗해진 살쩍은 봉황이 날개를 편 듯하고
양쪽에 늘어뜨린 귀걸이에는 진주가 줄줄이 박혀 있네.
연지나 분 바르지 않아도 절로 아름다우니
분위기는 아직 재기 발랄한 아가씨 같구나.

穿一件織金官綠紵絲襖　上罩著淺紅比甲
繫一條結綵鵝黃錦繡裙　下映着高底花鞋
時樣鬏髻皂紗漫　相襯着二色盤龍髮
宮樣牙梳朱翠幌　斜簪着兩股赤金釵
雲鬢半蒼飛鳳翅　耳環雙墜寶珠排
脂粉不施猶自美　風流還似少年才

　부인은 그들 세 사람을 보고 더욱 기뻐하며 예를 갖추어 대청
에 오르게 하고, 일일이 인사를 했어요. 인사가 끝나자 각자 자리
에 편히 앉게 하고 차를 내오라 일렀어요. 그러자 문득 병풍 뒤에

서 머리를 두 갈래로 땋아 늘인 어린 시녀가 황금 쟁반 위에 백옥 잔을 받쳐 들고 나왔어요. 향기로운 차에선 모락모락 김이 피어 나고, 진귀한 과일에선 그윽한 향기가 풍겼어요. 부인은 비단 소매를 걷고 봄날 죽순 같은 섬섬옥수로 옥 잔을 들어 차를 따라 올리며 한 명 한 명에게 모두 예를 갖춰 권했지요. 차를 다 마시고 나자 공양을 준비하라고 분부했어요. 삼장법사가 두 손을 모아 높이 들어 감사의 인사를 하고 말했어요.

"보살님은 존함이 어떻게 되십니까? 이곳은 어디인지요?"

"여기는 서우하주西牛賀洲의 땅입니다. 저는 가賈가이고 남편은 막莫씨지요.[3] 어려서 시아버지와 시어머니가 일찍 돌아가시고, 남편과 가업을 지켜왔습니다. 집에는 재물이 만 관貫, 좋은 밭이 천 경頃[4] 있습니다. 저희 부부 팔자에 아들이 없어 딸만 셋을 두었지요. 재작년에 큰 불행이 닥쳐서 또 남편을 여의고 수절하다 올해 탈상을 했습니다. 땅과 가업만 남아 있을 뿐 일가친척도 하나 없어, 우리 모녀가 상속받을 수밖에 없었지요. 다른 남자에게 개가를 하고 싶어도 가업을 버리기 어려워 난처하던 참이었는데, 마침 스님께서 왕림해주셨군요. 스승과 제자 이렇게 네 분이신가 보죠? 저와 딸들 네 사람도 데릴사위를 들일까 하던 참인데, 여러분도 네 분이라니 정말 딱 좋습니다. 생각 있으신가요? 어떠세요?"

삼장법사는 이 말을 듣고, 귀머거리나 벙어리가 된 듯 눈을 꼭 감고 미동도 없이 아무런 대답을 하지 않았어요.

부인은 계속 말을 이었어요.

"저희 집에는 논과 밭이 각각 삼백 경이 넘고, 산의 과수원도 삼

---

3 '가賈'는 '가假'와 통하고 '막莫'은 없다는 뜻이니, 이 성씨들이 가짜로 지어진 것임을 암시한다.
4 옛날에 면적을 헤아리던 단위이다. 사방 여섯 자[尺]를 한 보步라 하고, 그 백 배를 한 묘畝라 하며, 다시 그 백 배가 한 경頃이 된다.

보살들이 미녀로 변신하여 삼장법사 일행을 시험하다

백 경이 넘습니다. 게다가 물소가 천여 마리에 노새와 말은 무리를 이루고 돼지와 양은 셀 수도 없지요. 동서남북 사방으로 창고와 풀밭이 도합 육칠십 곳도 넘습니다. 집에는 팔구 년을 먹어도 못다 먹을 만큼의 쌀과, 십 년 동안 입어도 못다 입을 비단옷, 일생 동안 다 써보지도 못할 만큼의 금과 은이 있지요. 무슨 비단 장막으로 봄을 감추었느니, 금비녀 꽂은 미녀들이 두 줄로 섰느니 하는 말들보다 낫지요. 여러분들께서 마음을 돌리고 뜻을 바꾸어 저희 집 데릴사위가 되신다면 맘껏 영화를 누릴 것이니, 고생스럽게 서쪽으로 가는 것보다 낫지 않겠어요?"

삼장법사가 여전히 바보라도 된 것처럼 묵묵부답이자, 부인이 말했어요.

"저는 정해년丁亥年 삼월 삼일 유시酉時에 태어났으며, 남편은 저보다 세 살이 많았지요. 저는 올해 마흔다섯 살입니다. 큰애는 진진眞眞이라고 하는데 스무 살이며, 둘째는 애애愛愛라고 하는데 열여덟 살, 셋째는 인린憐憐이라고 하는데 열여섯 살입니다. 모두 혼처를 정하지 않았어요. 저는 이렇게 못생겼지만, 다행히 딸들은 예쁘고, 바느질처럼 여자들이 하는 일은 못하는 것이 없어요. 죽은 남편이 아들이 없다고 그 아이들을 아들처럼 키워서, 어렸을 때는 유가儒家의 책들을 좀 읽혔고, 시를 읊고 대련을 지을 줄도 압니다. 산속에 살지만 그렇게 거칠고 속되게 자란 애들은 아닌지라, 아마 스님들과 잘 어울릴 겁니다. 맘을 열어 머리를 기르시고 저희 집의 가장이 되신다면, 비단옷 걸치고 사실 수 있습니다. 검은 승복 걸치고 탁발하며 짚신에 삿갓 쓰고 떠도는 것보다 훨씬 낫지 않겠습니까?"

삼장법사는 윗자리에 앉아 벼락에 놀란 아이처럼, 비 맞은 두꺼비처럼, 멍하니 넋을 놓고 두 눈만 희어멀뚱하니 뜬 채 하늘만

쳐다보았지요. 저팔계는 그렇게 부자에다 이렇게 아름답다는 말을 듣고 마음이 동해 어쩔 줄 몰랐어요. 의자에 앉았지만 바늘이 엉덩이라도 찌르는 양 좌우로 몸을 비비 꼬며 가만히 있질 못했지요. 참다못해 그는 앞으로 나아가 삼장법사를 잡고 말했어요.

"사부님, 부인께서 하신 말씀을 어째서 못 들은 척하고 계십니까? 뭐라고 말씀을 좀 하셔야 도리에 맞는 거 아니에요?"

삼장법사는 고개를 홱 쳐들며 "어허!" 호통을 쳐서 물러나게 했어요.

"이 죄 많은 축생아! 우리들은 출가한 사람인데, 어찌 부귀에 마음이 흔들리고 미색에 마음을 둔단 말이냐! 그래갖고 무슨 도를 이루겠느냐!"

부인이 웃으며 말했어요.

"저런, 가엾어라! 출가한 사람에게 무슨 좋은 점이 있다고 그러세요?"

그러자 삼장법사가 되물었어요.

"보살님, 당신같이 속세에 있는 사람들에게는 어떤 좋은 점이 있습니까?"

"스님, 앉으세요. 제가 속세인들의 좋은 점을 들려드릴 테니. 무엇이 좋은가 하면, 그걸 알 수 있는 이런 시가 있지요."

봄에는 방승[5] 무늬 비단을 잘라 새 옷을 해 입고
여름에는 얇은 비단으로 바꿔 입고 연꽃을 구경하네.
가을에는 새 곡식으로 향기로운 술을 빚고
겨울이 오면 따뜻한 집에서 얼굴 불콰하게 취하네.

5 비단을 접어서 마름모꼴로 만들어 옆으로 거듭 포갠 머리 장식물의 하나, 혹은 그런 모양을 가리킨다.

사시사철 갖가지 것을 마음껏 쓰고
언제나 진수성찬 가득 차려먹네.
비단 이부자리 깔아놓고 화촉 밝힌 밤은
행각승 되어 미타에게 절하는 것보다 훨씬 낫다네.

> 春栽方勝着新羅　夏換輕紗賞綠荷
> 秋有新蒭香糯酒　冬來煖閣醉顏酡
> 四時受用般般有　八節珍羞件件多
> 襯錦鋪綾花燭夜　强如行脚禮彌陀

그러자 삼장이 말했어요.

"보살님, 당신 같은 속세 사람들이 부귀영화를 누리며, 입을 것입고 먹을 것 먹고, 자녀들과 화목하게 지내는 것도 과연 좋습니다. 그러나 우리같이 출가한 사람들에게도 좋은 점이 있지요. 무엇이 좋은가 하면, 그걸 알 수 있는 이런 시가 있습니다."

출가의 뜻을 세움은 본래 평범하지 않은 것이니
이전의 은혜니 사랑 같은 것들은 밀쳐버리네.
이익과 공명을 내지 않으니 구설수가 없고
몸 안에서 절로 음양이 조화를 이루네.
공을 이루고 여정이 끝나면 도솔천兜率天에 들어가고
자신의 본성을 보고 참된 마음을 깨달아 고향으로 돌아간
다네.
이러니 집에서 피비린내 나는 고기나 탐하다가
늙어서 해골바가지 되는 것보다 낫지.

> 出家立志本非常　推倒從前恩愛堂
> 外物不生閑口舌　身中自有好陰陽

功完行滿朝金闕　見性明心返故鄉

勝似在家貪血食　老來墜落臭皮囊

　부인은 그 말을 듣고서 크게 화를 내며 말했지요.

　"이놈의 중이 무례하구나! 멀리 동녘 땅에서 오지만 않았더라도 욕을 퍼부어주고 내쫓았을 거야. 나는 진심으로 정성을 다해 재산을 주고 데릴사위로 들이려는데, 당신은 도리어 그런 말로 날 모욕하다니! 당신은 계를 받고 발원해서 영원히 환속하지 않는다 하더라도, 제자 가운데 하나 정도는 우리 집에서 맞아들여도 되잖아요? 왜 그렇게 고집을 부려요?"

　삼장법사는 그녀가 화를 내자 그저 고분고분 "네, 네" 거리기만 하며 이렇게 말했지요.

　"오공아, 네가 여기 남아라."

　"저는 어릴 때부터 그런 일은 잘 몰라요. 팔계더러 남으라고 하시지요."

　"형님, 사람 놀리지 마시오. 다 같이 시간을 두고 찬찬히 생각해 보자고요."

　"너희 둘 다 남지 않겠다면 오정이더러 남으라고 해야겠구나."

　"사부님 그런 말씀 마세요. 저는 관음보살님에게 감화를 받아 계를 받고 사부님을 기다렸습니다. 사부님이 거두어주신 후 가르침을 받고 사부를 모신 지 두 달도 못 되었고, 공과에 반도 못 들어섰는데, 어떻게 감히 부귀를 구할 수 있습니까? 죽는 한이 있어도 서천으로 가겠습니다. 마음을 속이는 이런 짓은 절대 못합니다."

　부인은 그들이 서로 미루며 사양하는 모습을 보고 몸을 홱 돌려 병풍 뒤로 들어가더니, 탁! 중문을 닫아버렸어요. 삼장법사 일행을 밖에 버려둔 채 차와 밥도 주지 않고 다시는 나와 보는 사람도 없었지요. 저팔계는 애가 달아 삼장법사를 탓했지요.

"사부님은 정말 일을 할 줄 모르시는군요. 그렇게 딱 잘라 말씀하시다니요. 적당히 여지를 남기고 얼렁뚱땅 얼버무려서 공양이나 받아먹었으면 오늘 밤을 편하게 넘길 수 있었을 텐데 말이죠. 내일 가서 제안을 받아들일지 말지는 사부님과 저희에게 달려있는 거고요. 이렇게 문을 닫아걸고 나와 보지도 않는데, 우린 이렇게 춥고 배고프니, 오늘 밤을 어떻게 보낸단 말입니까?"

그러자 사오정이 말했어요.

"둘째 형님이 사위가 되면 되잖아요."

"동생, 사람 놀리지 마! 시간을 두고 찬찬히 생각해보자니까!"

그러자 손오공이 말했어요.

"생각해보긴 뭘 생각해봐? 네가 승낙만 하면 사부님과 그 부인은 사돈이 되고, 너는 데릴사위가 되는 거지. 이 집에 그렇게 재산이고 보물이 많다니, 혼수도 많을 테고 혼인 잔치도 그럴싸할 테지? 우리는 국수라도 얻어먹을 거고 너는 여기서 환속하면 되니까, 양쪽 다 좋지 않니?"

"말이야 그렇다 치고, 나는 속세를 떠났다가 또 환속하고, 아내를 두고 다시 아내를 얻는 셈이잖소?"

"둘째 형님은 본래 형수님이 계셨군요?"

"너는 팔계를 잘 모르겠지만, 쟤는 원래 오사장국 고로장에 사는 고태공의 데릴사위였어. 손 어르신한테 항복을 했지, 보살님한테 계를 받기도 했었지, 해서 어쩔 수 없이 나한테 붙잡혀 중노릇을 하게 되었거든. 그래서 전처도 버리고 사부님께 몸을 맡겨 서쪽으로 부처님을 뵈러 가게 된 거야. 헤어진 지도 오래되었고 하니 또 마누라 생각이 난 게지. 방금 딸을 준다느니 하는 말을 듣고 또 춘심이 발동한 게 분명해. 이봐, 멍텅구리야! 이 집 사위가 돼버려! 다만 이 손 어르신께 절을 많이 올려야 눈감아줄 거다."

"허튼소리 말아요! 모두들 마음이 있으면서 이 팔계한테만 망신을 주다니. '중은 색에 굶주린 아귀(和尙是色中餓鬼)'라는 말도 있듯이, 누군들 이렇지 않겠소? 모두 이렇게 시원찮게 점잖은 척하다가 좋은 일을 몽땅 망쳐버렸소. 이제는 찻물도 구경 못 하고 등불 밝혀줄 이도 없게 되었소. 사람이야 하룻밤 그냥 견딜 수 있다지만, 말은 내일이면 또 사람을 태우고 길을 떠나야 하오. 오늘밤도 굶게 되면 껍질 벗겨져 죽는 수밖에 없다고요. 앉아들 계시오. 이 몸은 가서 말을 풀어 좀 먹이고 오겠소."

그 멍텅구리는 득달같이 고삐를 풀어 말을 끌고 나가버렸어요. 손오공이 말했지요.

"오정아, 너는 사부님을 모시고 여기 있어. 손 어르신이 쫓아가 그녀석이 어디다 말을 풀어놓는지 보고 올게."

"애야, 보고 싶으면 가서 보기는 하되, 놀리거나 해서는 안 된다."

"알았어요."

제천대성은 대청을 나가 몸을 흔들더니, 붉은 왕잠자리로 변해 앞문을 나가 저팔계를 쫓아갔어요.

멍텅구리는 말을 끌면서 풀이 있는 곳에서도 풀은 먹이지 않고 "워워" 말을 몰아 뒷문으로 돌아갔어요. 뒷문에는 부인이 세 딸을 데리고 한가로이 서서 국화 구경을 하고 있었지요. 저팔계가 오는 것을 보자, 세 딸은 재빨리 안으로 들어가버렸어요. 부인만 꼼짝 않고 문간에 서서 말했지요.

"작은 스님, 어딜 가시나요?"

그 멍텅구리는 고삐를 팽개치고, 그녀에게 다가가 굽신거리며 말했지요.

"어머님, 말을 놓아 풀을 먹일까 하고요."

"당신네 사부님은 너무 까다로우시더군요. 우리 집 데릴사위가 되는 것이 행각승이 되어 서쪽으로 길을 재촉하는 것보다 못하겠어요?"

저팔계가 웃으며 말했지요.

"그분들은 당나라 황제의 명을 받들고 있어서 감히 군주의 명을 어길 수 없기 때문에 저러는 거예요. 조금 전에 대청에서는 모두들 절 놀리는데다, 저도 이것저것 맘에 걸리는 게 좀 있었어요. 그나저나 어머니, 제 입이 길고 귀가 커서 꺼리지 않으실지 모르겠네요."

"나야 괜찮아요. 단지 집에 가장이 없으니 한 사람이라도 들일 수 있으면 좋지요. 하지만 애들이 못생긴 걸 좀 싫어할지도 모르겠네."

"어머니, 따님께 가셔서 그렇게 남자를 가리면 안 된다고 말씀해주세요. 우리 당나라 스님 같은 분은 인물은 괜찮지만 사실 쓸모가 별로 없어요. 저는 못생기긴 했어도 내세울 건 조금 있지요."

"그게 무슨 말인가?"

"저는 말씀이지요."

인물은 못생겼지만
부지런해서 쓸모가 좀 있지요.
천 경 정도의 논이라면
소를 쓸 필요도 없지요.
쇠스랑질 한 번이면 되니
씨 뿌리면 때맞추어 싹이 트지요.
비가 오지 않으면 비를 내릴 수 있고

바람이 없으면 바람을 부를 수 있지요.
집이 낮은 게 싫다면
이 층, 삼 층으로 올릴 수도 있지요.
바닥을 쓸지 않았다면 바닥을 쓸고
시궁창이 막혔다면 뚫을 수 있지요.
집안의 모든 크고 작은 일을
무슨 수를 써서라도 저는 모두 할 수 있지요.

雖然人物醜　勤緊有些功
若言千頃地　不用使牛耕
只消一頓鈀　佈種及時生
沒雨能求雨　無風會喚風
房舍若嫌矮　起上二三層
地下不掃掃一掃　陰溝不通通一通
家長裡短諸般事　踢天弄井我皆能

"집안일을 그렇게 잘한다니, 다시 가서 자네 사부님과 상의해보시게. 곤란한 일이 없다면 자네를 사위로 맞지."

"상의할 필요 없어요. 그분이 제 친부모도 아니니, 하고 말고는 모두 제게 달렸어요."

"됐네. 됐어. 딸에게 말해보겠네."

부인은 훌쩍 안으로 들어가 탁! 뒷문을 닫았어요. 저팔계는 말에게 풀도 뜯기지 않고 다시 돌아왔지요. 하지만 제천대성이 이미 모든 것을 다 들어 알고 있을 줄이야 어찌 알았겠어요? 손오공은 다시 날아와 본래의 모습으로 돌아와서, 먼저 삼장법사를 뵙고 말하였지요.

"사부님, 팔계가 말을 끌고 왔습니다."

"말을 끌고 오지 않으면 제멋대로 도망쳐버릴 테지."

손오공은 웃음을 터뜨리며 부인과 저팔계의 수작을 처음부터 끝까지 한바탕 늘어놓았지만, 삼장법사는 믿으려 하지 않았어요.

잠시 후 그 멍텅구리가 말을 끌어다 묶어놓자, 삼장법사가 말했지요.

"말을 놓아먹였느냐?"

"좋은 풀이 없어서 놓아먹일 곳이 없더군요."

그러자 손오공이 말했어요.

"말을 놓아먹일 데는 없어도 끌고 갈 데는 있었지?"

멍텅구리는 이 말을 듣자 낌새를 들켰나보다 싶어서 머리를 수그리고 목을 틀었다, 입을 삐쭉거리고 눈살을 찌푸렸다 하면서 한동안 입도 뻥긋하지 않았어요. 다시 삐걱 하는 소리가 들리고 중문이 열리더니, 두 쌍의 붉은 등과 손잡이가 있는 향로가 나타났고 향 연기가 자욱하게 피어나는 가운데, 짤랑짤랑 노리개 부딪히는 소리와 함께 부인이 세 딸을 데리고 나왔지요. 그리고 진진, 애애, 인린이라는 딸들더러 경전을 가지러 가는 사람들에게 인사를 올리게 했어요. 그녀들은 대청 중앙에 늘어서서 손님들이 앉은 윗자리를 향해 절을 올렸는데, 과연 용모가 무척 아름다웠어요.

하나같이 반달 같은 눈썹 검푸르게 가로질러 있고
분 바른 얼굴엔 물이 올랐네.
아름다운 자태 나라를 기울일 만한 미색이고
정숙한 모습 마음을 흔들어놓네.
꽃무늬 장신구 교태를 더하고
하늘하늘 휘날리는 비단 허리띠 도무지 속세 모습이 아닐세.
살며시 미소 머금은 입은 앵두가 터진 듯

천천히 걸음 옮길 때마다 난초향 사향이 퍼지네.

머리 가득한 진주와 비취 장식

삐죽삐죽 흔들리는 무수한 보석 비녀

온몸을 감싸는 은은한 향

애교 있는 모습은 금실로 만든 꽃인 듯

초왜[6]의 미모며

서시의 아름다운 얼굴 말해 무엇하랴.

정말로 구천의 선녀가 하늘에서 내려온 듯

달 속의 항아가 광한궁廣寒宮[7]을 뛰쳐나온 듯.

一個個蛾眉橫翠　粉面生春

妖嬈傾國色　窈窕動人心

花鈿顯現多嬌態　繡帶飄搖迥絶塵

半含笑處櫻桃綻　緩步行時蘭麝噴

滿頭珠翠　顫巍巍無數寶釵簪

徧體幽香　嬌滴滴有花金縷細

説甚麼楚娃美貌　西子嬌容

眞個是九天仙女從天降　月裡嫦娥出廣寒

　삼장법사는 합장하며 고개를 숙이고, 제천대성은 짐짓 못 본 척하고, 사오정은 아예 등을 돌려버렸어요. 하지만 저것 좀 보라지요. 저팔계는 눈을 떼지 못하고 있자니 음탕한 생각이 어지럽게 일어나고 색욕이 들끓어 몸을 비비 꼬며 소곤소곤 낮게 속삭였어요.

　"황송하게도 선녀님들이 내려오셨군요. 어머님, 아가씨들더러

6　미녀를 가리키는 일반적인 말이다.

7　전설 속의 항아가 산다는 달 속의 큰 궁궐을 가리킨다.

들어가라 하시지요."

세 딸은 병풍 뒤로 들어가버리고 한 쌍의 청사초롱만 남았어요. 그러자 부인이 물었어요.

"네 분 스님들, 어느 분을 제 딸과 짝지어 주기로 하셨나요?"

사오정이 말했어요.

"이미 상의해봤는데, 저 저씨 양반을 사위로 보내기로 했습니다."

"동생, 놀리지 마! 다 같이 생각해보자니까 자꾸 그러네."

그러자 손오공이 말했어요.

"생각해보고 말고 할 게 뭐 있냐? 이미 뒷문에서 입을 맞춰놓고 왔잖아? '어머님'이라고까지 불렀으면서, 또 무슨 좋은 생각을 내보자는 게야? 사부님은 신랑 가족, 저 아줌마는 신부 가족이고, 손 어르신은 증인, 사오정은 중매쟁이인 셈이네. 달력도 볼 것 없이, 오늘이 바로 하늘이 내려준 길일이니, 이리 와 사부님께 절 올리고 안으로 들어가 사위 노릇 하게!"

"이럴 수 없어요, 이럴 순 없어. 이렇게 얼렁뚱땅 넘어가는 법이 어디 있어요?"

"멍청아, 내숭 떨지 마. 네 입으로 몇 번이나 '어머니'라 불러 놓고, 뭐가 이럴 수는 없다는 거냐? 어서 빨리 승낙하고 우리에게 축하주나 내다 주면 좀 좋으냐?"

손오공은 한 손으로 저팔계를 잡아당기고 다른 한 손으로는 부인을 붙잡고 말했어요.

"사돈어른, 사위를 데리고 들어가시지요."

저 멍텅구리가 들어가려다 되돌아 나오며 허둥허둥 어디로 갈지 몰라 하는데, 부인은 시중드는 동자를 불러 말했지요.

"식탁을 닦고 의자를 내어 저녁 공양을 준비해서 세 분 사돈들을 잘 모셔라. 나는 아기씨의 남편을 모시고 방으로 갈 터이니."

한편 주방장에게는 내일 아침 양가 친지들과 함께 혼인 잔치를 베풀 수 있도록 잔칫상을 준비하라 분부했어요. 동자 몇몇이 또 명을 받들었지요. 저팔계를 제외한 세 사람이 공양을 마친 후, 서둘러 자리를 펴고 손님방에서 편히 잠을 청한 일은 더 말하지 않겠어요.

한편, 저팔계는 장모를 따라 안으로 들어갔는데, 층층이 얼마나 많은 방들이 있는지 알 수 없었어요. 비틀비틀 꽈당꽈당! 그는 수없이 문지방에 발이 걸려 넘어졌어요.

"어머니, 좀 천천히 가시지요. 저는 여기 길이 낯서니 같이 좀 데려가주세요."

"여기는 모두 창고, 곳간, 방앗간일세. 아직 부엌에도 이르지 못했네."

"정말 큰 집이로군요!"

비틀비틀 우당탕탕 모퉁이를 돌고돌아 또 한참을 걸어서야 비로소 안채에 이르렀어요.

부인이 말했어요.

"사위, 자네 사형 말이 오늘이 바로 하늘이 내린 길일이라 하여 당장 자네를 불러들였네만, 너무 갑자기 성사된 일이라 사주나 궁합도 보지 못하고 신랑 신부의 맞절[拜堂][8]이니 폐백[撒帳][9]이니 하는 것도 하지 못하네. 자네가 어른께 여덟 번 큰절이나 올리게."

---

8 옛날 결혼식에서 신랑 신부가 천지신령과 웃어른께 절하고, 이어 신랑 신부끼리 맞절하는 의식을 가리킨다.

9 옛날 결혼식에서 신랑 신부의 맞절이 끝나고 남자는 왼쪽 여자는 오른쪽으로 침상에 앉을 때, 부인들이 돈이나 갖가지 과일을 신랑 신부에게 던져주는 풍습을 말한다.

"어머님, 옳은 말씀입니다. 상석에 앉으셔서 제 절을 받으세요. 그걸로 신랑 신부의 맞절이니 사친謝親[10]이니 하는 의식을 대신하지요. 두 가지를 하나로 몰아서 하면 번거로움도 줄어들지 않겠어요?"

장모가 웃으며 말했지요.

"그래, 그도 그렇지. 정말 번거롭지 않게 집안일 잘하는 사위일세. 내 앉을 테니 절을 해보게."

허! 안채에는 은촛대에 촛불이 휘황하게 빛나고, 이 멍텅구리는 상석에 앉은 장모를 향해 절을 올리더니 말했어요.

"어머님, 어느 따님을 제 짝으로 주시려는지요?"

"바로 그게 좀 곤란하구먼. 큰애를 주자니 둘째가 원망할 테고, 둘째를 주자니 셋째가 원망할 테고, 셋째를 주면 또 첫째가 원망할 거란 말일세. 그래서 아직 정하지 못했네."

"어머님, 서로 다툴까 염려되시면 모두 제게 주시지요. 투닥투닥 다투며 집안 법도를 어지럽힐 일도 없어질 테니까요."

"말도 안 되는 소리! 자네 혼자 내 세 딸을 모두 차지하겠다니, 안 될 말이야!"

"어머니, 무슨 말씀을! 처첩 서너 명 거느리지 않는 사람이 어디 있다고요? 그보다 몇 명 더한다 해도 어머니 사위는 기꺼이 맞을 수 있어요. 저는 어려서부터 오랫동안 세워 버티는 법을 배워온지라 틀림없이 모두를 기쁘게 해줄 수 있어요."

"안 되겠네, 안 돼! 여기 손수건이 한 장 있으니, 이걸 자네 머리에 묶어 얼굴을 가리고 운명에 맡겨 짝을 고르도록 하세. 내 딸애들더러 자네 앞을 지나가라 할 테니, 자네는 손을 뻗어서 누구든 붙잡으면 그 애와 결혼하게."

10 혼인한 뒤 신랑이 신부 집에 인사드리러 가는 것을 가리킨다.

멍텅구리는 그 말대로 수건을 받아 머리에 묶었으니, 이를 증명하는 시가 있지요.

바보천치는 근본의 까닭을 알지 못하고
색욕이라는 칼로 몸을 해쳐 암암리에 스스로를 망치네.
예전부터 주공의 예절이 엄연히 있건만
오늘은 신랑이 신부처럼 머리에 수건을 썼네.

癡愚不識本原由　色劍傷身暗自休

從來信有周公禮　今日新郎頂蓋頭

저 멍텅구리는 수건으로 머리를 싸매고 말했어요.
"어머니, 아가씨들더러 나오라 하세요."
"진진, 애애, 인린아! 모두 나오너라. 운명에 맡겨 짝을 고르는 방식으로 남편을 정해 주겠다!"
몸에 찬 장신구 소리가 짤랑짤랑 나고 난초향, 사향이 풍기는 것이 선녀가 오락가락하는 듯했어요. 멍텅구리는 손을 뻗쳐 잡으려고 이리저리 덤벼들었지만, 왼쪽으로 가도 잡히지 않았지요. 우왕좌왕 왔다 갔다 얼마나 많은 아가씨들이 움직이는지 몰랐지만 누구 하나도 붙잡을 수 없었어요. 동쪽으로 가서 픽! 기둥을 껴안고, 서쪽으로 가서 턱! 판자벽을 더듬었지요. 이리저리 뛰어다니다보니 그는 머리가 빙빙 돌아 제대로 서 있을 수 없어서 그만 고꾸라지고 말았어요. 앞으로 오다가 문을 차고, 뒤로 가다가 벽돌 벽에 찧고, 허둥지둥 이리 비틀 저리 비틀하다가 넘어져서 주둥이가 시퍼렇게 부어올랐어요. 결국 그는 땅바닥에 주저앉아 숨을 헐떡거리며 말했지요.
"어머님, 따님들이 너무 약아빠져서 한 명도 잡을 수 없겠어요.

어쩌면 좋아요, 어떡하지요?"

부인은 머리에 쓴 수건을 벗겨주며 말했어요.

"사위, 딸들이 약아빠져서 그런 게 아니라, 서로 사양하면서 자네를 받아들이려 하지 않네그려."

"어머니, 따님들이 받아들이지 않겠다면 어머님이 받아주시구려."

"잘난 사위일세 그려! 위아래 가리지 않더니 이젠 장모까지 달라는구나! 우리 딸들은 타고난 재주가 있어서 애들마다 모두 진주를 박아 만든 비단 속옷이 하나씩 있지. 자네가 그중 하나를 골라 입으면 그 옷을 만든 애를 짝으로 삼도록 하세."

"좋아요! 그렇게 하지요. 세 벌을 모두 가지고 나오세요. 제가 입어 볼게요. 만일 세 벌 모두 맞으면 세 따님을 다 제게 주세요."

부인은 방 안으로 들어가더니 한 벌을 가지고 나와 저팔계에게 주었어요. 저 멍텅구리는 푸른 비단 승복을 벗어버리고 그 속옷을 받아 바로 몸에 걸쳤지요. 하지만 허리띠를 다 매지도 않았는데 갑자기 휘청하더니 털퍼덕 바닥에 나뒹굴었어요. 알고 보니 끈 몇 개가 저팔계의 몸을 단단히 묶고 있는 것이었어요. 저 멍텅구리는 몸을 죄어오는 아픔을 견딜 수 없었지만, 그 여자들은 벌써 어디론가 사라져버렸어요.

한편 삼장법사와 손오공, 사오정은 한잠 푹 자고 깼더니 어느새 동쪽 하늘이 훤히 밝아 있었어요. 번쩍 눈을 뜨고 고개를 들어 살펴보니, 큰 저택이며 높다란 건물들, 화려한 들보며 기둥들은 온데간데없고, 자신들은 모두 소나무 잣나무가 울창한 숲속에서 자고 있던 것이었어요. 놀란 삼장법사가 급히 손오공을 부르자, 사오정이 말했어요.

"형님, 일 났소, 일 났어요! 우리가 귀신을 만났소!"

손오공은 짚이는 게 있는지라 미소를 띠며 말했지요.

"무슨 말이냐?"

삼장법사가 물었어요.

"애야, 우리가 어디서 잠들었던 건지 봐라."

"이 소나무 숲에서 자는 것도 즐거운데요! 그런데 이 멍청이는 어디서 경을 치고 있나?"

"누가 경을 치고 있단 게냐?"

"어제 그 집의 여자들은 어디 보살들인지는 모르겠으나, 여기서 우리에게 법술을 부리다가 아마 밤중에 가버린 모양입니다. 저팔계만 된통 경을 치고 있나 본데요."

삼장법사는 이 말을 듣고서 합장하고 땅에 이마를 조아려 절을 올렸어요. 뒤쪽 오래된 잣나무 위에는 편지 한 장이 걸려 바람에 나부끼고 있었지요. 사오정이 급히 가져다 삼장법사에게 보였어요. 거기에는 다음과 같은 여덟 구의 게송이 적혀 있었어요.

여산의 노모는 속세를 그리워하지 않았으나
남해의 관음보살이 산을 내려오라 청하였네.
보현보살, 문수보살 모두 손님으로 와서
미녀로 변하여 숲속에 있었구나.
성승은 덕이 있어 속됨 없으나
저팔계는 불심佛心이 없어 더욱 범속하네.
이로부터 마음 가라앉히고 잘못을 고쳐야 할지니
게으르고 소홀한 마음 생기면 길은 어렵기만 할 것이라!

黎山老母不思凡　南海菩薩請下山

普賢文殊皆是客　化成美女在林間

聖僧有德還無俗　八戒無禪更有凡

從此靜心須改過　若生怠慢路途難

삼장법사, 손오공과 사오정이 이 게송을 소리 내어 읽고 있는데, 깊은 숲속에서 크게 외치는 소리가 들려왔지요.

"사부님, 끈이 조여 죽겠습니다! 구해주세요! 다시는 안 그럴게요."

"오공아, 지금 소리 지르는 것이 오능이가 아니냐?"

"그렇네요" 하고 사오정이 말했어요.

"동생, 저 녀석은 알은체 말고 우리끼리 떠나세."

손오공의 말에 삼장법사가 참견했어요.

"저 멍텅구리가 애는 미련해도 충직하고 솔직하지 않더냐? 게다가 뚝심이 있어 짐을 멜 만하니, 지난날 관음보살님의 뜻을 생각해서라도 구해서 데려가자꾸나. 앞으로 다시는 그러지 않을 게다."

사오정은 이부자리를 말아 올리고 짐을 꾸렸어요. 제천대성은 고삐를 풀어 말을 끌며 삼장법사와 함께 저팔계를 찾으러 숲으로 들어갔지요. 아! 이것이야말로 바로 이런 얘기지요.

바른 것을 좇아 닦고 지키는 자 반드시 삼가고 조심해야 하니

애욕을 씻어버리면 저절로 참됨으로 돌아가게 된다네.

從正修持須謹慎　掃除愛欲自歸眞

저 멍텅구리의 운명이 어떻게 될는지는 아직 알 수 없는데, 이에 대해서는 다음 회를 들어보시라.

제24회
손오공, 오장관에서 인삼과를 훔치다

세 사람이 숲을 헤치고 안으로 들어갔더니, 그 멍텅구리가 나무 위에 꽁꽁 묶여 꽥꽥 울부짖으며 매우 괴로워하고 있는 게 보였지요. 손오공은 그 앞으로 가서 웃으면서 말했어요.

"어이, 사위님, 이 시간이 되도록 일어나서 신부 집에 인사도 드리지 않고, 사부님 찾아뵙고 기쁜 소식을 아뢰지도 않고, 아직 여기서 곡예나 부리며 놀고 있는 거냐? 쳇! 네 장모는 어디 있냐? 네 마누라는? 발가벗겨 대롱대롱 매달려서 고문당하는 사위님 꼴이라니!"

그 멍텅구리는 손오공이 이렇게 비꼬자 부끄러워서 이를 악물고 아픔을 참으며 더 이상 소리를 지르지 못했어요. 사오정은 차마 이를 두고 볼 수가 없어서 짐을 내려놓고 다가가 줄을 풀고 그를 내려주었어요. 멍텅구리는 그저 그들을 향해 땅바닥에 머리를 조아리며 절을 올릴 뿐이었지만, 사실 부끄러워죽을 지경이었던 거지요. 그걸 증명하는 「서강의 달(西江月)」이라는 노래[詞]가 있지요.

여색은 내 몸을 상하게 하는 검이니
탐하면 반드시 재앙을 만나게 되네.
곱게 단장한 열여섯 미녀도
야차보다 더 흉악하지.
그저 원래 가진 것 잘 간직할 뿐
조그만 이익이라도 챙기지 말라.
그 밑천 조심조심 보전하여
굳게 지켜야지 흥청망청하지 말지라.

色乃傷身之劍　　貪之必定遭殃
佳人二八好容妝　　更比夜叉兇壯
只有一箇原本　　再無微利添囊
好將資本謹收藏　　堅守休敎放蕩

저팔계가 흙을 모아 향로처럼 만들어놓고 하늘을 향해 절을 올리자, 손오공이 물었어요.

"너 그 보살님들이 누군지는 알겠니?"

"정신이 혼미하고 눈앞이 어질어질한 판인데, 누군지 어찌 알아보겠어?"

손오공은 그 편지를 저팔계에게 건네주었어요. 저팔계는 그 게송을 보곤 더더욱 부끄러웠어요. 사오정이 웃으면서 말했어요.

"둘째 형은 복도 많지! 고맙게도 보살 네 분이 형하고 혼인을 맺겠다고 하고 말이야."

저팔계가 말했어요.

"동생, 다신 말도 꺼내지 마. 사람이라면 해선 안 되는 짓이었어! 앞으로 다신 함부로 행동하지 않을 거야. 힘들어서 뼈가 부러지는 한이 있어도 이 어깨에 짐을 지고 사부님 따라서 서역으로 갈 거야."

삼장법사가 말했어요.

"그래. 암, 그래야지!"

손오공은 바로 사부님을 모시고 앞장서서 길을 떠났어요. 풍찬
노숙風餐露宿하면서 한참을 갔는데, 갑자기 높은 산이 길을 막아
섰어요. 삼장법사는 고삐를 잡아 말을 세우고 말했어요.

"얘들아, 앞에 산이 있으니까 조심해야 한다. 요괴가 못된 짓을
벌여 우리들을 해칠지도 몰라."

손오공이 말했어요.

"여기에 저희들 셋이 있는데, 무슨 요괴를 무서워하십니까?"

그래서 삼장법사는 안심하고 앞으로 나아갔어요. 그런데 그 산
은 정말로 명산이었어요.

> 높은 산 가파르고 산세는 험하네.
> 산 뿌리는 곤륜산맥에서 이어지고
> 봉우리는 높은 하늘에 닿았네.
> 흰 학은 언제나 노송과 잣나무에 깃들고
> 검은 원숭이는 때때로 등나무 가지에 매달리네.
> 햇빛이 숲속에 맑게 비치고
> 첩첩이 천 가닥 붉은 안개 에워쌌네.
> 어두운 골짜기에서 바람 일어나
> 산들산들 만 가닥 오색구름 일으키네.
> 새들은 푸른 대나무 속에서 어지러이 울어대고
> 금계는 일제히 들꽃 사이에서 다투네.
> 저 천년봉, 오복봉, 부용봉은
> 높고 위엄 있게 빛을 내뿜고

만세석, 호아석, 삼천석은
우뚝우뚝 맑게 상서로운 기운 일으키네.
절벽 앞 풀은 수려하게 뻗었고
고개 위의 매화는 향기롭네.
가시넝쿨 빽빽하고
영지와 난초는 향기 맑다네.
깊은 숲속 매와 봉황은 온갖 날짐승 모아놓고
오래된 동굴 속 기린은 모든 들짐승 통솔하네.
시냇물도 정이 있어
굽이굽이 자꾸 되돌아 흐르고
산봉우리는 끊어지지도 않고
첩첩이 저절로 이어지네.
또한 저 푸릇푸릇한 홰나무
얼룩덜룩 대나무
새파란 소나무는
바람에 흔들리며 천 년 동안 화려함 다투고
하얀 살구꽃
붉은 복숭아꽃
비췻빛 버들잎은
환하게 피어나 봄 내내 아름다움 다투네.
용이 울고 호랑이 울부짖으며
학이 춤추고 원숭이 울어대네.
큰사슴 꽃 사이에서 나오고
푸른 난새 해를 향해 우짖네.
이곳이 바로 신선의 산, 진정 복된 땅이니
봉래산蓬萊山의 낙원이 그저 이러했을 것

또 보아라, 꽃 피고 지는 산의 풍경
구름 오가는 고개 위 산봉우리

高山峻極　大勢崢嶸

根接崑崙脈　頂摩霄漢中

白鶴每來棲檜栢　玄猿時復掛藤蘿

日映晴林　疊疊千條紅霧遶

風生陰壑　飄飄萬道采雲飛

幽鳥亂啼青竹裏　錦雞齊鬪野花間

只見那千年峰　五福峰

芙蓉峰　巍巍凜凜放毫光

萬歲石　虎牙石

三天石　突突磷磷生瑞氣

崖前草秀　嶺上梅香

荊棘密森森　芝蘭清淡淡

深林鷹鳳聚千禽　古洞麒麟轄萬獸

澗水有情　曲曲灣灣多遠顧

峰巒不斷　重重疊疊自週迴

又見那綠的槐　班的竹

青的松　依依千載弔鬪穠華

白的李　紅的桃

翠的柳　灼灼三春爭艷麗

龍吟虎嘯　鶴舞猿啼

麋鹿從花出　青鸞對日鳴

乃是仙山眞福地　蓬萊閬苑只如然

又見些花開花謝山頭景　雲去雲來嶺上峰

삼장법사는 말에 탄 채 기뻐하며 말했어요.

"얘들아, 내가 여태껏 서쪽으로 오면서 수많은 산과 강들을 지나왔지만, 다 높고 험준한 곳들뿐이었지 이렇게 풍경이 멋진 산은 없었단다. 정말 그윽한 정취가 빼어난 곳이로구나! 만약 여기가 뇌음사雷音寺에서 멀지 않은 곳이라면 우리도 몸가짐을 단정히 하고 엄숙하게 부처님을 뵈어야겠다."

그러자 손오공이 웃으면서 말했어요.

"아직 멀었어요. 멀었다고요. 아직 한참 못 왔어요."

사오정이 물었어요.

"형님, 뇌음사까지는 얼마나 멀어요?"

"십만팔천 리야. 아직 십 분의 일도 못 왔어."

저팔계가 말했지요.

"형님, 몇 년이나 걸어야 도착할 수 있을까요?"

"그 정도 길은, 너희 둘이라면 열흘이면 갈 수 있지. 나라면 하루에 쉰 번 가는 것도 어렵지 않아. 해 떨어지기도 전에 말이야. 사부님이라면…… 아휴! 생각도 말아야지."

삼장법사가 말했어요.

"오공아, 네 생각엔 언제나 도착할 수 있겠냐?"

"사부님이 어릴 때부터 노인네가 될 때까지, 아니 늙은 다음 다시 어려지고, 그렇게 수천 번 되풀이해서 걷는다 해도 거기 도착하긴 어려워요. 다만 사부님께서 지성으로 깨달으시고 오로지 부처님만을 가슴에 담고 계신다면 고개를 돌리는 곳이 바로 영취산靈鷲山일 겁니다."

사오정이 말했어요.

"형님, 여기가 비록 뇌음사는 아니어도, 이 경치를 보니 착한 사람이 사는 곳이 틀림없어요."

"그 말은 맞다. 여기는 사악한 기색은 없으니까 훌륭한 스님이나 신선 같은 이들의 고장일 거야. 우리 여기서 구경이나 하며 천천히 가자꾸나."

이 얘기는 그만하지요.

한편, 이 산의 이름은 만수산萬壽山이고, 산속에 도관이 하나 있었는데, 그 이름이 오장관五莊觀이었어요. 도관에는 높은 신선이 한 분 계셨으니, 도호가 진원자鎭元子, 별명은 여세동군與世同君이었지요. 그 도관에서는 한 가지 기이한 보배가 나는데, 혼돈混沌이 처음 나뉘고 엉켜 있던 자연의 원기가 막 갈라지기 시작해서 천지가 아직 열리지 않았을 때 생겨난 '영험한 뿌리[靈根]'가 바로 그것이었어요.

이 영험한 뿌리는 온 천하의 네 대륙 중에서 오직 서우하주의 오장관에서만 나는 것으로, 이름은 '초환단草還丹'이고 '인삼과 人參果'라고도 불리지요. 삼천 년에 한 번 꽃이 피고, 삼천 년에 한 번 열매를 맺으며, 또 삼천 년이 지나야 비로소 열매가 익어서, 적어도 만 년이 지나야 먹을 수가 있었어요. 그리고 그 만 년 동안 열매는 서른 개만 열려요.

열매의 모양은 사흘도 안 된 어린 아기와 비슷한데, 손발에 눈, 코, 입까지 다 달려 있지요. 인연이 있어서 그 열매를 손에 넣는다면, 냄새만 맡아도 삼백육십 년을 살 수 있고, 하나 먹으면 사만칠천 년을 살게 되지요.

그날 진원대선鎭元大仙은 원시대천존原始大天尊의 편지를 받아 상청천上淸天 미라궁彌羅宮에 가서 '혼원도과混元道果' 설법을 들을 참이었지요. 진원대선 문하의 산선散仙들이 셀 수 없이 많았고, 지금 있는 제자만 해도 마흔여덟 명이었는데, 모두 득도한 도사들이지요. 그날은 마흔여섯 명의 제자를 데리고 설법을 들으러 하늘나라로 올라가고, 제일 어린 제자 둘을 남겨서 도관을 지키게 했어요. 그중 하나의 이름은 청풍淸風이고, 또 하나는 명월明月이라고 했는데, 청풍은 천삼백스무 살밖에 안 됐고, 명월은 겨우 천이백 살이었어요. 진원대선은 두 동자에게 이렇게 분부했어요.

"천존님의 초청을 거스를 수도 없으니 미라궁으로 설법을 들으러 가야겠다. 너희 둘은 집에서 정신 바짝 차리고 있어라. 얼마 안 있어 옛 친구 하나가 여기를 지나갈 것이니, 대접을 소홀히 하면 안 돼. 내 인삼과를 두 개 따서 드리도록 해라. 그걸로 조금이나마 옛정을 표시해야겠다."

"사부님의 옛 친구가 누구시지요? 저희에게 말씀해주셔야 대접하기 좋지요."

"그분은 동녘 땅 위대한 당나라 황제 밑의 성승으로, 법명은 삼장이다. 지금 서천으로 부처님을 뵙고 불경을 구하러 가고 있는 스님이지."

두 동자가 웃으면서 말했어요.

"공자님 말씀이 '도가 다르면 같이 도모하지 않는다(『논어』「위령공衛靈公」: 道不同 不相爲謀)'라고 하셨습니다. 저희들은 도교인데, 어찌 그런 스님과 알고 지내란 말씀이십니까!"

"너희들이 어찌 알겠느냐? 그 스님은 금선자金蟬子가 환생한 분으로, 서천의 성스러우신 여래불의 두 번째 제자니라. 나와 그분은 오백 년 전에 우란분회盂蘭盆會에서 알게 되었지. 그분이 나한테 직접 차를 대접해주었고, 불제자이면서 나를 깍듯이 예우해주었으니, 이런 연고가 있어 옛 친구라 한 것이다."

두 동자는 그 얘길 듣고서는 성실히 스승의 명을 따랐어요. 진원대선은 떠나기 직전까지도 다시금 신신당부했어요.

"인삼과는 많이 있는 게 아니니까, 그분께 꼭 두 개만 드려야한다. 더 낭비하면 안 돼."

청풍이 말했어요.

"정원을 처음 열던 날 다 함께 두 개를 먹었으니까, 나무엔 아직 스물여덟 개가 남았습니다. 절대 더 따지 않겠습니다."

"삼장법사는 비록 내 친구지만, 그 제자들이 말썽을 일으키지못하게 방비해야 한다. 그들이 알게 하면 안 돼."

두 동자가 지시대로 하겠다고 대답하는 것을 듣고, 진원대선은제자들을 데리고 날아올라 하늘나라로 향했어요.

한편, 삼장법사 일행이 산에서 경치를 구경하며 가다가 문득머리를 들어 보니 숲을 이룬 소나무와 대나무 사이로 층층 누각이 보였어요. 삼장법사가 말했지요.

"오공아, 저기가 뭐하는 곳이냐?"

손오공이 보더니 말했어요.

"저곳은 도관 아니면 절일 겁니다. 좀 걸어가 보지요. 도착해보면 알게 되겠지요."

일행이 곧 문 앞에 다다라 살펴보았어요.

소나무 언덕 서늘하고
대나무 길 호젓하네.
오가는 백학은 뜬구름을 보내고
오르락내리락 원숭이는 때때로 과일을 바치네.
저 문 앞의 넓은 연못에 나무 그림자 길게 드리우고
돌 갈라진 틈으로 이끼 꽃 피어나네.
대궐 같은 건물들 빽빽이 솟았고

아스라한 누대에 붉은 노을 내려앉았네.
정말로 복되고 신령스런 곳이니
봉래산의 구름 덮인 마을이로구나.
맑고 한적해 인간사 적어지고
고요하니 도를 찾는 마음이 일어난다네.
푸른 새는 매번 서왕모西王母의 편지 전했고
자줏빛 난새는 항상 노자老子의 경전 보냈네.
저 끝없이 왕성한 도덕의 기풍이여
과연 광활한 신선의 집이로다!

松坡冷淡　竹逕清幽

往來白鶴送浮雲　上下猿猴時獻果

那門前池寬樹影長　石裂苔花破

宮殿森羅紫極高　樓臺縹緲丹霞墮

眞箇是福地靈區　蓬萊雲洞

清虛人事少　寂靜道心生

青鳥每傳王母信　紫鸞常寄老君經

看不盡那巍巍道德之風　果然漠漠神仙之宅

　삼장법사가 말에서 내려보니, 산문山門 왼쪽에는 비석이 하나 서 있었는데, 비석 위에는 다음과 같이 열 글자가 크게 씌어 있었어요.

　복된 땅 만수산
　신선의 거처 오장관

萬壽山福地　五莊觀洞天

삼장법사가 말했어요.

"애들아, 정말 도관이었구나."

사오정이 말했지요.

"사부님, 여기 경치가 맑고 깨끗한 걸 보니, 도관에는 틀림없이 착한 사람들이 살고 있을 거예요. 들어가 봐요. 이 여행이 끝나고 동쪽으로 돌아갈 때면, 여기도 기억에 남는 경치가 될 겁니다."

그러자 손오공이 말했어요.

"맞는 말이다."

그래서 일행은 모두 안으로 들어갔어요. 또 두 번째 문 위에 이런 춘련이 보였어요.

장생불로하는 신선의 거처
하늘과 수명을 같이하는 도인의 집

長生不老神仙府　與天同壽道人家

손오공이 웃으면서 말했어요.

"이 도사 허풍도 대단하네. 내가 오백 년 전에 하늘궁전에서 한바탕 난리를 칠 때, 저 태상노군太上老君의 문에서도 이런 말은 본 적 없는데."

그러자 저팔계가 말했어요.

"저건 상관 말고 들어갑시다, 들어가. 이 도사가 덕행이 좀 있을지 또 누가 압니까?"

두 번째 문안까지 들어가자 안에서 급하게 두 어린 동자가 걸어 나오는 것이 보였어요. 그 차림새를 볼까요?

맑은 골격 빼어난 기운에 얼굴은 곱고

정수리의 두 갈래 상투에는 짧은 머리칼 삐져나왔네.

도복은 자연스러워서 안개가 옷깃 에워싸고

깃털 옷 가지런하고 소매가 바람에 펄럭이네.

허리띠는 단단히 용머리 모양으로 묶었고

짚신은 가볍게 비단실로 둘렀네.

비상한 풍채 속된 무리 아니니

바로 청풍과 명월 두 선동이로다.

骨淸神爽容顔麗　頂結丫髻短髮鬅

道服自然襟遶霧　羽衣偏是袖飄風

環縧緊束龍頭結　芒履輕纏鷺口絨

丰采異常非俗輩　正是那淸風明月二仙童

　두 동자는 허리를 굽혀 공손히 예를 갖추고 앞으로 나와 그들을 영접했어요.

　"스님, 미처 마중하지 못했습니다. 앉으시지요."

　그러자 삼장법사는 기뻐하며 두 동자와 함께 대전大殿에 올라 살펴보았어요. 대전은 남향의 다섯 칸짜리 큰 건물인데, 모두 위는 밝고 아래는 어두운 꽃무늬 조각의 격자문으로 꾸며져 있었어요. 동자는 격자문을 열고 삼장법사를 대전 안으로 모셨어요. 벽면 가운데에 오색으로 꾸며놓은 '천지天地'라는 큰 글자가 걸려 있고, 붉은 옻칠을 한 향안이 놓여 있었어요. 향안 위에는 황금 향로병이 있었고, 향로 옆에는 향이 가지런히 놓여 있었어요. 삼장법사는 앞으로 나아가 왼손으로 향을 들어 향로에 꽂고, 세 번 돌리면서 예를 올렸어요. 예가 끝나고 돌아보며 말했어요.

　"선동님들, 이곳 오장관은 실로 서방의 신선 세계올시다. 그런데 왜 삼청천三淸天의 신들, 사제四帝, 하늘을 주재하는 여러 신선들 같은 분들은 공양하지 않고 '천지' 두 글자에만 향불을 바치는 건가요?"

동자가 웃으면서 대답했어요.

"솔직히 말씀드리자면, 이 두 글자 중 앞의 것은 그래도 예를 올릴 만하지만, 뒤의 것은 우리들의 향불을 받을 만하지도 않습니다. 저희 사부님께서 체면을 세워주신 거라고 할 수 있지요."

"그게 무슨 말씀이오?"

"삼청천의 신들은 저희 사부님의 친구시고, 사제는 저희 사부님의 옛 친구지요. 구요성관九曜星官은 저희 사부님의 후배 격이고, 별의 신은 저희 사부님보다 서열이 낮은 분입니다."

손오공이 이 말을 듣고는 웃겨서 데굴데굴 구르니, 저팔계가 물었어요.

"형님, 왜 웃는 거요?"

"이 손 어르신만 허튼수작을 잘 부리는 줄 알았더니, 이 동자놈도 허튼소리를 늘어놓는 재주가 있구먼!"

삼장법사가 동자들에게 말했어요.

"사부님은 지금 어디에 계신가요?"

"저희 사부님께선 원시대천존님의 초청을 받고 상청천 미라궁에 혼원도과 설법을 들으시러 가셨어요."

손오공이 이 말을 듣고는 참지 못하고 호통을 쳤어요.

"이 형편없는 동자놈아! 이 어르신이 누군지도 몰라보고 누구 앞에서 허튼수작을 부리는 거냐? 무슨 허풍을 치고 있어! 저 미라궁에 무슨 태을천선太乙天仙°이 있어서 네놈처럼 호랑말코 같은 도사한테 뭘 강의해달라고 초청했다는 게냐?"

삼장법사는 손오공이 화를 내는 것을 보고, 저 동자가 말대답이라도 해서 싸움이 나 화를 일으킬까 봐 걱정이 되어 이렇게 말했어요.

"오공아, 그만 싸워라. 이렇게 이왕 들어왔는데, 바로 나가버리면 사람이 야박하게 되지 않느냐. '백로는 백로의 고기를 먹지 않는다(鷺鷥不喫鷺鷥肉)'는 말도 있지 않더냐. 스승도 안 계시는데, 저들을 건드리면 뭐하겠느냐? 너는 산문 앞으로 가서 말을 풀어놓고, 사오정은 짐을 지켜라. 팔계는 꾸러미에서 쌀을 꺼내 동자들에게 솥과 불을 빌려서 밥이나 해라. 떠날 때 장작값이나 몇 푼 쥐어주면 그만이다. 너희들은 각자 맡은 일을 하렴. 난 여기서 좀 쉴 테다. 밥을 다 먹으면 바로 떠나자."

세 사람은 그 말대로 각자 맡은 일을 하러 갔어요.

명월과 청풍은 속으로 찬탄하며 이렇게 생각했어요.

'훌륭한 스님일세! 정말 서천의 성자가 속세에 나신 것이고, 참된 정기가 흐려지지 않았어. 사부님께서 우리들한테 당나라 승려를 접대하고, 인삼과를 드려서 옛정을 표하라 하셨지. 또 그 수하들이 말썽 피울 것을 경계하라고도 하셨어. 역시 그 세 놈은 얼굴도 흉악하고 성정도 거칠군. 그놈들을 내보내서 다행이야. 만약이 앞에 있었으면, 당나라 승려에게 인삼과 구경도 못 시킬 뻔했잖아.'

청풍이 말했어요.

"이봐, 아직 그 중이 사부님의 친구인지 알 수가 없으니까, 한번 물어보자고. 틀리면 안 되니까."

두 동자는 다시 앞으로 나아가 말했어요.

"스님께서 서천으로 불경을 가지러 가는 당나라 삼장법사십니까?"

삼장법사가 답례하며 대답했지요.

"제가 바로 그 사람이오. 선동께선 어찌 제 미천한 이름을 아시는지?"

"저희 사부님께서 떠나실 때, 저희들에게 스님을 마중하라고 분부하셨는데, 이렇게 빨리 오실 줄 몰라 마중 나가지 못했습니다. 스님, 앉으십시오. 저희들이 차를 올리겠습니다."

"그러실 것까지 없습니다."

명월은 급히 본당으로 가서 향기로운 차 한 잔을 가져다 삼장법사에게 올렸어요. 차를 다 마시자, 청풍이 말했어요.

"이봐, 사부님의 명령을 어기면 안 되지. 나랑 가서 열매를 따오자."

두 동자는 삼장법사에게 인사를 드리고는 방으로 돌아가 하나는 금 막대기를 들고, 또 하나는 약 쟁반을 들고, 또 약 쟁반 위에 명주 수건을 여러 장 깔고는 바로 인삼과 과수원 안으로 갔어요. 청풍이 나무 위에 올라가 금 막대기로 열매를 치면 명월이 나무 아래에서 붉은 쟁반으로 받았어요. 그들은 금방 열매 두 알을 쳐서 쟁반에 받아 바로 대전으로 가서 삼장법사에게 올리면서 말했어요.

"스님, 저희 오장관은 외지고 궁벽한 곳이라, 따로 올릴 것이 없습니다. 여기서 나는 열매 두 알로 그런 대로 목이라도 축이시지요."

삼장법사는 인삼과를 보더니 벌벌 떨면서 한 길 밖으로 물러나며 말했어요.

"세상에! 세상에! 올해는 풍년이라 수확도 풍성한데, 어찌 이 도관에서는 흉년처럼 사람을 먹소? 이건 사흘도 안 된 아기인데, 어찌 나더러 이걸 가지고 목을 축이라 하시오?"

청풍이 속으로 생각했어요.

'이 중이 시비로 얽힌 세상에서 눈이 범속해져서 우리 선가仙家

의 보배를 알아보지 못하는구나.'

명월이 앞으로 나서며 설명했어요.

"스님, 이건 인삼과라고 하는 것이니, 하나 드셔도 상관없습니다."

"헛소리야, 헛소리! 그 아기의 부모가 아기를 잉태하여 얼마나 많은 고초를 겪고 낳았을지 모르오. 그런데 세상에 나온 지 사흘도 안 되는 아기를 어떻게 열매라고 내놓을 수 있나!"

청풍이 말했어요.

"정말로 나무에 열린 것입니다."

"되지도 않는 소리! 나무에 사람도 열린단 말인가? 가져가게. 못된 사람들 같으니!"

두 동자는 삼장법사가 극구 먹지 않으려 하자 할 수 없이 쟁반을 들고 본당으로 돌아왔어요. 그 열매는 또 기이한 것이어서 따 놓고 오래 놔둘 수가 없어요. 만약 따서 한참 놔두면 딱딱해져서 먹을 수 없게 돼버리기 때문이지요. 두 사람은 방에 가서는 한 사람에 하나씩 침대 맡에 앉아서 마음껏 먹기 시작했어요.

아아! 그런데 참, 일이 이렇게 돌아가는 거였어요! 그들의 방은 벽 하나를 사이에 두고 부엌과 붙어 있었는데, 이쪽에서 소곤소곤하는 얘기도 저쪽에서 바로 들렸지요. 아까 저팔계가 한창 밥을 짓고 있는데 금 막대기를 가져간다, 약 쟁반을 들고 간다는 말이 들려 무슨 일인가 신경을 쓰던 참이었죠. 그런데 이번에 또 당나라 스님이 인삼과를 못 알아봐서 방으로 가져와 자기들이 먹는다는 말을 듣자, 자기도 모르게 군침을 흘리면서 생각했어요.

'어떡하면 하나 먹어볼 수 있을까? 하지만 난 몸이 둔하고 굼떠서 어떻게 하지 못할 테니, 손오공이 오면 함께 의논해봐야겠다.'

저팔계는 아궁이 앞에서 불 때는 데는 마음이 없고, 수시로 고개를 내밀고 나와 살폈어요. 얼마 안 되어 손오공이 말을 끌고 와

홰나무에 말을 매고는 뒤쪽으로 걸어가는 것이 보이자, 이 멍텅구리는 손을 마구 흔들어 부르면서 말했어요.

"여기요, 여기!"

손오공은 몸을 돌려 부엌문 앞으로 가서 말했어요.

"멍청아, 시끄럽게 뭐라는 거야? 밥이 부족해서 그런 거야? 늙은 스님 배불리 자시게 하고 우린 앞쪽 부잣집에 가서 시주를 받아서 먹지, 뭐."

"들어와요. 밥이 모자란 게 아니오. 이 도관에 보배가 하나 있는데, 형님은 아시오?"

"무슨 보배?"

저팔계가 웃으며 말했어요.

"말해줘도 본 적이 없을 거고, 갖다줘도 알아보지도 못할 걸요?"

"이 멍청이가 이 손 어르신을 놀리네. 내가 오백 년 전 선도仙道를 구하러 다닐 때 온 세상을 다 돌아보았는데, 안 본 게 어디 있겠어?"

"형님, 인삼과 본 적 있어요?"

손오공이 놀라며 대답했어요.

"그건 정말 본 적이 없는데? 하지만 사람들이 말하는 건 자주 들었어. 인삼과가 바로 초환단이고, 사람이 그걸 먹으면 수명을 무지하게 늘릴 수 있다고 하지. 지금 그게 어디 있는데?"

"여기 있지! 저 동자들이 두 개를 가져다 사부님께 드렸는데, 우리 저 늙은 스님 알아보지도 못하고 사흘도 안 된 아이라면서 감히 먹지 못했다는 거야. 저 동자놈들도 지독하지! 사부님이 안 드시면 우리한테 줄 것이지, 우리는 속이고 이 옆방에서 자기들끼리 하나씩 와작와작 먹고 나가더라고. 그 바람에 내 입에 침만 고이게 했잖아. 어떻게 하면 하나 맛볼 수 있을까? 내가 보기에 형이

날랜 재주가 좀 있으니까, 저 과수원에 가서 몇 개 훔쳐다 맛을 보면 어떨까?"

"그거야 쉽지. 손 어르신이 가서 금방 따 오마."

손오공이 급히 몸을 빼어 앞으로 가려는데, 저팔계가 붙잡고 말했어요.

"형님, 이 방에서 들으니까, 무슨 금 막대기를 가져가서 쳐야 된대요. 똑바로 해야지 들키면 안 돼요."

"알았어, 알았다고!"

제천대성이 은신술을 써서 동자의 방으로 들어가 보니, 두 동자는 열매를 먹은 후, 대전에서 삼장법사와 대화를 나누느라 방에 없었어요. 손오공은 무슨 금 막대기 같은 게 있나 사방을 둘러봤어요. 격자창 위에 순금 막대기 하나가 걸려 있는데, 두 자 길이에 굵기는 손가락 만했어요. 아래에는 마늘 뭉치 같은 머리가 달렸고, 위쪽엔 구멍이 나 있는데, 녹색 비단 끈이 묶여 있었어요. 손오공이 중얼거렸어요.

"필시 요놈이 금 막대기라는 것이렷다!"

손오공이 그것을 손에 쥐고 방을 나와 바로 뒤쪽으로 가서 두 짝 문을 밀어 열고 고개를 들어 바라보니, 아! 바로 화원이었어요.

붉은 칠한 화려한 난간
굽이굽이 가파른 산봉우리
기이한 꽃은 고운 해와 아름다움 다투고
비췻빛 대나무는 파란 하늘과 푸름 겨루네.
술잔 띄우며 노는 정자 밖
물굽이엔 푸른 버들이 아지랑이 쓰는 듯

달맞이 누대 앞

키 큰 소나무 숲은 파란 물감을 뿌린 듯

붉은빛 아른거리며 망루를 장식하는 석류

푸릇푸릇 흩날리며 언덕을 수놓는 풀잎

파릇파릇 모래사장의 난초

유유히 흐르는 계곡물

붉은 계수나무는 오동나무 옆 고운 우물에 비치고

잘생긴 홰나무는 붉은 난간 옥섬돌 옆에 섰네.

붉고 또 흰 천엽도

향기롭고 노란 가을 국화

시렁 위의 겨우살이는

모란꽃 핀 정자를 비추고

무궁화 핀 누대는

작약 핀 난간에 이어졌네.

서리를 깔보는 군자 같은 대나무와

눈을 멸시하는 대장부 같은 소나무 끝없이 펼쳐졌고

학과 사슴의 집과

모나고 둥근 연못

옥가루 같은 물방울 날리며 흐르는 샘물과

금가루 쌓아놓은 듯한 땅 위의 꽃들

삭풍에 매화는 하얗게 피어나고

봄이 오니 해당화 빨갛게 터지네.

진실로 인간 세상 제일의 선경이요

서방에서 으뜸가는 꽃밭이로다!

朱欄寶檻　曲砌峰山

奇花與麗日爭妍　翠竹共靑天鬪碧

流杯亭外　一灣綠柳似拖烟

賞月臺前　數簇喬松如潑靛

紅拂拂錦巢榴　綠依依繡墩草

青茸茸碧砂蘭　攸蕩蕩臨溪水

丹桂映金井梧桐　錦槐傍朱欄玉砌

有或紅或白千葉桃　有或香或黃九秋菊

茶麼架　映着牧丹亭

木槿臺　相連芍藥欄

看不盡傲霜君子竹　欺雪大夫松

更有那鶴莊鹿宅　方沼圓池

泉流碎玉　地萼堆金

朔風觸綻梅花白　春來點破海棠紅

誠所謂人間第一仙景　西方魁首花叢

손오공은 넋을 잃고 쳐다보았어요. 또 다른 문을 열고 들여다
보니, 이곳은 채소밭이었어요.

사계절의 채소를 두루 심었으니
시금치, 미나리, 버들말, 쑥, 생강, 이끼로다.
죽순, 고구마, 오이, 조롱박, 건초, 백초에
파, 마늘, 고수, 부추, 영교
움집에 저장한 씨토란과 어린 쑥, 쌉쌀한 택사
박과 가지는 꼭 심어야 할 것들
순무와 무, 토란을 묻었고
빨간 비름, 파란 배추, 자줏빛 겨자도 심었네.

佈種四時蔬菜　菠芹薯蕷姜苔

芋薯瓜瓞茇苢　　蔥蒜芫荽韭薤

窩蕖童蒿苦薏　　葫蘆茄子須栽

蔓菁蘿蔔芋頭埋　　紅莧青菘紫芥

손오공이 웃으면서 말했어요.

"이 사람들도 스스로 농사지어 먹는 도사들이로군."

채소밭을 지나니 문이 또 하나 보였어요. 문을 열고 보았더니, 아! 한가운데에 큰 나무 한 그루가 있었는데, 푸른 가지 향기롭고 짙푸른 나뭇잎 빽빽이 덮여 있었어요. 그 잎은 파초 잎처럼 생겼고, 높이 치솟아 높이가 천여 자에, 뿌리 밑동의 둘레는 일고여덟 길이나 되었어요. 손오공이 나무 아래 기대어 올려다보니, 남쪽으로 뻗은 가지 위에 인삼과 하나가 보이는데, 정말 어린아이와 다를 바 없었어요. 꽁무니 부분이 꼭지여서 가지에 매달려 있었는데, 손발을 마구 움직이며 머리를 내젓고 바람이 불면 무슨소리를 내는 듯했어요. 손오공은 매우 기뻐하며 속으로 찬탄했어요.

'훌륭한 물건인데! 과연 희귀한 것이구나! 희귀해!'

그는 나무에 기대서, 쉭 하는 소리와 함께 위로 휙 올라갔어요. 이 원숭이란 놈은 원래 나무에 올라가 열매 훔쳐 먹기로는 제일이지요. 손오공이 금 막대기로 한 번 치자, 그 열매는 퍽 하고 떨어졌어요. 손오공도 곧 따라서 뛰어 내려가 찾았지만, 아무것도 보이지 않았어요. 사방의 풀 속도 찾아보았지만 더더욱 종적이 없었지요. 그는 중얼거렸어요.

"이상하다! 이상해! 발이 달린 것이라 걸을 수 있다 쳐도, 담을 뛰어넘진 못할 거 아냐? 알았다! 화원의 토지신이 이 어르신이 자기 열매를 훔쳐가지 못하게 하려고 거둬 가버린 것이군."

손오공이 손가락을 구부려 결을 만들고 "옴" 하고 주문을 외자, 그 화원의 토지신이 잡혀 와 손오공에게 예를 행하고 말했어요.

"제천대성님, 부르셨습니까? 무슨 분부가 있으신지요?"

"너는 이 어르신이 천하에 유명한 도적이란 걸 모르냐? 내가 반도와 옥황상제의 어주御酒, 영단靈丹을 훔쳤을 때도 감히 나와 나눠먹자는 이가 없었건만, 오늘 열매 하나 훔쳐 먹자는데, 네가 나한테서 개평을 뜯어가겠다고? 이 열매는 나무 위에 열린 것이라 하늘의 지나가는 새도 먹을 수 있는 것이건만, 이 나리가 하나만 먹겠다는데 뭐 안 될 게 있냐? 어째서 막 쳐서 떨어뜨렸는데 네가 채 가버리느냐?"

"제천대성님, 저를 나무라시는 건 오해십니다. 이 보배는 지선地仙의 물건인데, 제가 귀선鬼仙인 주제에 어찌 감히 가져가겠습니까? 전 그 냄새를 맡는 복도 없습니다."

"네가 안 가져갔다면, 어떻게 쳐서 떨어뜨렸는데 없어졌느냔 말이야?"

"제천대성님께선 이 보배가 수명을 늘릴 수 있다는 것만 아시고, 그 출처는 모르시는군요?"

"무슨 출처가 있는데?"

"이 보배는 삼천 년에 한 번 꽃을 피우고, 삼천 년에 한 번 열매를 맺으며, 또 삼천 년이 지나야 익습니다. 그러니까 꼬박 만 년이 지나야 겨우 열매 서른 개가 열릴 뿐이지요. 인연이 있어서 냄새만 맡아도 삼백육십 년을 살고, 하나를 먹으면 사만칠천 년을 살게 됩니다. 하지만 오행五行과는 상극입니다."

"어떻게 오행과 상극인데?"

"이 열매는 금을 만나면 떨어지고, 목木을 만나면 시들어버립니다. 수水를 만나면 녹아버리고, 화火를 만나면 타고, 토土를 만나"

면 그 속으로 들어가버립니다. 그래서 딸 때에는 반드시 금金으로 된 기구를 써야 떨어지고, 떨어뜨린 다음에는 쟁반에 비단 수건을 깔아서 받아야 합니다. 만약 나무 그릇에 받으면 시들어버리고, 먹는다고 해도 수명을 늘릴 수 없습니다. 먹을 때는 반드시 자기磁器를 쓰고 맑은 물에 녹여 먹어야 합니다. 불을 만나면 타버려서 소용이 없습니다. 흙을 만나면 들어가버리니까, 제천대성께서 방금 쳐서 땅에 떨어뜨렸다면 곧장 땅을 뚫고 들어갔을 것입니다. 이 땅은 사만칠천 년 된 것으로, 강철 송곳으로 뚫어도 흠집 하나 낼 수 없고, 무쇠보다 삼사 할 정도는 더 단단할 겁니다. 그래서 사람이 인삼과를 먹으면 장생할 수 있는 겁니다. 제천대성님께서 못 믿으신다면 이 땅을 한 번 쳐보십시오."

손오공이 바로 여의봉을 들고 내리치니, 팅 하고 봉이 튀어나오고 땅에는 흔적 하나 없었어요.

"과연 그렇구나! 과연 그래! 내 봉은 돌을 치면 가루처럼 부서지고, 무쇠를 쳐도 자국이 남는데, 어떻게 지금은 상처 하나 못 냈을까? 그렇다면 내가 괜히 너를 꾸짖었구나! 넌 돌아가거라."

그러자 토지신은 자기 사당으로 돌아가 버렸지요.

손오공은 묘책이 떠올라, 나무에 올라가서 한 손으로 금 막대기를 놀리고, 다른 손으로는 비단 승복의 앞자락을 끌어당겨서 자루 모양으로 만들어 받을 준비를 한 다음, 가지와 잎사귀를 이리저리 헤치고 열매 세 개를 따서 앞자락에 담았어요. 그리고 나무에서 뛰어내려, 곧장 나가서 부엌 안으로 들어갔어요. 저팔계가 웃으며 말했어요.

"형님, 가져왔어요?"

"이거잖아! 이 어르신이 금방 따 온댔지? 이 열매를 사오정 몰래 먹을 수는 없으니까 사오정을 불러와."

저팔계는 손을 흔들어 불렀어요.

"사오정, 이리 와."

사오정은 짐을 내던지고 부엌으로 뛰어 들어와 말했어요.

"형님, 왜 불렀어요?"

손오공이 앞자락을 열어보이며 물었어요.

"동생, 이게 뭔지 알아?"

"인삼과네."

"제법인걸! 넌 아는구나. 어디서 먹어본 적이 있느냐?"

"제가 먹어본 적은 없지만, 전에 권렴대장이던 시절 옥황상제의 어가를 모시고 반도대회에 갔다가 해외의 여러 신선들이 서왕모께 이 열매를 선물로 드리는 걸 본 적이 있지요. 본 적은 있지만 먹어본 적은 없어요. 형님 저도 맛보게 해주세요."

"두말할 필요도 없지. 우리 형제들이 하나씩 먹는 거야."

세 형제는 열매 세 개를 하나씩 나눠 먹었어요.

저팔계는 밥통도 크고 입도 커서, 동자가 먹는 소리를 들었을 때부터 벌써 배 속의 거지가 아우성을 치고 있던 터라 열매를 보자마자 덥석 집어와 입을 쩍 벌리고 통째로 꿀꺽 삼켜 버렸지요. 흰자위를 번득이며 손오공과 사오정에게 생떼를 썼어요.

"둘이서 먹는 게 뭐지?"

사오정이 대답했지요.

"인삼과요."

"무슨 맛이야?"

"오정아, 저놈 상대하지 마! 팔계 너는 혼자 다 먹어치우고서 또 누구한테 묻는 거야?"

"형님, 좀 급하게 먹었다고요. 형이랑 오정이처럼 조금씩 씹어 음미해가면서 먹은 게 아니에요. 난 씨가 있는지 없는지도 모르

손오공이 저팔계의 귀띔으로 오장관에서 인삼과를 훔치다

고 그냥 삼켜버렸다니까요. 형님, 사람을 도와주려면 끝까지 해주어야지! 내 배 속의 거지를 건드려놨으니까 다시 가서 몇 개 더 가져와요. 이 몸이 천천히 맛 좀 보게."

"동생, 정말 만족을 모르는군. 이건 밥이나 국수처럼 눈에 띄는 대로 양껏 배 채우는 그런 음식이 아냐. 만 년에 겨우 서른 개가 열린다는데, 우리가 하나씩 먹은 것도 큰 인연이지, 하찮게 볼 일이 아니라고! 관둬, 관둬, 됐어!"

손오공은 몸을 일으켜 창문 틈새로 금 막대기를 동자 방에 툭 던져 넣고, 저팔계는 거들떠보지도 않았어요. 저 멍텅구리는 계속 투덜대었어요.

그런데 뜻밖에도 두 동자가 대접할 차를 가지러 방에 다시 왔다가 저팔계가 "인삼과를 마음껏 먹지 못했으니, 하나 더 먹으면 좋을 텐데" 어쩌고 하며 투덜대는 것을 듣고 말았어요. 청풍이 의심이 생겨 말했어요.

"명월아, 저 주둥이 긴 중놈이 무슨 '인삼과를 더 먹어야겠다'고 하는 것 좀 들어봐. 사부님이 떠나실 때 당나라 스님의 제자놈들이 말썽을 피우지 못하게 하라고 신신당부하셨는데, 저놈이 간 크게 우리 보배를 훔친 거 아니야?"

명월이 뒤돌아보더니 말했어요.

"형, 큰일 났다, 큰일 났어! 금 막대기가 어떻게 바닥에 떨어져 있지! 우리 과수원으로 가보자."

둘이 황급히 달려가 보니 화원의 문이 열려 있었어요. 그걸 보고 청풍이 말했어요.

"이 문은 내가 닫았는데, 어떻게 열려 있지?"

또 급히 화원을 지나 들어가니 채소밭 문도 열려 있었어요. 다급히 인삼과 과수원으로 들어가, 나무에 기대 위를 올려다보며 개수를 세보니, 몇 번을 세도 스물두 개밖에 없었어요. 명월이 물었어요.

"계산할 줄 알아?"

"할 줄 알아. 말해봐."

"열매는 원래 서른 개였어. 사부님이 과수원을 처음 여실 때 두 개를 따서 나눠 먹었지. 그래서 스물여덟 개가 남았는데 방금 두 개를 따서 삼장법사에게 먹으라고 주었으니, 스물여섯 개가 있어야 하잖아. 그런데 지금 스물두 개만 남았으니 네 개가 모자란 거 아냐? 더 말할 것도 없어, 말할 것도 없다고. 분명히 그 악당놈들이 훔친 거야. 그 당나라 스님한테 따지러 가자고!"

둘은 화원 문을 나와 바로 대전으로 가서, 삼장법사에게 삿대질을 하면서 말끝마다 대머리 중 어쩌고 하면서 갖은 욕지거리를 쉴 새 없이 해댔어요. 도둑놈이니 쥐새끼 같은 놈이니 하고 온갖 더러운 말들을 퍼부으며 분에 차서 상스럽게 마구 떠들어댔지요. 삼장법사는 더 이상 들어 넘길 수가 없어서 이렇게 말했어요.

"선동님들, 무엇 때문에 이렇게 난리인가? 잠깐 멈추고 할 말이 있으면 천천히 하면 되지, 그렇게 이놈 저놈 할 것 없네."

그러자 청풍이 말했어요.

"귀때기가 막혔나? 내가 오랑캐 말을 해서 못 알아들어? 네놈이 인삼과를 훔쳐 먹고서 나한테 말도 못 하게 해?"

"인삼과라니, 그게 어떻게 생긴 건가?"

명월이 나섰어요.

"방금 너한테 먹으라고 갖다줬잖아. 네가 아기처럼 생겼다고 안 했어?"

"아미타불! 그 물건을 보자마자 심장이 벌벌 떨렸는데, 내가 그런 걸 훔쳐 먹었다고? 게걸병에 걸렸다 해도 난 그런 끔찍한 짓은 못 하오. 괜히 생사람 잡지 마시오."

청풍이 대꾸했어요.

"네놈이 안 먹었다 해도 네 제자놈들이 훔쳐 먹었어!"

"그건 그럴 수도 있겠군요. 잠깐 조용히 하시오. 내가 제자들에게 물어보겠소. 만약 정말로 훔쳤다면 물어드리게 하지요."

이번엔 명월이 말했죠.

"물어준다고! 돈이 있다 쳐도 어디서 산단 말이야!"

"돈이 있어도 살 곳이 없다면 '인의는 천금의 값어치가 있다'는 말도 있으니, 애들더러 여러분께 사죄라도 드리게 하겠소. 그리고 아직 걔들인지 아닌지도 모르지 않소?"

"아니긴 뭐가 아니야? 그놈들 저쪽에서 나눈 것이 공평치 않았느니 어쩌니 하며 아직도 시끄럽다니까!"

삼장법사가 소리쳐 불렀어요.

"애들아, 잠깐 다 와봐라!"

사오정이 그 소리를 듣고 말했어요.

"큰일 났다! 들통난 모양이오! 사부님이 우릴 부르시고 동자들이 마구 욕을 해대니 아까 일이 들통난 게 아님 뭐겠어?"

손오공이 말했어요.

"창피해 죽겠군! 이건 고작 먹을 거 아니냐? 만약 자백하면 우리가 먹을 걸 탐내 도둑질한 게 되니까, 잡아뗄 수밖에 없어."

저팔계가 말했어요.

"맞아, 맞아, 모른 척하면 그만이야."

세 사람은 할 수 없이 부엌에서 나와 대전으로 올라갔어요.

어떻게 잡아뗐는지는 아직 알 수 없으니, 이에 대해서는 다음 회를 들어보시라.

제25회
진원대선에게 붙잡혀 곤욕을 치르다

한편, 그들 삼 형제는 대전에 이르러 사부님께 물었어요.

"밥은 다 되어가는데, 무슨 일로 저희를 부르셨어요?"

"얘들아, 밥 얘기가 아니다. 이 오장관에는 어린애같이 생긴 무슨 인삼과가 있다는데, 너희들 중에 누가 그걸 훔쳐 먹었느냐?"

저팔계가 대답했어요.

"솔직히 말해 저는 모르는 일입니다. 본 적도 없어요."

청풍이 말했어요.

"웃는 걸 보니 저자다! 바로 저자야!"

손오공이 소리쳤어요.

"이 손 어르신은 원래 생긴 게 이렇게 웃는 얼굴로 생겼다. 무슨 과일인가가 없어졌다고 해서 날더러 웃지도 말라는 게냐?"

삼장법사가 타일렀어요.

"얘야, 화내지 마라. 우리는 출가한 사람으로 거짓말을 해서도 안 되고, 양심을 속이고 먹을 걸 탐해서도 안 된다. 정말로 저 사람들 것을 먹었다면 사죄하면 그만이지, 뭐 그리 잡아뗄 필요가 있느냐?"

손오공은 사부님 말씀이 옳다는 생각이 들어 솔직히 실토했어요.

"사부님, 제 잘못이 아닙니다. 저팔계란 놈이 옆방에서 두 동자가 무슨 인삼과라는 것을 먹는 소리를 듣고 자기도 먹어 보고 싶어져서 이 몸더러 따 오라 하기에, 제가 가서 따 와서 셋이 하나씩 나눠 먹었습니다. 그런데 벌써 다 먹어버린 것을 이제 와서 어쩌라는 겁니까?"

명월이 말했어요.

"네 개씩이나 훔쳐놓고, 이놈의 중이 아직도 자기는 도둑이 아니라 하네!"

저팔계가 말했어요.

"아미타불! 네 개를 훔쳤는데 어째서 세 개만 가지고 와서 나눈 거야? 미리 슬쩍 한 개를 챙기다니!"

이번에는 거꾸로 그 멍텅구리가 나오는 대로 지껄이는 것이었어요. 두 신선 동자는 추궁한 내용이 사실인 걸 알고 더욱 욕설을 퍼부었어요. 화가 난 제천대성은 이를 뿌드득 갈며 불같은 눈을 부릅뜨고 여의봉을 만지작거리며 참고 또 참았어요. 그러면서 속으로 이렇게 생각했어요.

'이 동자놈들이 이렇게 지독하다니! 면전에 대놓고 사람을 욕보여? 좋다, 이렇게 당했으니 내 저놈들에게 후환을 없애는 계책 [絶後計]을 써서 모두가 인삼과를 못 먹게 만들 테다.'

멋진 손오공! 그가 뒷머리 털을 한 가닥 뽑아서 선기仙氣를 불어 넣고 "변해라!" 하고 외치니, 가짜 손오공의 모습으로 변했어요. 그 가짜 손오공더러 삼장법사를 뒤따르며 저팔계, 사오정과 나란히 동자들이 하는 욕을 얻어먹게 했어요. 그리고 원신元神*은 빠져나와 그의 진짜 몸은 구름을 타고 내달아 곧장 인삼과 과

수원으로 갔어요. 손오공은 여의봉을 쥐고서 나무를 마구 휘둘러 치더니, 이번엔 또 산봉우리를 밀어 옮기는 신통력을 발휘하여 나무를 통째로 우지끈 밀어 넘어뜨렸어요. 애석하게도 나뭇잎은 떨어지고 가지는 찢어지고 뿌리는 땅 밖으로 드러나, 도인들은 초환단을 먹을 수 없게 되었어요. 제천대성은 나무를 넘어뜨려 놓고 가지에서 과일을 찾아보았어요. 하지만 어디 반쪽이나 남아 있겠어요? 이 보배는 금에 닿으면 떨어지게 되어 있었는데, 손오공의 여의봉 양 끝이 금으로 감싸여 있고, 더구나 여의봉의 강철 또한 다섯 가지 금속[五金][1]의 일종이었으니 나무를 두드리자 과일이 떨어져 내렸던 것이지요. 과일이 떨어지자 이번에는 흙土을 만나 땅속으로 들어가버렸기 때문에, 땅 위에는 과일이 하나도 없었던 것이지요. 손오공은 흡족해했어요.

"훌륭하군! 훌륭해! 모두 끝장나버렸군!"

손오공은 여의봉을 거두고 재빨리 동자들 앞으로 가서 털을 흔들어 몸에 거둬들였어요. 하지만 범속한 이들의 눈으로는 그걸 눈치챌 수가 없었지요.

한편, 한참 동안 욕설을 퍼붓다가, 청풍이 말했어요.

"명월아, 이 중들도 참 어지간히 욕을 잘 참는구나. 닭에 대고 욕하는 것도 아닌데, 어떻게 이렇게 한참 동안 욕을 퍼부었는데 대꾸 한마디가 없지? 혹시 이들이 훔쳐 먹지 않은 게 아니냐? 만약에 나무가 높고 잎이 무성하여 숫자를 잘못 세었을 지도 몰라. 그럼 이들을 이렇게 욕해선 안 되지. 우리 다시 가서 조사해보자."

"그도 그렇군요."

두 사람이 다시 정원에 도착해보니, 나무는 쓰러져 가지는 부

---

1 오금五金이란 금, 은, 동, 주석, 철을 가리킨다.

러져 있는데다, 열매도 없고 잎도 떨어져 있었어요. 깜짝 놀란 청풍은 다리가 후들거려 거꾸러졌고, 명월은 허리가 휘청거리고 온몸이 벌벌 떨렸어요. 두 사람의 혼비백산한 모습을 증명하는 시가 있어요.

삼장법사가 서쪽으로 가다가 만수산에 도착했는데
손오공이 초환단을 끊어놓았네.
나뭇가지 부러지고 잎은 떨어지고 뿌리가 드러나니
명월과 청풍은 간담이 서늘해졌다네.

三藏西臨萬壽山　　悟空斷送草還丹

枒開葉落仙根露　　明月淸風心膽寒

두 사람은 땅바닥에 쓰러져 앞뒤가 안 맞는 말을 내뱉으며 통탄했어요.

"어쩌면 좋으냐! 어쩌면 좋아! 우리 오장관의 선단仙丹을 망쳐버렸으니 우리 신선들의 후사가 끊어지게 됐구나. 사부님이 돌아오시면 우리 둘은 뭐라고 대답한단 말이냐?"

명월이 의견을 냈어요.

"형, 조용히 해! 일단 의관을 단정히 하고, 이 중들을 놀라게 해서는 안 돼. 이건 다름 아닌 바로 그 털북숭이 얼굴에 벼락신의 주둥이를 가진 놈의 짓이 틀림없어. 그놈이 신통력을 부려 우리 보물을 망가뜨린 거야. 만약에 그놈에게 따진다면 틀림없이 발뺌할 테니까, 결국 그놈과 싸워야 될 거야. 싸우게 되면 맞붙어 서로 치고받고 할 텐데, 한번 생각해봐. 우리는 둘뿐이니 어떻게 저들 넷을 당해내겠어?

차라리 그들을 속여서 과일이 너무 많아 우리가 숫자를 잘못

셌다고 하고, 도리어 그들에게 사과하는 거야. 그자들의 밥이 이미 다 익었으니 그들이 밥을 먹으려 할 때 몇 가지 반찬을 가져다주는 거야. 그자들이 각자 밥그릇을 들고 있을 때, 형은 문 왼쪽에서고 나는 문 오른쪽에 서 있다가 갑자기 방문을 확 닫고 자물쇠를 채워버리는 거야. 그리고 여기 드나드는 문이란 문은 죄다 잠가버려 도망가지 못하게 하는 거지. 그리고 사부님이 돌아오셔서 처리하도록 맡기자고. 삼장법사는 사부님의 친구이니 그를 용서해주면 그건 사부님의 인정인 거고, 용서하지 않는다 해도 우리는 도적을 붙잡아놓고 있었으니 아마 죄는 면할 수 있을 거야."

청풍이 이 말을 듣더니 동의했어요.

"그래, 일리 있는 말이야."

두 사람은 겨우겨우 기운을 차리고 억지웃음을 지으며 후원에서 곧장 대전으로 돌아와 삼장법사에게 몸을 굽히고 사과를 했어요.

"스님, 방금 전에 말을 거칠게 해서 많은 실례를 범했습니다. 부디 책망하지 말아주십시오."

"무슨 말입니까?"

청풍이 대답했어요.

"열매가 없어진 게 아니었습니다. 나무는 높고 잎은 무성한 탓에 제대로 확인하지 못했던 거지요. 다시 가서 조사해보니 원래 개수 그대로였습니다."

저팔계는 이때를 놓치지 않고 기가 살아 큰소리쳤어요.

"어린놈들이 사정도 모른 채 와서 욕설을 퍼붓고 저주를 하며 무고한 우리한테 잘못을 덮어씌우다니, 그래서야 어디 사람이라 하겠냐?"

청풍의 말을 들은 손오공은 이상한 낌새를 알아차렸지만 입

밖으로 내지 않고, 혼자 속으로 이렇게 생각했어요.

'거짓말이다, 거짓말! 인삼과는 이미 끝장나버렸는데 어째서 저런 말을 하는 걸까? 혹시 죽은 것을 다시 살리는 방법이 있는 건 아닐까?'

삼장법사가 말했어요.

"그렇다면 밥을 내오너라. 먹고 떠나도록 하자."

저팔계는 밥을 푸러 갔고 사오정은 식탁과 의자를 마련해놓았어요. 두 동자는 서둘러 반찬을 가져왔어요. 그것은 오이장아찌, 가지장아찌, 무절임, 콩자반, 절인 상추, 데친 갓 등으로, 모두 일고여덟 접시나 차려놓고 스승과 제자들에게 드시라 권했어요. 또 좋은 차 한 주전자와 찻잔 두 개를 들고 좌우에서 시중들었어요. 그러나 스승과 제자 넷이 밥그릇을 받아 들자, 동자들은 양쪽에서 한쪽에 한 사람씩 철컥 문을 닫고 구리 자물쇠를 단단히 채워버렸어요. 저팔계가 웃으면서 물었어요.

"이놈들이 글러먹었군! 너희들 여기 풍속은 좋지가 않아. 어째서 문을 닫아걸고 밥을 먹는 거지?"

명월이 대답했어요.

"네, 바로 그렇습니다. 어쨌든 밥을 다 먹고 나면 문을 열겠습니다."

그때 청풍이 욕하기 시작했어요.

"이런 걸신들려 남의 것이나 훔쳐 먹는 대머리 도둑놈들을 그냥! 너희들은 우리 신선의 과일을 훔쳐 먹었으니 이미 남의 밭 과일을 훔치는 절도죄를 저질렀다. 그것도 모자라 또 우리 신선의 나무를 밀어 넘어뜨려 오장원의 선근善根을 망쳐놓고도 무슨 할 말이 있느냐? 부처님을 뵈러 서방에 가려면, 나이를 거꾸로 먹어 요람에 누웠다가 다시 환생하는 수밖에 없을 거다!"

삼장법사는 이 말을 듣고 밥그릇을 떨어뜨렸으니, 가슴에 돌을 얹어놓은 것 같았지요. 그 동자들은 산문의 첫 번째 두 번째 문을 모두 걸어 잠갔어요. 그러고는 다시 대전 문 앞으로 와서 말끝마다 도적놈 운운하며 험악한 말을 지껄이더니, 날이 어두워질 때까지 퍼붓고서야 밥을 먹으러 갔어요. 밥을 먹고는 방으로 돌아갔지요.

삼장법사는 손오공을 원망하며 말했어요.

"원숭이 네놈이 번번이 화를 부르는구나. 네놈이 저들의 과일을 훔쳐 먹었다면 화가 좀 나더라도 욕 몇 마디 들어주면 그만일 것을, 어째서 저들의 나무까지 밀어 쓰러뜨린 거냐? 이 일을 고발한다면, 네 아비가 재판관이라 해도 변명이 통하지 않을 게다."

"사부님, 떠드실 필요 없어요. 저 동자 녀석들은 모두 잠자러 갔으니, 그들이 잠들면 우리는 밤중에 출발하면 됩니다."

사오정이 말했어요.

"형님, 겹겹 문마다 모두 자물쇠가 채워져 꽉 닫혀 있는데, 어떻게 달아난다는 겁니까?"

손오공이 웃으면서 대답했어요.

"상관없어. 상관없어. 이 손 어르신에게 방법이 있어."

저팔계가 비꼬며 말했어요.

"형님한테 방법이 없을까 봐 걱정하는 거겠소? 형님이야 뭔놈의 작은 벌레로 변해서 창의 격자 틈으로 날아서 빠져나가겠지만, 우리같이 변신할 줄 모르는 사람은 꼼짝없이 여기서 대신 벌을 받게 되겠지."

삼장법사가 말했어요.

"저놈이 그따위 짓을 해서 혼자 내빼고 우리를 남겨둔다면 내가 바로 '옛날의 경문[舊話經]'[2]을 욀 테니, 제 놈이 어디 견디나보자."

저팔계가 이 말을 듣더니 걱정도 되고 웃기기도 했어요.

"사부님, 그게 무슨 말씀이십니까? 저는 불교에 『능엄경楞嚴經』 『법화경法華經』 『공작경孔雀經』 『관음경觀音經』 『금강경金剛經』이 있다는 말은 들었지만, 무슨 '옛날의 경문'에 대해서는 들어본 적이 없습니다."

손오공이 말했어요.

"동생, 동생은 모르겠지만 내 머리에 쓰고 있는 이 테는 관음보살이 우리 사부님께 하사한 거야. 사부님이 나를 속이고 이 테를 씌우자 이게 마치 뿌리를 내린 것처럼 벗을 수도 없게 되었지. 이 머리테를 조이는 주문을 '긴고아주緊箍兒咒' 또는 '긴고아경緊箍兒經'이라고 하는데, 사부님이 '옛날의 경문'이라고 한 건 바로 이걸 말한 거야. 만약 주문을 외시게 되면 나는 머리가 깨지도록 아프게 되니, 그 주문으로 날 혼내주시려는 거야. 사부님, 그 주문을 외지 마세요. 결코 사부님을 저버리지 않겠습니다. 반드시 모두 함께 나가게 될 겁니다."

그러고 나니 벌써 날은 어두워져 어느새 동쪽에는 달이 떠올랐어요. 손오공이 말했어요.

"온 세상이 아무 소리 없이 고요하고 둥근 달이 밝게 빛나니 지금이 바로 출발하기 딱 좋은 때입니다."

저팔계가 말했어요.

"형님, 장난 좀 그만해요. 문이 모두 잠겨 있는데 어디로 간다는 거요?"

"내 솜씨를 좀 봐라."

멋진 손오공! 그가 여의봉을 손으로 비비며 자물쇠를 여는 술

2 긴고아주를 말한다.

법[解鎖法]을 써서 문을 향해 가리키니, 철컥 하는 소리와 함께 몇 겹 문의 양쪽 고리가 모두 떨어져 나가며 덜커덩 문짝이 열리는 것이었어요. 저팔계가 웃으면서 감탄했어요.

"놀라운 능력이군! 열쇠 수리공더러 열쇠를 따라 해도 이렇게 속 시원하게 따진 못할 거야."

"이런 문이 뭐 특별하다고 그래? 하늘 궁궐의 남천문이라도 한번 가리키면 바로 열릴 텐데."

손오공은 삼장법사를 모시고 문밖으로 나가 말에 오르게 했어요. 저팔계는 짐을 짊어지고 사오정은 말을 끌며 곧장 서쪽으로 가는 길로 접어들어 떠났지요. 손오공이 말했어요.

"너희들은 천천히 가고 있어. 이 손 어르신은 가서 저 두 동자가 한 달 정도 푹 자도록 해주고 올 테니."

삼장법사가 당부했어요.

"애야, 그들의 목숨을 해쳐서는 안 된다. 그렇게 되면 재물을 빼앗고 사람을 해친 죄까지 범하는 것이 되니까."

"잘 알겠습니다."

손오공은 다시 들어가 그 동자들이 잠자고 있는 방문 밖에 이르렀어요. 그는 허리춤에 잠벌레를 가지고 다녔는데, 예전에 동천문에서 증장천왕增長天王과 시매猜枚[3] 놀이를 하다가 이겨서 얻은 것이었어요. 손오공은 잠벌레 두 마리를 꺼내어 창틈으로 슬며시 튕겨 넣었어요. 그러자 잠벌레들이 곧장 그 동자들의 얼굴로 달려가니, 동자들은 코를 골며 깊이 잠들어 깨어날 생각을 하지 않았어요. 그제야 손오공은 구름을 타고 삼장법사를 뒤쫓아가서, 큰길을 따라 곧장 서쪽을 향해 갔어요. 그날 밤 쉬지 않고

---

3 손에 수박, 호박 따위의 씨나 연밥, 잣, 바둑알 등을 쥐고 그것의 수량, 빛깔 또는 짝수, 홀수 등을 알아맞히는 놀이로 보통 술자리에서 행해진다.

날이 밝을 때까지 걸었지요. 삼장법사가 말했어요.

"이 원숭이놈이 나를 죽이는구나. 네놈 주둥이 때문에 나까지 밤새 한숨도 못 잤다!"

"그렇게 원망만 하지 마세요. 날이 밝아오니 이 길가 숲에서 잠시 쉬었다가 원기를 보충하고 다시 떠나도록 하지요."

삼장법사는 말에서 내려 소나무 뿌리를 참선하는 자리로 여기고 기대앉았어요. 사오정은 짐을 내리고 졸고 있었으며, 저팔계는 돌을 베고 잠을 잤어요. 하지만 제천대성은 저 혼자 흥이 나서 나무에 뛰어오르고 가지를 잡아당기며 놀았어요. 일행 넷이 휴식을 취한 얘기는 더 이상 하지 않겠어요.

한편, 진원대선이 원시천존의 궁전에서 모임을 마치고 여러 제자들을 거느리고 도솔궁을 나와서 곧장 신선 세계를 떠나 상서로운 구름에서 내려 만수산 오장관 문 앞에 도착해보니, 대문은 활짝 열려 있고 땅바닥이 깨끗했어요. 진원대선이 말했어요.

"청풍과 명월이 그래도 쓸 만하구나. 평상시에는 해가 세 길이나 높이 뜨도록 기지개조차 안 펴더니, 지금은 우리가 집에 없는데도 일찍 일어나 문을 열어놓고 마당까지 쓸어놓다니."

여러 제자들은 모두 기뻐했어요. 그런데 대전에 이르러 보니, 향불은 하나도 피워져 있지 않고 사람의 흔적이라곤 없었어요. 명월과 청풍은 어디에도 없었지요. 여러 신선들이 말했지요.

"아마도 그 두 녀석이 우리가 집에 없는 틈을 타 물건을 훔쳐 달아났나 봅니다."

"그럴 리가 있겠느냐? 신선이 되려고 수련하는 사람이 감히 그런 나쁜 짓을 할 수 있겠느냐? 아마 어젯밤에 문 닫는 것을 잊고 잠자러 가서는, 오늘 아침 아직 일어나지 않은 모양이구나."

여러 신선들이 동자의 방문 앞으로 가보니, 정말로 방문을 닫아놓은 채 코를 골며 잠자고 있는 것이었어요. 밖에서 문을 두드리며 소리쳐 불러보았지만 어디 일어나겠어요? 심지어 신선들이 문짝을 비틀어 열고 침상에서 잡아끌어 내려도 동자들은 깨어나지 않았어요. 진원대선이 웃으며 말했어요.

"희한한 녀석들이구나! 신선이 되려는 사람은 총기가 가득하여 잠잘 생각을 하지 않는 법인데, 어째서 이렇게 녹초가 되어버린 거지? 누가 이 애들에게 장난을 친 모양이다! 빨리 물을 떠 와라."

동자 하나가 얼른 물을 반 잔 떠 와 진원대선에게 주었어요. 진원대선은 주문을 외며 한 모금 입에 머금었다가 동자들의 얼굴에다 내뿜었어요. 그러자 바로 수마睡魔가 풀렸어요. 두 동자는 그제야 깨어나 눈을 동그랗게 뜨고 얼굴을 문지르며 고개를 들고 쳐다보더니, 스승인 진원대선과 사형들을 알아보고 깜짝 놀라, 청풍은 고개를 숙이고 명월은 머리를 조아리며 변명을 했어요.

"사부님, 사부님의 친구인 동녘 땅에서 온 스님 말입니다. 알고 보니 강도의 무리로, 매우 흉악한 사람이었습니다."

진원대선이 웃으며 말했어요.

"무서워 말고 천천히 얘기해봐라."

청풍이 대답했어요.

"사부님이 그날 떠나신 후 얼마 되지 않아 정말로 동녘 땅 당나라 스님이 찾아왔습니다. 일행은 스님 네 분과 말까지 다섯이었습니다. 저는 사부님 명령을 어길 수 없어 예까지 오게 된 사연을 묻고 인삼과를 두 개 따다가 드렸습니다. 그 스님은 속되고 어리석은 안목을 가지고 있어서 우리 신선 세계의 보배를 알아보지 못하고, 사흘도 안 된 어린애라면서 누차 권해도 먹으려 하지 않았습니다. 그래서 저희 두 사람이 한 개씩 먹었지요. 그런데 뜻밖에도 그 스님의 세 제자들 가운데 성은 손이고 법명이 오공인 행자가 인삼과 네 개를 훔쳐 먹었습니다. 저희가 그에게 이치를 따져 정말 몇 마디 했을 뿐인데, 그놈이 인정하기는커녕 몰래 몸에서 원신이 빠져나가는 술법을 쓸 줄이야! 아, 정말 괴롭군요……."

두 동자가 여기까지 얘기하고 뺨에 눈물을 줄줄 흘리니, 신선들이 물었어요.

"그 중이 너희를 때렸니?"

명월이 대답했어요.

"저희들을 때리지는 않았지만, 우리 인삼과 나무를 뿌리째 넘어뜨려 버렸습니다."

진원대선이 이 말을 듣더니 화를 내지도 않고 말했어요.

"울지 마라, 울지 마. 너희들은 그 손가를 모르겠지만, 그놈은 태을산선太乙散仙[4]으로 하늘궁전을 크게 소란케 한 적이 있고, 신통력도 대단한 놈이다. 그 귀한 나무를 넘어뜨렸다고 하니, 너는 그 중들의 얼굴을 알아볼 수 있겠느냐?"

청풍이 대답했어요.

"모두 다 알아볼 수 있습니다.

"알아볼 수 있다면 둘 다 나를 따라오너라. 나머지는 내가 돌아와서 그놈들에게 곤장을 칠 수 있도록 형틀을 준비하도록 해라."

여러 신선들은 명에 따랐어요. 진원대선은 명월, 청풍과 함께 상서로운 구름에 올라 삼장법사를 쫓아갔어요. 순식간에 천 리 길을 날아갔어요. 진원대선이 구름 끝에서 서쪽을 살펴보았지만, 당나라 스님은 보이지 않았어요. 그는 다시 고개를 돌려 동쪽을 보더니 이렇게 말했어요.

"구백 리 남짓 앞질러 왔구나."

---

4   신선 세계의 높은 등급의 신선으로, 맡고 있는 관직이 없는 신선을 가리킨다.

알고 보니 삼장법사는 밤새 쉬지 않고 갔으나 겨우 백이십 리 정도를 갔던 것이었어요. 진원대선은 구름을 타고 날아 다시 구백 리를 돌아갔어요.

신선 동자가 말했어요.

"사부님, 저쪽 길가 나무 아래에 앉아 있는 사람이 당나라 승려입니다."

"나도 이미 보았다. 너희 둘은 먼저 돌아가서 오랏줄을 준비하고 있어라. 나 혼자 저들을 붙잡아 갈 테니."

청풍 등이 먼저 돌아간 얘기는 더 이상 하지 않겠어요.

진원대선은 구름에서 내려 몸을 흔들어 떠돌이 도사로 변했어요. 그가 어떤 모습인지 한번 볼까요?

누덕누덕 기운 흰 도포를 걸치고
오색실을 꼬아 만든 끈으로 묶어 맸네.
손으로 불자를 흔들고
어고[5]를 가벼이 두드리네.
코가 세 개 난 짚신 신고
구양건[6]으로 머리에 둘렀네.
옷소매를 바람에 펄럭이며
「월아고」[7]를 부르네.

穿一領白衲袍　繫一條呂公縧

5　고대 중국의 타악기로 '죽금竹琴', '도통道筒'이라고도 했다. 대나무 통의 바닥에 돼지나 양의 얇은 가슴 가죽을 씌워 손으로 두드리며「도정道情」을 반주했다.
6　순양건純陽巾이라고 하는 것이다. 두건 꼭대기에 한 치 정도 비단을 접어 뒤쪽으로 늘어뜨렸다. 도사들은 그것을 머릿수건으로 사용하는데, 도사 여순양呂純陽 때문에 붙여진 이름이다. 또한 도가에서는 순양을 구양九陽으로 생각하기 때문에 구양건이라고도 부른다. 당대 시인인 백낙천白樂天이 항상 이 두건을 쓰고 다녀, 낙천건이라는 이름도 있다.
7　비파대곡으로 달밤 은하수의 풍경을 그린 작품이다.

鎮元禪師捉拿孫行者
莊觀五莊觀

진원대선이 삼장법사 일행을 붙잡으러 쫓아오다

진원대선은 곧장 나무 아래로 와서 삼장법사를 보고 큰 소리로 말했어요.

"스님, 안녕하십니까?"

삼장법사가 황급히 답례를 했어요.

"예를 갖추지 못해 죄송합니다."

"스님은 어디서 오십니까? 어째서 길에서 좌선을 하고 계십니까?"

"저는 동녘 땅 위대한 당나라에서 파견되어 서천으로 경전을 가지러 가는 사람입니다. 이곳을 지나다가 잠시 쉬고 있는 중입니다."

진원대선이 깜짝 놀라며 물었어요.

"스님이 동쪽에서 오셨다면 제가 사는 곳을 지나쳐 왔겠군요?"

"도사님 계신 곳이 어디신지……."

"만수산 오장관이 바로 제가 거처하는 곳입니다."

손오공은 이 말을 듣고 속으로 염려하던 사람임을 알아채고 황급히 대신 대답했어요.

"거긴 절대 지나오지 않았습니다. 우리는 저쪽 길로 왔습니다."

진원대선은 손가락질을 하며 웃었어요.

"이 못된 원숭이놈! 네놈이 누구를 속이려 하느냐! 네놈이 우리 오장관에서 인삼과 나무를 쳐 쓰러뜨리고 밤새 이곳까지 도망쳐 오고서도 오리발을 내고 숨기려 들어? 도망가지 말고 빨리 내 인삼과 나무를 돌려다오!"

손오공은 이 말을 듣고 속으로 화가 치밀었어요. 그는 여의봉을 들고 다짜고짜 진원대선을 향해 내리쳤어요. 진원대선은 몸을 피하더니 상서로운 구름을 타고 곧장 공중으로 날아올랐어요. 손오공도 구름을 솟구쳐 급히 뒤쫓았지요. 진원대선은 공중에서 본래 모습을 나타냈는데, 여러분, 그가 어떻게 차려입었는지 좀 볼까요?

머리에는 자금관 쓰고
몸에는 학창의 입었네.
발에는 가죽신 신고
비단 띠로 허리 묶었네.
몸은 동자와 같은 모습이고
얼굴은 미녀 같구나.
세 가닥 수염 턱 아래까지 휘날리고
까마귀 깃털처럼 검은 머리카락 살쩍을 덮었구나.
무기도 없이 손오공을 맞이하는데
옥 불진拂塵만을 손에 쥐고 있구나.

頭戴紫金冠　無憂鶴氅穿
履鞋登足下　絲帶束腰間
體如童子貌　面似美人顔
三鬚飄頷下　鴉翎疊鬢邊
相迎行者無兵器　止將玉塵手中撚

손오공은 위아래 할 것 없이 여의봉을 마구 휘둘러댔어요. 진원대선은 옥 불진으로 이리저리 막으며 두세 합을 겨루다가 '하늘과 땅을 소매 속에 담는[袖裏乾坤]' 술법을 써서 구름 끝에서 도포의 소맷자락을 바람 방향으로 가볍게 펼치더니, 갑자기 다가

와 네 스님과 말을 옷소매 속에 가둬버렸어요. 저팔계가 소리쳤어요.

"큰일 났다! 우리가 모두 자루 속에 갇혔다."

손오공이 말했어요.

"이 멍청아, 우리는 자루가 아니라 그의 옷소매 속에 갇힌 거야."

"그렇다면 별 거 아니지. 내 쇠스랑으로 한 번 내리찍어 옷에 구멍을 낼 테니, 그때 탈출합시다. 그러면 저놈은 자기가 조심성 없이 단단히 가두지 않아서 떨어뜨린 줄로 알 테니까."

그 멍텅구리가 쇠스랑으로 마구 내리쳤지만 어디 꿈쩍이나 하겠어요? 그 옷소매는 손으로 만지기엔 부드러웠지만, 쇠스랑으로 내리쳐보니 강철보다도 단단했어요. 진원대선은 구름 방향을 돌려 곧장 오장관으로 내려와 앉더니, 제자들에게 밧줄을 가져오라고 했어요. 여러 제자들은 모두 대기하고 있었지요. 여러분 한 번 보세요. 그 진원대선은 옷소매 속에서 나무인형을 꺼내듯 삼장법사를 꺼내 대전 처마 기둥 위에 묶어놓고, 다시 세 제자를 꺼내어 기둥마다 하나씩 묶어 맸어요. 그리고 말도 꺼내 정원에 묶어 매고 먹이를 조금 가져다주었어요. 짐은 복도에 내려놓았지요. 그런 다음 다시 명을 내렸어요.

"얘들아, 이 중들은 출가인이니 칼이나 창, 도끼를 쓸 수는 없다. 그러니 가죽 채찍을 꺼내 오너라. 내 이놈들을 때려 우리 인삼과를 망가뜨린 분풀이를 해야겠다."

신선들은 즉시 채찍을 하나 꺼내왔어요. 그것은 무슨 소가죽, 양 가죽, 노루 가죽, 송아지 가죽이 아니라, 용 가죽으로 만든 칠성편七星鞭이었지요. 진원대선이 채찍에 물을 먹여 힘센 제자에게 때리라고 하자, 그 제자가 채찍을 손에 들고서 물었어요.

"사부님, 먼저 어느 놈부터 때릴까요?"

"당나라 삼장법사가 어른이 되어 자중하지 않았으니, 그를 먼저 쳐라."

손오공은 이 말을 듣고 속으로 생각해보았어요.

'우리 저 늙다리 스님은 매 맞는 걸 견딜 수 없을 거다. 한 대만 맞아도 박살이 날 거야. 또 이것은 내가 저지른 잘못이 아닌가?'

그는 가만있을 수가 없어 입을 열었어요.

"선생, 틀렸소. 과일을 훔친 것도 나고, 먹은 것도 나며, 과일나무를 밀어 넘어뜨린 것도 난데, 어째서 나를 먼저 때리지 않고 그분을 때리는 거요?"

진원대선이 웃으며 말했어요.

"이 못된 원숭이놈이 말하는 건 기개가 있구나. 그렇다면 저놈을 먼저 때려라."

"몇 대나 때릴까요?"

"과일 숫자대로 서른 대를 때려라."

제자가 채찍을 휘둘러 때리려 했어요. 손오공은 신선 세계의 법술이 대단한 것을 두려워하며, 눈을 동그랗게 뜨고 어디를 때리는지 쳐다보고 있었어요. 그가 종아리를 때리려 한다는 것을 알고 허리를 한 번 비틀며 "변해라!" 하고 중얼거리자, 종아리가 강철로 변했어요. 그런 상태로 그가 어떻게 때리는지 보고 있었지요. 그 제자가 한 대씩 한 대씩 모두 서른 대를 때리고 나자, 벌써 정오가 되었지요. 진원대선이 다시 분부를 내렸어요.

"다시 삼장을 때려라. 엄격하게 가르치지 못하고 무지막지한 제자들이 소란을 피우도록 내버려뒀으니."

제자가 다시 채찍을 들어 삼장법사를 때리려 하자, 손오공이 말했어요.

"선생, 또 틀렸소. 내가 과일을 훔칠 때, 우리 사부님은 그 사실을 모르고 대전에서 당신의 두 동자와 이야기를 나누고 있었소. 이건 우리 형제들이 한 짓이오. 엄격히 가르치지 못한 죄가 있다 하더라도 제자 된 도리로 내가 대신 맞아야 마땅하지 않겠소? 다시 나를 때리시오."

"이 못된 원숭이놈이 교활하고 간사하기는 해도 스승을 공경하는 마음이 조금은 있구나. 그렇다면 다시 저놈을 때려라."

제자가 다시 서른 대를 때렸어요. 손오공이 고개를 숙여 두 다리를 보니, 맞아서 다리 전체가 마치 거울처럼 반들반들했어요. 그렇지만 아프다거나 가려운 느낌마저 없었지요. 이때쯤 날은 벌써 어두워가고 있었어요. 진원대선이 말했어요.

"잠시 채찍을 물속에 담가 두어라. 내일 아침에 다시 저놈들을 때리도록 하자."

제자가 채찍을 가져다가 물에 담가두고 각자 방으로 돌아갔어요. 그들이 저녁밥을 먹고 모두 잠을 자러 간 얘기는 더 이상 하지 않겠어요.

삼장법사는 눈물을 줄줄 흘리며 세 제자를 원망했어요.

"너희가 말썽을 피우는 바람에 나까지 이런 데서 벌을 받다니, 이제 어쩐단 말이냐?"

손오공이 말했어요.

"그만 원망하세요. 매도 제가 먼저 맞았고 사부님은 맞지도 않았는데, 어째서 사부님이 한탄을 하시는 거예요?"

"맞지는 않았지만 그래도 묶여 있어서 몸이 아프다."

사오정도 맞장구를 쳤어요.

"사부님, 괜히 끌려가서 같이 묶여 있던 사람이 여기도 있습니다!"

손오공이 말했어요.

"모두들 그만 떠들고, 좀 있다가 다시 출발하자고!"

저팔계가 비웃었어요.

"형은 또 허풍을 치는군. 지금은 물 먹인 삼밧줄에 단단히 묶여 있는 처지라, 대전에 갇혔다가 자물쇠를 푸는 술법을 써 도망쳤던 때와는 비교가 안 된다고!"

"허풍이 아니라, 세 갈래로 꼰 삼밧줄에 물을 먹인 것뿐만 아니라 설사 사발만 한 굵기의 종려나무 밧줄이라 해도, 내게는 다만 가을바람 앞의 낙엽 같을 뿐이야."

이야기를 나누는 사이 벌써 온 세상은 소리 하나 들리지 않고 거리에는 인적이 드문 시간이 되었어요. 멋진 손오공! 그는 몸을 작게 줄여 밧줄에서 벗어나더니 말했어요.

"사부님, 갑시다."

사오정이 다급히 말했어요.

"형님, 우리도 구해줘야지요."

"조용히 얘기해라. 조용히!"

손오공은 삼장법사를 풀어주고서 저팔계, 사오정도 풀어주었어요. 그리고 옷매무새를 가다듬고, 말에 안장을 얹고, 복도에서 짐을 챙겨 와서 함께 오장관 문을 나섰지요. 손오공이 저팔계에게 말했어요.

"너는 가서 저 언덕에 있는 버드나무를 네 그루 베어 와라."

"그걸 갖다 뭐 하게요?"

"쓸 데가 있으니까 빨리 가져오기나 해."

그 멍텅구리는 들이받는 힘이 세서 달려가더니만, 주둥이로 한 번 칠 때마다 한 그루씩 넘어뜨려 네 그루를 끌어안고 왔어요. 손오공은 나뭇가지를 다 잘라내고, 저팔계와 둘이서 다시 안으로 들어갔어요. 그리고 아까 자신들이 묶여 있던 밧줄과 모양 그대로 그 나무를 기둥에 묶어 맸어요. 제천대성은 주문을 외며 혀끝을 깨물어 나무에다가 피를 내뿜으며 "변해라!" 하고 외쳤어요. 그러자 한 그루는 삼장법사로, 또 한 그루는 자기 자신으로, 나머지 두 그루는 사오정과 저팔계로 변했어요. 얼굴과 모습이 모두 똑같았고, 물어보면 대답도 하고, 이름을 부르면 응답도 했어요.

손오공과 저팔계는 이 일을 다 마치자 발걸음을 옮겨 사부님을 쫓아갔어요. 그날 밤은 전처럼 쉬지 않고 말을 달려 오장관을 피해 달아났지요. 날이 밝을 때쯤 되자 삼장법사는 말 위에서 꾸벅꾸벅 졸았어요. 손오공이 이 모습을 보고 말했어요.

"사부님, 안 되겠어요. 출가한 사람이 어째서 그렇게 피곤해하시는 거예요? 이 몸은 천 날 밤을 안 자도 피곤한 줄을 모르는데. 잠시 말에서 내리세요. 길 가던 사람이 보고 비웃겠네요. 잠시 산비탈 아래 바람이 없고 좋은 기운이 모인 곳에서 쉬었다가 다시 가도록 하지요."

그들 스승과 제자가 길에서 잠시 쉰 얘기는 그만하도록 하지요.

한편, 진원대선은 날이 밝자 아침밥을 먹고 대전으로 나와 명을 내렸어요.

"채찍을 가져오너라. 오늘은 삼장법사를 때려야겠다."

제자가 채찍을 들고서 삼장법사를 향해 말했어요.

"너를 때리겠다!"

그 버드나무가 대꾸했어요.

"때려라!"

철썩철썩 서른 대를 때렸어요. 제자가 채찍을 휘두르며 이번에는 저팔계에게 말했어요.

"이번엔 너다!"

그러자 그 버드나무도 대답했어요.

"때려라!"

사오정을 때리려 할 때도 마찬가지였어요.

"때려라!"

그런데 손오공을 때릴 차례가 되자, 진짜 손오공이 길에서 갑자기 부들부들 몸서리를 치며 말했어요.

"큰일 났는데?"

삼장법사가 물었어요.

"무슨 소리냐?"

"제가 버드나무 네 그루를 우리 일행 네 사람의 모습으로 변하게 해놓았습니다. 저는 진원대선이 어제 저를 두 차례나 때렸으니 오늘은 안 때릴 줄로만 알았죠. 그런데 지금 다시 저의 분신을 때리니까, 진짜 몸이 덜덜 떨리네요. 법술을 거둬야겠어요."

손오공은 황급히 주문을 외어 법술을 거두었어요. 여러분 한번 보세요. 손오공이 법술을 거두자 저 동자들은 깜짝 놀라 채찍을 내던지고, 진원대선에게 가서 보고했어요.

"사부님, 처음에 때린 것은 당나라의 중이었는데, 이번에 때린 것은 버드나무였습니다."

진원대선이 이 말을 듣고 껄껄껄 웃더니 손오공을 칭찬해 마지않았어요.

"손오공, 정말 대단한 원숭이 왕이구나! 그놈이 하늘궁전을 크게 소란케 해서 천라지망을 폈지만 붙잡지 못했다는 얘기를 들은 적이 있는데, 과연 그럴 만하구나! 그런데 네놈이 도망을 쳤으면 그만이지, 어째서 이런 버드나무를 묶어놓고 제 행세를 하게 해서 날 속이려 했단 말이냐? 내 결코 용서치 않겠다! 가서 잡아 오마!"

진원대선이 말을 마치자마자 구름 위로 솟구쳐 올라 서쪽을 바라보니, 그 중들이 짐을 들고 말을 채찍질하며 한참 가고 있는 모습이 보였어요. 진원대선이 구름을 낮추고 소리쳤어요.

"손오공, 어딜 도망가느냐! 내 인삼과 나무를 살려내라!"

저팔계가 그 말을 듣고서 말했어요.

"틀렸군. 원수놈이 또 왔어."

손오공이 삼장법사에게 말했어요.

"사부님, 잠시 착할 선 자는 보따리에 싸놓고 약간 난폭한 방법을 써서, 저희가 한꺼번에 저놈을 요절내고 빠져나가야겠습니다."

삼장법사가 이 말을 듣고 벌벌 떨며 미처 대답을 하기도 전에 사오정은 항요장을 잡고, 저팔계는 쇠스랑을 들고, 제천대성은 여의봉을 사용하여 일제히 나아가 진원대선을 공중에서 포위한 채 마구 휘둘러댔어요. 이 격렬한 싸움을 증명하는 시가 있지요.

손오공이 진원대선을 몰라봤으니
다른 신선들보다 더 오묘하고 현묘하구나.
세 가지 신기한 무기를 맹렬히 휘둘러대나
옥 불진은 저절로 민첩하게 움직이는구나.
이리저리 막으며 뒤따라 움직이고
앞뒤로 치고받으며 마음대로 빙빙 도는구나.
밤이 가고 아침이 와도 몸을 빼기 어려우니
오래 지체되어 언제나 서천에 도착할지?

> 悟空不識鎭元仙　與世同君妙更玄
> 三件神兵施猛烈　一根塵尾自飄然
> 左遮右擋隨來往　後架前迎任轉旋
> 夜去朝來難脫體　淹留何日到西天

그들 삼 형제가 각기 신기한 무기를 들고 일제히 달려들었으나, 진원대선은 옥 불진만으로 다 막아냈어요. 어디 한 시간이나 걸렸을까요? 진원대선은 도포 소매를 펼치더니 전처럼 네 승려와 말과 짐을 옷소매 속에 가두고, 구름 방향을 돌려 다시 오장관으로 돌아왔어요. 진원대선은 제자들의 영접을 받으며 대전에 앉았어요. 그리고 다시 옷소매 속에서 한 명씩 꺼내놓았지요. 삼장법사는 계단 아래 작은 홰나무에 묶어놓고, 저팔계와 사오정은 그 양쪽 나무에 각각 묶어놓았어요. 그리고 손오공은 포박하여 땅바닥에 넘어뜨려놓았어요. 손오공이 중얼거렸어요.

"심문할 건가보군."

얼마 안 있어 묶어 매는 일이 끝나자, 진원대선은 긴 무명천을 열 필 가져오라고 했어요. 손오공이 웃으며 말했어요.

"팔계야, 이 선생이 멋진 생각을 하였구나. 무명천을 꺼내다가 우리들을 위해 짧은 소매 옷을 지어 줄 모양이다. 좀 아껴서 망토를 만들어줘도 될 텐데."

제자들이 집에서 베틀로 짠 무명천을 내오자, 진원대선이 다시 명을 내렸어요.

"당나라 삼장법사, 저팔계, 사오정을 모두 천으로 감아라."

제자들이 일제히 나와 이들을 천으로 둘둘 감는 것을 보며, 손오공이 웃으며 말했어요.

"잘한다! 잘해! 산 사람을 염해서 입관시키려나보군!"

잠시 후 천으로 감는 일이 끝나자 진원대선은 다시 옻을 가져오라고 했어요. 제자들은 즉시 직접 거둬 말린 생 옻을 꺼내다가 천으로 감은 세 사람에게 칠을 했어요. 세 사람은 온몸을 천으로 감아 옻칠된 채 겨우 얼굴만 밖으로 내놓고 있었지요. 저팔계가 말했어요.

"선생, 위쪽은 어째도 좋은데, 아래쪽엔 구멍을 좀 남겨주시오. 그래야 변을 보지요."

진원대선이 다시 큰 가마솥을 들어 내오게 하자, 손오공이 웃으며 말했지요.

"팔계야, 운이 좋구나! 가마솥을 내오는 걸 보니 아마 밥을 해서 우리에게 먹여주려나 보다."

"그것도 좋지. 밥을 먹여 배불러 죽은 귀신이 되게 한다면 그것도 좋은 일이야."

제자들은 과연 큰 가마솥을 들어내다가 계단 아래에 받쳐 걸었어요. 진원대선은 마른 나무를 가져다가 불을 지피라고 하더니, 또 명을 내렸어요.

"기름을 가마솥 가득 부어라. 불을 때서 기름이 팔팔 끓으면 저 손오공을 넣고 튀겨 우리 인삼과 나무의 원수를 갚을 것이다!"

손오공이 이 말을 듣고서 속으로 기뻐했어요.

'이 손 어르신 마음에 꼭 드는걸! 요즘 줄곧 목욕을 못해서 피부가 좀 근질근질했는데, 이런 친절을 베풀다니 고맙기도 하셔라.'

얼마 후 가마솥 기름이 끓으려 하자, 제천대성은 다시 조심스러워졌어요. 신선 세계의 법력이란 짐작하기 어려운 거라서 그는 기름 가마솥에서 술수를 쓰기 어려울까 봐 걱정되었어요. 그래서 급히 고개를 들어 사방을 둘러보다가 저쪽 누대 아래 동편에 해시계가 있고, 서편에는 돌사자가 있는 것을 발견했어요. 손오공은 몸을 한 번 움직여 서쪽으로 굴러가 혀끝을 깨물어 돌사자를 향해 피를 내뿜으며 "변해라!" 하고 외쳤어요. 그러자 돌사자는 그의 모습으로 변하여 조금 전과 똑같이 결박당해 뒹굴고 있었어요. 손오공의 원신이 빠져나와 구름 끝에 서서 고개를 숙여 도사들을 지켜보고 있노라니, 제자들이 보고를 올리는 것이었어요.

"사부님, 기름 가마가 팔팔 끓고 있습니다."

진원대선이 손오공을 들어다 집어넣으라고 명을 내렸어요. 하지만 네 신선 동자로는 손오공으로 변한 돌사자를 들 수가 없었고, 여덟 명으로도 들 수가 없었으며, 다시 네 명이 더 달려들어도 움직일 수 없었어요. 제자들이 말했어요.

"이 원숭이놈이 땅바닥이 그리운지 떨어지질 않습니다. 작기는 해도 실한 놈인가 봅니다."

결국 스무 명의 제자들이 그걸 들어다가 솥에 집어 던지니, 풍덩 소리가 나면서 끓는 기름방울이 튀겨 제자들의 얼굴에는 화상으로 커다란 물집이 생겼어요. 그런데 불을 때던 동자가 소리쳤어요.

"솥이 샙니다. 솥이 새요!"

그 말이 끝나지도 않아서 기름은 깡그리 다 새버리고 솥바닥은 깨져버렸어요. 알고 보니 돌사자가 그 속에 들어 있는지라, 진원대선은 화가 머리끝까지 났어요.

"이 못된 원숭이놈이 정말 무례하구나! 눈앞에서 간계를 부리다니. 네놈이 도망쳤으면 됐지 어째서 내 아궁이를 깨뜨리는 거냐? 이 못된 원숭이 왕은 도저히 붙잡을 수 없겠다. 붙잡았다 하더라도 마치 모래나 수은을 뭉치는 듯, 그림자나 바람을 붙잡는 듯하구나. 됐다! 됐어! 그놈은 그냥 놔둬라! 대신 당나라 삼장법사의 결박을 풀고, 새 솥으로 바꾼 다음 튀겨서 인삼과 나무의 원수를 갚아야겠다!"

제자들은 정말로 옻칠한 천을 풀기 시작했어요. 손오공은 공중에서 이 말을 분명히 들었는지라, 이렇게 생각했어요.

'사부님, 이거 큰일인데! 사부님이 기름 솥에 들어가신다면, 한 번 끓이면 바로 돌아가실 테고, 두 번 끓이면 바싹바싹 튀겨질 테

고, 서너 번 끓이면 흐물흐물해져 형체도 구별 못 하게 될 거야. 아무래도 가서 구해드려야겠다.'

멋진 제천대성! 그는 구름을 내려 진원대선 앞으로 오더니 손을 가슴에 올려 합장하며 말했어요.

"옻칠한 천을 풀지 마라. 내가 기름 가마솥에 들어가겠다."

진원대선은 놀라며 욕을 했어요.

"너 이 원숭이놈! 어째서 간계를 부려 내 아궁이를 깨버린 거냐?"

손오공이 웃으며 말했어요.

"당신이 나를 만났으니 재수가 없는 건 당연하지![8] 나하고 무슨 상관이야? 방금도 내 직접 당신이 좋아하는 기름 국이 되려고 했는데 화장실이 좀 급했을 뿐이야. 솥에다 일을 보면 당신의 뜨거운 기름을 더럽혀서 요리에 못 쓰게 될까 봐 그런 거야. 이제 일도 깨끗이 봤으니 이제 솥에 들어가도 되겠어. 우리 사부님을 튀기지 말고 나를 갖다 튀겨라."

진원대선은 이 말을 듣고 껄껄껄 웃으며, 대전에서 걸어 나와 손오공을 꽉 붙들었어요. 결국 그가 무슨 말을 했고 손오공이 과연 여기서 어떻게 벗어나게 될지는 아직 모르겠으니, 이에 대해서는 다음 회를 들어보시라.

---

8 여기서 재수가 없다고 번역한 중국어 원문은 '倒灶[dǎozào]'인데, 이것은 바로 앞에서 진원대선이 '아궁이를 깨다'라는 뜻으로 말한 '도조搗灶'와 발음이 동일하다. 영어의 편pun과 같은 것으로 말장난이라고 할 수 있다.

관음보살이 인삼과 나무를 살리다

이런 시가 있지요.

세상에 살려면 모름지기 마음 위의 칼날[1]을 보존해야 하고
몸을 수양하려면 마디 옆의 그리고[2]를 잘 기억해야 하지.
보통 칼날이라는 글자로 장사 밑천 삼아야 한다고 말하지만
여러 번 생각하여 분노와 기만을 경계해야 하나니
뛰어난 선비는 다투지 않고도 예로부터 이름이 전해지고
성인은 덕으로써 당시를 이어간다네.
강경하면 그보다 더 강경한 무리가 있게 마련이라
끝내는 허망하고 그릇되기 마련이라네.

處世須存心上刃　修身切記寸邊而
常言刃字爲生意　但要三思戒怒欺
上士無爭傳旦古　聖人懷德繼當時
剛强更有剛强輩　究竟終成空與非

---

1 '참을 인忍'의 글자를 쪼개서 표현한 것이다.
2 '참을 내耐'의 글자를 쪼개서 표현한 것이다.

한편, 진원대선은 손으로 손오공을 붙잡으며 말했어요.

"나도 너의 재간을 알고 있고 네 뛰어난 명성도 들었지만, 이번에 네가 예의에 어긋나고 마음을 속이는 일을 저질렀으니, 설사 변화를 부린다 해도 내 손에서 벗어날 수 없을 게다. 내 너와 함께 서천으로 가서 너의 그 부처님을 만나는 한이 있더라도 내 인삼과 나무를 돌려주지 않고는 못 배길 것이다. 신통술을 부리지 마라!"

그러자 손오공이 비웃으며 말했어요.

"선생은 가난뱅이티를 잘도 내시는구려! 나무를 되살리는 게 뭐 의심하고 어려워할 일이겠소? 진작 이렇게 말씀하셨다면 한바탕 싸우지 않아도 됐을 텐데."

"싸우지 말자. 내 기꺼이 선을 베풀어 너를 살려주겠다!"

"당신이 우리 사부님을 풀어주고 나도 당신에게 살아 있는 나무를 돌려주면 어떻소?"

"네게 그런 신통력이 있어서 나무를 살려낼 수 있다면, 내 너에게 여덟 번 절을 올리고 의형제를 맺겠다."

"서둘 것 없소. 그들을 풀어주면 손 어르신도 반드시 당신에게 살아 있는 나무를 돌려주겠소."

진원대성은 짐작컨대 그들이 도망치지 못할 것이라 여기고, 즉시 삼장법사와 저팔계, 사오정을 풀어주라고 명령했어요. 그러자 사오정이 말했어요.

"사부님, 사형이 도대체 무슨 허튼짓을 하려는지 모르겠습니다."

그러자 저팔계가 말했어요.

"무슨 허튼짓이냐고? 이건 '눈앞에서만 살살 인정을 베푸는 허튼짓[當面人情鬼]'이라고 하는 거야. 나무는 죽어버렸는데 되살릴 수 있겠어? 겉만 번지르르하게 나무를 되살릴 의사를 찾는다고 해서 속이고는 혼자 몸을 빼내 도망치려는 속셈이지. 자네하고 나를 돌봐줄 수 있겠나!"

그러자 삼장법사가 말했어요.

"걔는 절대로 감히 우리를 버리지 못할 것이다. 어디로 가서 의사를 구할 것인지나 물어보자꾸나."

그리고 이렇게 소리쳤어요.

"오공아, 어떻게 진원대선을 속여서 우리들을 풀어주게 했느냐?"

"이 몸은 오로지 진실과 사실만 말하는데, 어떻게 그를 속였겠습니까?"

"어디로 가서 처방을 구할 셈이냐?"

"옛사람이 말씀하시길 '처방은 바다에서 나온다(方從海上來)'고 했으니, 이제 저는 동쪽 큰 바다로 가서 세 섬[三島]과 열 주[十洲]를 두루 돌아다니며 신선과 성인들을 찾아가 기사회생의 방법을 찾아 반드시 진원대선의 나무를 살려놓고 말겠습니다."

"이번에 가면 언제쯤 돌아올 수 있겠느냐?"

"사흘이면 됩니다."

"그렇다면 네 말대로 사흘 동안의 말미를 주마. 사흘 안에 돌아오면 그만이겠지만, 사흘이 지나도 돌아오지 않으면 나는 바로 그 주문을 욀 것이다."

"알겠습니다, 알겠어요."

보세요. 손오공은 급히 호랑이 가죽 치마를 단정히 두르고 문을 나서며 진원대선에게 말했어요.

"선생, 안심하시오. 내 금방 다녀올 테니, 우리 사부님을 잘 모셔주기 바라오. 날마다 세 번의 차에 여섯 번의 식사를 대접하되, 빠뜨리는 일이 있어서는 안 되오. 조금이라도 빠뜨린다면 손 어르신이 돌아와 당신과 정산하면서, 먼저 당신 솥단지부터 때려 부숴버릴 거요. 옷이 더러워지면 세탁해드리시오. 그분의 안색에 조금이라도 누런 기미가 보이면 나는 이 일을 하지 않을 것이며, 조금이라도 수척해지신다면 나는 문을 나서지 않겠소."

"얼른 가라, 얼른. 절대 그분을 굶기지 않으마."

멋진 원숭이 왕! 그는 급히 근두운을 타고 오장관을 떠나 곧장 동쪽 큰 바다로 갔어요. 공중에서 마치 벼락이 치듯, 유성이 흐르듯 빨리 날아 어느새 봉래산蓬萊山 신선 세계에 도착했어요. 구름에서 내려 자세히 살펴보니, 그곳은 정말 멋진 곳이었어요. 그걸 증명하는 이런 시가 있지요.

큰 땅 신선 마을의 여러 성인들
봉래산에서 만나고 헤어지며 파도를 진압하네.
거꾸로 비친 요대의 그림자 하늘 한가운데 서늘하고
큰 궁궐의 광채 해면 위로 높이 떠 있네.
오색 안개와 놀은 옥피리를 품었고
하늘의 별빛과 달빛 금 자라에 비치네.
서쪽 요지瑤池의 서왕모도 항상 이곳에 와서
세 신선께 축원하며 몇 번이나 복숭아 바쳤던가?

大地仙鄉列聖曹　蓬萊分合鎭波濤
瑤臺影蘸天心冷　巨闕光浮海面高
五色煙霞含玉籟　九霄星月射金鰲
西池王母常來此　奉祝三仙幾次桃

손오공은 신선 세계의 경치를 마저 구경하지 못하고 곧장 봉래산으로 들어갔어요. 막 걸어가던 차에, 흰 구름에 둘러싸인 마을 밖 소나무 그늘 아래 세 노인이 바둑을 두고 있는 모습이 보였어요. 바둑을 구경하고 있는 이는 수성壽星이었고, 대국하는 이들은 복성福星과 녹성祿星이었어요. 손오공은 그들에게 다가가며 소리쳤어요.

"동생들, 안녕하신가?"

세 별의 신들은 바둑판을 밀쳐놓고 답례하며 말했어요.

"제천대성께서 어떻게 오셨는지요?"

"자네들하고 놀려고 왔지."

그러자 수성이 말했어요.

"제가 듣기로, 제천대성께선 도교를 버리고 불교를 따르며, 목숨을 바쳐 서천으로 불경을 가지러 가는 당나라 스님을 보호하느라 날마다 산길을 정신없이 뛰어다니고 있다고 하던데, 어떻게 틈이 나 놀러 오셨소?"

"솔직히 말하자면, 손 어르신이 서쪽으로 가던 도중에 좀 곤란한 일을 당해서 작은 일을 좀 도와달라고 부탁하려고 왔는데, 들어주실 수 있겠는가?"

이에 복성이 말했어요.

"어디서 무슨 곤란한 일이 생겼다는 것이오? 자세히 말씀해주시면 내가 잘 처리해드리겠소."

"만수산 오장관을 지나는 길에 문제가 생겼네."

그러자 세 별의 신들은 깜짝 놀라며 물었어요.

"오장관은 진원대선의 궁전인데, 설마 그분의 인삼과를 훔쳐 먹어버린 것은 아니겠지요?"

손오공이 웃으며 대답했어요.

"훔쳐 먹는 게 무슨 대수란 말인가?"

"이 원숭이가 사리 분별을 모르는구먼! 그 과일은 냄새만 맡아도 삼백육십 살까지 살 수 있고, 하나를 먹으면 사만칠천 년을 살

수 있어서, '만수초환단萬壽草還丹'이라 불리는 것이오. 우리의 도는 그분을 따라잡을 수 없소. 그분은 그것을 쉽게 얻어 하늘과 수명을 나란히 할 수 있지만, 우리는 정精을 기르고, 기氣를 단련하고, 신神을 보존해서 용과 호랑이를 조화롭게 만들고, 감坎으로부터 이離를 채워야 하니* 얼마나 많은 노력을 기울여야 하는지 모른다오. 그런데 어떻게 그분의 인삼과가 뭐 그리 중요한 것이냐고 하시는 거요? 세상에 그런 신령한 뿌리를 가진 나무는 오직 그것 하나뿐이란 말이오."

"신령한, 신령한 뿌리라고! 내가 이미 그 뿌리를 잘라버렸는데."

세 별의 신들은 경악했어요.

"어쩌다 그랬소?"

"우리가 전에 오장관에 갔을 때 진원대선은 외출 중이었고, 두 어린 동자들만 우리 사부님을 접대하면서, 인삼과 두 개를 가져와 사부님께 바쳤네. 그런데 사부께서 알아보지 못하시고 그저 사흘도 안 된 갓난애라 하시며, 재삼 권해도 잡수지 않았네. 그러자 그 동자놈들이 가져가 먹어버리고 우리한테는 먹어보라 하지도 않았지 뭔가. 그래서 손 어르신이 세 개를 훔쳐 와 우리 세 형제가 나눠 먹었다네.

그런데 그 동자놈들이 철딱서니 없이 도적을 대하듯 계속 욕을 해대지 않겠나? 그래서 손 어르신이 화가 나서 여의봉으로 그 나무를 한 대 갈겨버렸더니, 나무가 땅바닥에 쓰러지면서 맺혀 있던 열매들도 모두 없어져 버렸지. 싹이 피자마자 낙엽이 졌고, 뿌리가 드러나고 가지가 찢어져서 금방 말라 죽어버렸지 뭔가. 그 동자놈들이 우리를 가두려 했지만, 손 어르신은 자물쇠를 비틀어 열고 도망쳐버렸네.

다음 날 아침 일찍 그 선생이 돌아와 얘기가 오가는데 말투가

곱지 않기에, 또 그와 한 판 벌였지. 그는 번개처럼 날쌔게 도포 소맷자락을 펼쳐 한 번에 우리 모두를 가둬버리더군. 그리고 밧줄로 단단히 묶고 고문을 하며 하루 종일 채찍질을 해대는 거야. 이날 밤에 다시 도망쳤지만, 그가 또 쫓아와서 똑같은 방법으로 가둬버리더군. 그치는 몸에 쇠붙이 무기 하나 없이 단지 큰 사슴의 꼬리 같은 먼지떨이로 내 공격을 막아내더란 말이야. 우리 세 형제의 세 무기로도 도저히 그자에게 맞서지 못했네.

이번에도 예전처럼 우리를 늘어놓더니, 사부님과 두 형제는 천으로 친친 감아 옻칠해버리고, 나는 기름 가마에 집어넣으려 했다네. 나는 또 몸을 빼내는 재간을 부려 도망치면서 그자의 가마솥을 몽땅 박살 내버렸지. 그자는 나를 붙잡을 수 없다는 걸 알자 어쨌든 조금은 나를 겁내게 되었지. 그래서 내가 또 그에게 잘 애기해서, 그가 사부님과 두 사제를 풀어주고 나도 그의 나무를 살려주면 양쪽 모두 편안해질 수 있지 않겠느냐고 했지.

나는 '처방은 바다에서 나온다'는 말을 떠올리고 특별히 이곳 신선 세계의 세 분 동생을 찾아온 것이라네. 나무를 살릴 무슨 처방이 있거든 나에게 하나만 가르쳐주시게. 얼른 당나라 스님을 고생에서 구해드려야 하니 말일세."

세 별의 신들은 그 말을 들으며 마음속으로 고민하다가 이렇게 말했어요.

"이 원숭이가 정말 사람을 알아보지 못하는구먼! 그 진원대선은 지선地仙들의 비조鼻祖시고, 우리는 신선의 우두머리라오. 그대가 비록 하늘의 신선이 되었다 하나 아직 태을산수[3]에 지나지 않아 진정한 의미의 하늘 신선에는 들지 못했는데, 어떻게 그분

---

3   하늘의 신선들 가운데 하늘궁전, 즉 '자미궁紫微宮' 바깥에 위치하여 궁전 안의 직책을 받지 못한 말단의 신선들을 가리키는 말이다.

손아귀에서 벗어날 수 있겠소? 만약 제천대성께서 들짐승이나 날짐승, 껍질 단단한 벌레나 비늘 큰 물고기 따위를 죽였다면, 우리가 가진 서미단黍米丹만 쓰더라도 되살려낼 수 있소. 하지만 그 인삼과는 신선의 나무뿌리를 가진 것이니, 어떻게 고치겠소? 방법이 없소, 없어!"

손오공은 방법이 없다는 얘기를 듣고서 눈썹이 잔뜩 찌푸려지고 이마에 주름이 가득 패였어요. 그러자 복성이 말했어요.

"제천대성, 이곳에는 처방이 없지만 다른 곳에는 혹시 있을지 모르오. 어찌 바로 화부터 내는 것이오?"

"달리 찾아볼 방도가 없다? 과연 쉽지 않은 노릇이군. 바다 구석과 하늘 모퉁이를 두루 돌아 서른여섯 개 하늘을 다 뒤지는 건 별일이 아니지만, 나의 저 당나라 스님께선 법규만 엄히 따지고 아량은 좁은 분이라, 나한테 사흘의 말미만 주셨네. 사흘이 지나도 돌아가지 않으면, 그분은 바로 저 긴고아주를 외실 걸세!"

그러자 세 별의 신선이 웃으며 말했어요.

"잘됐군, 잘됐어! 그런 방법으로 묶어두지 않으면, 그대는 또 하늘을 뒤집어놓을 테니 말이오."

그리고 수성이 말했어요.

"제천대성, 안심하시오. 걱정할 필요 없소. 그 진원대선은 비록 선배이긴 하지만 우리와 아는 사이라오. 하긴 너무 오랫동안 헤어져 있어 찾아가 인사도 못 드렸고, 또 그대와의 정도 있고 하니, 이제 우리 셋이 함께 그분을 찾아가 뵙고 이런 사정을 말씀드려, 그 당나라 승려더러 긴고아주를 외지 말라고 하겠소. 사흘이니 닷새니 하는 말은 집어치우고 그대가 처방을 구해 돌아오기를 기다리게 하고, 우리도 그런 뒤에나 그곳을 떠나겠소."

"고맙네, 정말 고마워! 그럼, 세 분 동생들께서 좀 가주시게. 나는 그만 가겠네."

제천대성이 세 별의 신선들과 작별한 이야기는 더 이상 하지 않겠어요.

한편, 이 세 별의 신선들은 상서로운 빛을 일으켜 즉시 오장관으로 갔어요. 오장관 안의 사람들은 갑자기 먼 하늘에서 학 울음소리를 들었는데, 알고 보니 이들 세 신선이 찾아온 것이었어요.

허공 가득 상서로운 빛이 모이고
하늘에 어지러이 진한 향기 풍기네.
천 줄기 오색 안개는 깃털 옷을 보호하고
한 조각 가벼운 구름 신선의 발을 높이 받들었네.
푸른 난새 날고
붉은 봉황 날갯짓하는데
소매에 끌린 향기로운 바람 온 땅을 휩쓰네.
지팡이에 조각된 용무늬엔 기쁜 웃음 피어나고
옥처럼 드리운 흰 수염 가슴 앞을 스치네.
어린애 같은 얼굴엔 기쁨 가득하여 근심이 없고
건장한 몸은 씩씩하고 위엄 있어 복도 많구나.
별 같은 산가지 들어
바다의 집에 더하고[4]
허리에는 조롱박과 보배로운 신선의 신분증을 찼네.
만 년 만 일의 복된 수명 영원하고

---

4 흔히 '해옥첨주海屋添籌'라 하여 장수를 축복하는 의미로 사용된다. 송나라 때 소식蘇軾이 쓴 『동파지림東坡志林』 2권에는 다음과 같은 이야기가 실려 있다. 세 노인이 만나 서로 나이를 묻는데, 그 가운데 하나가 이렇게 대답했다. "바닷물이 뽕밭으로 변할 때마다 나는 산가지 하나를 떨어뜨렸는데, 그 뒤로 내 산가지는 이미 열 칸 집을 가득 채웠소이다."

열 주세 섬에 따르는 인연 깊네.

항상 세상에 와서 수많은 상서로움을 주고

언제나 인간세계에 온갖 복을 더해준다네.

하늘과 땅을 고르게 하고

복록을 번성하게 하니

다함없는 복된 수명 이제 즐겁게 얻었네.

세 신선 상서로운 빛 타고 진원대선 알현하니

복된 집의 따스한 기운 끝이 없다네.

盈空藹藹祥光簇	霄漢紛紛香馥郁
綵霧千條護羽衣	輕雲一朵擎仙足
青鸞飛　丹鳳翻	袖引香風滿地撲
拄杖懸龍喜笑生	皓髯垂玉胸前拂
童顏懽悅更無憂	壯體雄威多有福
執星籌　添海屋	腰掛葫蘆并寶籙
萬紀千旬福壽長	十洲三島隨緣宿
常來世上送千祥	每向人間增百福
驟乾坤　榮福祿	福壽無疆今喜得
三老乘祥謁大仙	福堂和氣皆無極

신선 동자들이 그걸 보고 서둘러 보고했어요.

"사부님, 해상海上의 세 분 신선들께서 오셨습니다."

진원대선은 마침 삼장법사 및 두 제자들과 한담을 나누고 있던 차였는데, 그 소식을 듣자 즉시 계단을 내려와 맞이했어요. 저 팔계는 수성을 보더니 가까이 다가와 손을 붙잡고 웃으며 말했어요.

"이 뚱땡이 노인네야! 오랫동안 보지 못했더니 언제 이렇게 말쑥해졌지? 모자도 안 쓰고 오셨네?"

그러고는 자신의 승모僧帽 하나를 꺼내 철썩 수성의 머리에 얹어주더니, 손바닥을 치며 낄낄 웃으며 말했어요.

"좋아! 멋지군! 정말 '관을 쓰고 벼슬자리에 나아가는[加冠進爵]' 모양일세."

수성은 모자를 내던지며 욕을 퍼부었어요.

"이 미련한 것아! 너는 위아래도 몰라보느냐?"

"내가 미련한 놈이 아니라 자네들이 정말 머슴 같은 친구들이지."

그러자 복성이 말했어요.

"네놈이 미련하면서 오히려 감히 남을 머슴 같다고 매도하는구나!"

저팔계는 또 비웃으며 말했어요.

"남의 집 머슴도 아니면서 이름에다 수壽니, 복福이니, 녹祿이니 하는 글자들을 잘도 붙였네?"

그러자 삼장법사가 호통을 쳐서 저팔계더러 물러나라 하고, 급히 옷깃을 바로잡고 세 별의 신선들에게 절을 올렸어요. 세 별의 신선들도 후배의 예로써 진원대성에게 인사하고 비로소 편안하게 앉았어요. 자리에 앉자, 복성이 말했어요.

"저희가 너무 오랫동안 찾아뵙지 못해 죄송합니다. 오늘은 제천대성이 신선의 산을 어지럽혔다기에 일부러 찾아왔습니다."

진원대성이 물었어요.

"손오공이 봉래산에 갔던가?"

그러자 수성이 대답했어요.

"예. 자기가 진원대선의 단약 나무를 망쳐놓았다며 살릴 처방을 구하러 왔다고 했습니다만, 저희들에게 처방이 없다니까 다른 곳으로 찾으러 갔습니다. 하지만 성승께서 정해주신 사흘의 기한을 어기면 긴고아주를 욀 것이라며 걱정하기에, 저희가 인사도 드릴 겸 기한을 좀 늦추는 일을 의논해보자고 찾아왔습니다."

삼장법사는 그 말을 듣고 연방 대답했어요.

"어떻게 감히 외겠습니까? 외지 않겠습니다!"

그렇게 한참 얘기를 나누고 있던 차에 저팔계가 또 들어오더니 복성을 붙들고 과일을 내놓으라고 했어요. 그는 소매 속을 함부로 더듬고 허리 속을 함부로 헤치면서 계속 복성의 옷을 들추며 뒤지는 것이었어요. 그러자 삼장법사가 웃으며 말했어요.

"그게 무슨 버릇없는 짓이냐?"

"버릇없는 짓이 아니라 '뒤져내는 것마다 복(番番是福)'[5]이라는 것입니다."

삼장법사는 또 그를 꾸짖어 내쫓았어요. 그 멍텅구리는 문을 나설 때 복성을 째려보았는데, 눈동자도 굴리지 않고 험한 눈빛을 보냈어요. 그러자 복성이 말했어요.

"미련한 놈아, 내가 언제 널 화나게 했길래 이렇게 나를 미워하는 게냐?"

"널 미워하는 게 아니라, 이건 '고개 돌려 복을 바라보는(回頭望福)' 것이야."

그 멍텅구리가 문을 나오니 어린 동자 하나가 네 개의 찻숟갈을 들고 막 잔을 찾아 과일과 차를 준비하러 가는 참이었어요. 저팔계는 단번에 그걸 빼앗아 들고 대전으로 달려가더니, 조그만 경쇠를 집어 들고 정신없이 두드리고 치면서 장난질을 쳤어요. 그 소리를 듣고 진원대성이 말했어요.

---

5 '번番'과 '번翻'의 발음이 같은 점을 이용한 우스개 표현이다. 이 말은 곧 '뒤질 때마다 복이 있다(翻翻是福)'라는 의미를 함께 나타내고 있는 것이다. 여기서 복이란 '먹을 복'을 가리킨다.

"이 중은 갈수록 버릇이 없어지는군."

그러자 저팔계가 웃으며 말했어요.

"버릇이 없는 게 아니라, 이런 걸 일컬어 '사계절 내내 길하고 경사스럽다(四時吉慶)'고 하는 것입지요."

저팔계가 난동을 부린 일에 대해서는 잠시 얘기하지 않겠어요. 그보다 손오공은 상서로운 구름을 타고 봉래산을 떠나 어느새 방장산方丈山 신선 세계에 도착했어요. 이 산은 정말 멋진 곳이었으니, 다음과 같은 시가 그걸 증명하지요.

높고 높은 방장산은 별천지라
태원궁에 신선들이 모여드네.
자대의 빛은 세 줄기 맑은 길을 비추고
화초와 나무에 떠도는 향기 오색 연기 같네.
금 봉황은 예주궁蕊珠宮[6]에 저절로 많은데
옥고玉膏[7]는 뉘라서 영지靈芝 밭에 뿌리게 하는가?
푸른 복숭아 자줏빛 자두 새로 익었으니
또다시 신선을 바꾸어 만 년을 살게 해주네.

方丈巍峨別是天　太元宮府會神仙
紫臺光照三淸路　花木香浮五色烟
金鳳自多棲蕊闕　玉膏誰逼灌芝田
碧桃紫李新成熟　又換仙人信萬年

손오공이 구름에서 내려 무심히 경치를 구경하며 걷던 차에,

---

6 『한무고사漢武故事』에 따르면, 한나라 무제 때 신명전神明殿을 지어 건물 처마에 금으로 봉황 모양의 장식을 만들어 달았는데, 입에는 유소流蘇를 물고 목에는 큰 방울을 걸었다고 한다. '예주궁'은 신화 속의 신선이 사는 집이다.

7 옥을 녹여 만들었다는 약으로, 먹으면 불로장생하는 효능이 있다고 한다.

갑자기 진한 향기를 품은 바람이 불어오면서 어디선가 검은 학이 우는 소리가 들리더니, 저쪽에 한 신선의 모습이 보였어요.

허공 가득 만 갈래 노을빛 나타나고
오색구름 하늘거리며 끊임없이 광채 뿌리네.
붉은 봉황 입에 문 꽃은 더욱 신선하고
푸른 난새 춤출 때 소리도 요염하구나.
동해 같은 복, 산 같은 수명
모습은 어린애 같고 신체는 건강하네.
병에는 신선 마을의 늙지 않는 단약을 감추었고
허리에는 해와 더불어 오래 산다는 징표의 도장을 찼네.
인간세계에 여러 차례 상서로움 내려주었고
세상에서는 여러 번 액운 없애고 소원 풀어주었네.
한 무제는 일찍이 수명 더할 것을 선포했고
매번 요지의 반도연에 참석했네.
여러 승려들을 교화하여 속세의 인연 벗어나게 했고
위대한 도를 가리켜 열 때는 번갯불처럼 밝았네.
일찍이 바다 건너와 영생永生을 빌었고
항상 신령한 산에 가서 부처님 얼굴 참배했네.
성스러운 호칭은 동화대제군이니
연하동烟霞洞 첫 번째 신선의 친척이라네.

盈空萬道霞光現　彩霧飄飄光不斷
丹鳳啣花也更鮮　青鸞飛舞聲嬌齈
福如東海壽如山　貌似小童身體健
壺隱洞天不老丹　腰懸與日長生篆
人間數次降禎祥　世上幾番消厄愿

武帝曾宣加壽齡　瑤池每赴蟠桃宴
教化眾僧脫俗緣　指開大道明如電
也曾跨海祝千秋　常去靈山參佛面
聖號東華大帝君　烟霞第一神仙眷

손오공은 얼굴을 마주하고 맞이하며 소리쳤어요.

"동화제군, 안녕하시오?"

동화제군은 황급히 답례하며 대답했어요.

"제천대성, 이거 미처 영접하지 못했구려. 누추하지만 제 집에 가서 차나 한 잔 하시지요."

그리고 손오공의 손을 끌고 집으로 들어갔어요. 그곳은 과연 온갖 보석으로 장식된 웅장한 궁궐이어서 옥 같은 물이 들어찬 연못과 옥으로 장식된 누각들이 도저히 한눈에 전부 볼 수 없을 만큼 끝없이 펼쳐져 있었어요. 자리에 앉아 차를 기다리노라니 푸른 병풍 뒤에서 어린 동자 하나가 돌아나왔는데, 그 차림새는 이러했어요.

몸에 걸친 도복에는 노을빛이 찬란히 휘감았고
허리 묶은 비단 띠는 광채가 현란하네.
머리에 쓴 윤건에는 북두칠성을 펼쳐놓은 듯하고
발에 신은 짚신은 신선의 산을 두루 돌아다녔네.
원진의 기를 단련하여
본래의 껍질을 벗으니
수련의 공 이루어질 때 마음도 따라 즐거워졌네.
근원의 흐름과 정, 기, 신을 깨우치니
주인도 인정하여 허황된 잘못 없다 하네.

명예에서 도망쳐 이제 끝없는 수명을 즐기나니

세월이 아무리 흘러도 상관하지 않는다네.

회랑을 돌아

보배로운 누각에 올라

하늘나라 복숭아를 세 번 땄다네.[8]

향기로운 구름 아련하게 푸른 병풍에서 피어나니

어린 신선은 바로 동방삭[9]이었네.

身穿道服飄霞爍　　腰束絲縧光錯落

頭戴綸巾佈斗星　　足登芒履遊仙岳

鍊元眞　脫本殼　　功行成時遂意樂

識破源流精氣神　　主人認得無虛錯

逃名今喜壽無疆　　甲子週天管不着

轉回廊　登寶閣　　天上蟠桃三度摸

縹紗香雲出翠屏　　小仙乃是東方朔

손오공이 그를 보고 웃으며 말했어요.

"이 어린 도둑이 여기 있었구나! 동화제군이 있는 곳엔 네가 훔쳐 먹을 복숭아가 없겠구나!"

그러자 동방삭이 위를 향해 예를 올리며 대답했어요.

"늙은 도둑님께선 여기 무엇하러 오셨나요? 제 사부님께는 당신이 훔쳐 먹을 신선의 단약이 없답니다!"

동화제군이 호통을 쳤어요.

8　『한무고사』에 수록된 전설에 따르면, 동방삭은 서왕모의 복숭아를 세 차례나 훔쳐 먹어 인간 세계로 쫓겨났다고 한다.

9　동방삭(기원전 154~기원전 93)은 자가 만천曼倩으로, 골계滑稽와 해학諧謔에 뛰어나 한 무제가 아끼는 신하였다. 후세에 도가의 방사方士들은 그가 신선이 되었다는 이야기를 만들어 냈다.

"만천曼倩아, 쓸데없는 소리 말고 차나 내오너라!"

만천은 바로 동방삭의 도명道名이지요. 그는 급히 안으로 들어가 차 두 잔을 내왔어요. 차를 마시고 나자 손오공이 말했어요.

"손 어르신이 여기 온 것은 한 가지 도움을 청할 일이 있기 때문인데, 들어주실 수 있겠소?"

"무슨 일이오? 당연히 들어드려야지요."

"근래에 당나라 스님을 모시고 서천으로 가다가 도중에 만수산 오장관에 들렀다가, 거기 동자들이 버릇없이 굴어서 내 잠시 화가 나 진원대선의 인삼과 나무를 넘어뜨렸소. 그 통에 곤란한 일이 생겨 당나라 스님이 빠져나오지 못하고 있소. 그래서 그 나무를 살릴 처방을 구하러 왔으니, 제발 흔쾌히 주시구려."

"이놈의 원숭이는 물불을 안 가리고 가는 곳마다 재앙을 일으키는구먼! 그 오장관의 진원대선은 성스러운 호칭이 여세동군으로 땅에 있는 신선의 비조시오. 어쩌다 그분에게 대들었소? 그분의 그 인삼과 나무는 바로 초환단이오. 그대가 훔쳐 먹은 것만 해도 죄가 큰데, 게다가 나무까지 쓰러뜨려버렸으니 그분이 가만 계시겠소?"

"바로 그렇소. 우리가 도망쳤는데 그이가 쫓아오더니 마치 땀 닦는 수건처럼 소맷자락을 한 번 휘둘러 우리를 가두어버렸으니, 화만 돋군 셈이 되었소. 어쩔 수 없이 나무를 되살릴 처방을 찾아오겠노라고 허락을 구해 이렇게 당신을 찾게 된 것이오."

"나한테 구전태을환단九轉太乙還丹이 한 알 있긴 하지만, 인간 세상의 생령生靈들이나 살려낼 수 있을 뿐 나무를 살려낼 수는 없소. 그 나무는 흙과 나무의 신령으로 하늘과 땅이 양분을 주어 기르는 것이오. 평범한 세계의 과일나무라면 살려낼 수 있겠지만, 만수산은 선천적으로 복된 땅이고, 오장관은 서우하주의 복된 마을이며, 인삼과는 또 하늘과 땅이 열릴 때 생긴 신령한 뿌리를 가진 나무인데 어떻게 고칠 수 있겠소! 처방이 없소, 없어!"

"당신한테 처방이 없다면, 손 어르신은 이만 떠나겠소."

동화제군이 좀 더 머물면서 옥액玉液이라도 한 잔 마시고 가라고 하자, 손오공은 이렇게 말했어요.

"사부님 구하는 일이 급하니 오래 머물러 있을 수 없소."

그리고 구름을 몰고 다시 바다에 떠 있는 영주산瀛洲山에 도착했어요. 그곳 역시 멋진 곳이었으니, 이를 증명하는 시가 있지요.

진주 같은 나무 자줏빛 안개 속에 영롱하게 빛나고
영주산의 궁궐은 하늘에 닿아 있네.
푸른 산 푸른 물에 옥 같은 꽃 곱게 피었고
옥액 흐르는 곤오산錕鋙山[10]엔 철광석이 단단하네.
오색의 푸른 닭은 바다의 해를 바라보며 울고
천 년 산 붉은 봉황은 붉은 안개 들이마시네.
세상 사람들아, 병 속의 풍경 구하지 마오.
세상 밖의 봄빛은 억만년이 지나도 변함없으니!

珠樹玲瓏照紫烟　　瀛洲宮闕接諸天
青山綠水琪花豔　　玉液錕鋙鐵石堅
五色碧雞啼海日　　千年丹鳳吸朱烟
世人罔究壺中景　　象外春光億萬年

제천대성이 영주산에 이르니, 붉은 벼랑과 진주 같은 나무 아래

---

10 『열자列子』「탕문湯問」에 따르면, 서융西戎에서 곤오검錕鋙劍을 바쳤는데, 길이는 한 자 남짓하고 칼날은 붉은 강철로 되어 있어서 그것으로 옥을 자르면 마치 진흙을 자르듯 쉽게 잘라졌다고 한다. '곤오錕鋙'는 '곤오昆吾' 또는 '곤오琨珸'라고도 쓴다.

하얀 머리칼에 하얀 수염의 몇몇 사람들과 어린애 같은 얼굴에
하얀 살쩍의 신선들이 바둑을 두고 술을 마시며, 담소도 나누고
노래도 부르고 있었어요.

상서로운 구름 가득 빛을 뿌리고
상서로운 노을 향기 풍기며 떠 있네.
오색 난새는 마을 어귀에서 울고
검은 학은 산꼭대기에서 춤추네.
푸른 연꽃 뿌리와 물오른 복숭아로 술안주 삼고
배와 대추로 영원한 장수 기원하네.
그들 가운데 누구도 황제의 조서詔書에는 이름이 없지만
신선의 명부에는 올라 있다네.
편안하게 물결 따라 노닐고
한가로이 맑고 그윽한 정취 마음껏 즐기네.
흐르는 세월도 구속하기 어려우니
대지와 건곤을 그저 자유롭게 노니네.
과일 따서 바치는 검은 원숭이
쌍쌍이 따라다니는 모습 너무 예쁘고 사랑스럽구나.
꽃을 문 하얀 사슴
쌍쌍이 엎드린 모습 무척이나 다정해 보이네.

祥雲光滿　瑞靄香浮

彩鸞鳴洞口　玄鶴舞山頭

碧藕水桃爲按酒　交梨火棗壽千秋

一個個丹詔無聞　仙符有籍

逍遙隨浪蕩　散淡任淸幽

周天甲子難拘管　大地乾坤祗自由

献果猿猴　對對參隨多美愛
啣花白鹿　雙雙拱伏甚綢繆

　　그 노인들은 막 한창 흥이 올라 있었는데, 손오공이 큰 소리를 질렀어요.

　"나도 같이 놀면 어떻겠소?"

　　여러 신선들은 그를 보고 서둘러 잰걸음으로 내달아 그를 맞이했으니, 이 모습을 묘사한 시가 있어요.

　　인삼과 나무의 신령한 뿌리 부러지니
　　제천대성은 신선들을 찾아가 오묘한 비결을 구하네.
　　자욱한 붉은 노을 보배로운 숲에서 피어나고
　　영주산의 아홉 신선들[11] 그를 맞이하러 나오네.

人參果樹靈根折　大聖訪仙求妙訣
繚繞丹霞出寶林　瀛洲九老來相接

　　손오공은 웃으며 말했어요.

　"형제들, 세월 참 좋구려!"

　"제천대성께서도 당시에 얌전하게 처신하며 하늘궁전에서 소란을 피우지 않았더라면, 우리들보다 훨씬 좋은 세월을 보내고 계셨을 거요. 지금은 괜찮아져, 듣자 하니, 참다운 길로 귀의하셔서 서쪽으로 부처님을 뵈러 가신다던데, 어떻게 시간을 내서 여기까지 오셨소?"

　　손오공이 나무를 고치기 위한 처방을 구하는 일에 대해 자세히 얘기하자, 아홉 신선들은 크게 놀라며 말했어요.

11　여기서 '아홉'은 막연히 많은 수를 가리킨다.

"당신도 어지간히 재앙을 잘 일으키는군. 재앙덩어리야! 우리에겐 정말 처방이 없다오."

"처방이 없다면 나는 이만 작별을 고하겠소."

아홉 신선도 그를 붙들며 옥으로 만든 음료수인 경장瓊漿도 좀 마시고 푸른 연꽃의 뿌리도 먹어보라고 했으나, 손오공은 굳이 앉으려 하지 않고 선 채로 경장 한 잔을 마시고 연 뿌리 한 조각을 먹은 다음, 서둘러 동쪽 큰 바다로 떠났어요.

어느새 낙가산落伽山이 가까이 보이는지라, 그는 구름에서 내려 곧장 보타암普陀巖 위로 갔어요. 관음보살은 자죽림紫竹林에서 하늘의 여러 큰 신들과 목차, 용왕의 딸 등에게 불경을 강설하며 설법하고 계셨어요. 이를 증명하는 시가 있지요.

바다 주인의 성은 높고 상서로운 기운 짙은데
다시 봐도 기이한 일 끝이 없구나.
모름지기 알아야 하느니, 온갖 형상 밖에 숨어 있어
모든 것은 희미하고 작은 것에서 나오는 것을
네 성자[四聖]가 줄 때 정과를 이루고
여섯 길[六凡]에게 들은 후 울타리를 벗어나네.[12]
작은 숲에는 특별히 참된 맛이 있고
꽃과 과일의 향기 단풍 붉은 숲에 가득하네.

海主城高瑞氣濃　更觀奇異事無窮

須知絕隱千般外　盡出希微一品中

四聖授時成正果　六凡聽後脫凡籠

少林別有眞滋味　花果馨香滿樹紅

12 불교에서는 정과를 이룬 이와 보통 사람의 세계를 열 개로 구분한다. 먼저 부처와 보살, 연각緣覺, 성문聲聞을 일컬어 '네 성자[四聖]'(또는 사배四輩)라 하고, 하늘나라와 인간세계, 아수라, 축생, 아귀, 지옥을 '여섯 길[六凡]'(또는 육도六道, 육취六趣)이라고 한다.

관음보살은 벌써 손오공이 오는 것을 보고 산을 지키는 큰 신에게 나가서 맞이하라고 지시했어요. 그 신은 숲을 나오며 소리쳤어요.

"손오공, 어디 가는 게냐?"

손오공은 고개를 들며 호통을 쳤어요.

"이 곰탱아! 내가 네놈이 부르라고 있는 오공이냐! 애초에 손어르신이 네 목숨을 살려주지 않았더라면 넌 이미 흑풍산의 죽은 귀신이 되었을 것이다. 지금 관음보살을 따라 선과善果를 받아 이 신선의 산에 살며 항상 불법의 가르침을 듣고 있으면서도 나한테 '나리'라고 한 마디 부를 줄 모른단 말이냐?"

그 검은 곰은 정말 정과正果를 얻어 관음보살이 계신 보타산을 지키면서 큰 신으로 불리게 된 데는 손오공의 덕을 보았는지라, 그저 미소 띤 얼굴로 말하는 수밖에 없었어요.

"제천대성, 옛말에 '군자는 지난날의 잘못을 염두에 두지 않는다(君子不念舊惡)'고 하지 않았소? 한데 그런 이야기만 거론하면 어쩐란 말이오? 어쨌든 관음보살께서 날더러 당신을 맞이하라 하셨소."

손오공이 즉시 단정하고 공경하는 태도로 큰 신과 함께 자죽림 안으로 들어가 관음보살께 절을 올리자, 관음보살께서 말씀하셨어요.

"얘야, 당나라 승려 일행은 어디쯤 이르렀느냐?"

"서우하주 만수산까지 왔습니다."

"그 만수산에는 오장관이 있는데, 너는 진원대선을 만나보았느냐?"

그러자 손오공이 머리를 조아리며 말했어요.

"오장관에서 제가 진원대선을 몰라보고 그분의 인삼과 나무를 망가뜨리고 그분에게 대들었습니다. 결국 그분이 사부님을 붙잡아두는 바람에 앞으로 나아가지 못하고 있습니다."

관음보살은 사태를 짐작하고 꾸짖었어요.

"이 못된 원숭이 녀석, 아직도 일의 잘잘못을 모르는구나! 그분의 인삼과 나무는 하늘과 땅이 열릴 때 생긴 신령한 뿌리를 가진 나무이며, 진원대선은 바로 땅에 있는 신선들의 비조인지라, 나도 어느 정도는 양보하는 처지다. 어쩌다 그분의 나무를 망쳐버렸느냐?"

손오공은 두 번 절을 올리며 대답했어요.

"저는 정말 몰랐습니다. 그날 그분은 계시지 않았고, 두 신선 동자만이 저희를 접대했습니다. 저오능이 그들에게 과일이 있다는 걸 눈치채고 하나 맛보고 싶다기에 제가 세 개를 훔쳐서 셋이서 나눠 먹었습니다. 그런데 그 동자들이 알고 우리를 한없이 욕하기에 제가 화가 나서 그 나무를 쓰러뜨려버렸습니다. 이튿날 그분이 돌아와서 저희들을 쫓아오더니 소매를 한 번 휘둘러 가둬버리고 밧줄로 묶고 하루 내내 고문하며 매질했습니다. 저희들은 밤에 도망쳤으나 또 그분이 쫓아와서 예전처럼 가둬버렸습니다. 두 번 세 번 정말 도망치기 어려워서 그분에게 나무를 되살려주겠다고 약속하고는 바다 위에서 처방을 구하려고 세 섬을 두루 돌아다녔지만, 신선들은 모두 되살릴 재간이 없었습니다. 그래서 저는 보살님을 찾아뵈어야 되겠다고 결심하고 이렇게 오게 된 것입니다. 제발 자비를 베푸시어 처방을 하나 내려주셔서, 사부님을 구해 얼른 서쪽으로 갈 수 있게 해주십시오."

"어째서 일찌감치 나를 찾아오지 않고 섬으로 가서 찾으려 했느냐?"

손오공은 그 말을 듣고 속으로 기뻐하였다.

'됐어, 잘됐어! 보살님께서 틀림없이 처방을 가지고 계시는구나!'

손오공이 다시 나아가 간절히 구하자 관음보살이 말했어요.

"나의 이 정병淨瓶 바닥에 담긴 감로수甘露水는 신선 나무의 신령한 싹을 잘 고친단다."

"시험해보신 적이 있습니까?"

"물론이다."

"어떻게 시험해보셨습니까?"

"옛날 태상노군이 나와의 내기에서 이겨, 그가 내 버드나무의 가지를 뽑아가서 단약을 제조하는 화로 안에 넣고 불을 때서 말려버리고는 내게 돌려주었다. 내가 그것을 받아 하룻밤 동안 병속에 꽂아두었더니, 푸른 가지와 연두색 잎이 다시 돋아나 옛날과 같아졌다."

손오공이 웃으며 말했어요.

"정말 다행입니다, 정말 다행이에요! 불에 타버린 것도 살려낼 수 있다면, 하물며 이렇게 자빠진 것쯤이야 무슨 어려움이 있겠어요!"

관음보살은 여러 사람들에게 분부했어요.

"숲을 잘 지키고 있어라. 내 다녀오마."

그리고 손에 정병을 들고 재잘거리는 하얀 앵무새를 앞세운 채 출발하니, 제천대성은 그 뒤를 따랐어요. 이것을 증명하는 시가 있지요.

부처의 광채 덮인 금빛 불상은 세상에서 논하기 어려우니
바로 자비로 고난을 구제하는 존자尊者이시라.
과거에는 영겁을 두고 티끌 없는 여래불如來佛 만났고
지금은 행함이 있는 몸이 되었다네.

몇 번이나 욕해에 태어나 맑은 물결 일으켰던가?
한 조각 마음 밭에는 먼지 한 점 없다네.
감로수는 오래도록 참된 묘법을 거쳤으니
반드시 보배로운 나무가 영원한 봄을 누리게 해주리라.

玉毫金像世難論　正是慈悲救苦尊
過去劫逢無垢佛　至今成得有爲身
幾生欲海澄清浪　一片心田絶點塵
甘露久經眞妙法　管敎寶樹永長春

한편, 오장관의 진원대선과 세 별의 신선은 마침 청담淸談을 나누고 있었는데, 갑자기 손오공이 구름을 내리면서 소리치는 것이었어요.

"보살님께서 오셨으니, 빨리 영접하시오, 빨리!"

깜짝 놀란 복성과 수성, 그리고 진원대선과 삼장법사와 그 제자들은 일제히 보배로운 궁전에서 달려 나와 영접했어요. 관음보살은 상서로운 구름을 멈추고 먼저 진원대선과 인사를 나눈 다음, 복성과 수성에게도 예를 표했어요. 예를 마치고 자리에 올라앉자, 손오공은 삼장법사와 저팔계, 사오정을 계단 앞으로 이끌고 와서 모두 함께 절을 올렸어요. 오장관에 있던 모든 신선들도 와서 절을 올렸지요. 그러자 손오공이 말했어요.

"진원대선께서는 머뭇거릴 필요 없이 얼른 향불 피울 탁자를 마련하고 보살님을 모셔가서 당신의 그 무슨 과일나무를 살리십시오."

진원대선은 허리를 굽혀 관음보살에 감사하며 말했어요.

"별것 아닌 일로 어떻게 감히 보살님을 내려오시게 하는 수고를 끼치겠습니까?"

그러자 관음보살이 말했어요.

"당나라 승려는 내 제자인데, 손오공이 선생께 대들었으니 당연히 보배로운 나무를 보상해드려야 이치에 맞지요."

그때 세 별의 신선들이 말했어요.

"그렇다면 겸사만 늘어놓지 말고, 보살님을 모시고 모두 정원으로 가봅시다."

진원대선은 즉시 향불 피울 탁자를 마련하고 뒤뜰을 청소하라 명했어요. 그가 관음보살을 모시고 앞장서자 세 별의 신선들이 뒤따랐어요. 삼장법사와 그 제자들, 그리고 오장관의 신선들 모두 정원 안에 들어가 보니, 나무는 흙이 헤쳐져 뿌리가 드러나고 잎이 다 지고 가지는 메마른 채 땅바닥에 쓰러져 있었어요. 그걸 보고 관음보살이 소리쳤어요.

"손오공아, 손을 이리 내밀어라!"

손오공이 왼손을 내밀어 손바닥을 펴자, 관음보살은 정병 속의 감로수에 버들가지를 거꾸로 집어넣었다가 빼 들고 손오공의 손바닥에 기사회생의 부적을 그리더니, 손오공으로 하여금 그 손을 나무뿌리 아래에 대고 물이 나올 때까지 지켜보라고 했어요. 손오공이 주먹을 쥐고 그 나무뿌리 아래를 문지르자, 순식간에 맑은 물이 샘솟아 고였어요. 그러자 관음보살이 말했어요.

"그 물은 오행의 기운이 담긴 그릇에 닿으면 안 되니까, 반드시 옥으로 된 바가지로 퍼야 한다. 나무를 일으켜 세우고 꼭대기부터 뿌리면, 자연히 뿌리와 껍질이 붙고 잎이 자라고 싹이 피어나며, 가지가 푸르게 변하면서 과일이 열릴 것이다."

그러자 손오공이 말했어요.

"젊은 도사들은 빨리 옥 바가지를 가져오너라."

그때 진원대선이 말했어요.

손오공이 관음보살을 모셔 와 인삼과 나무를 되살리다

"누추한 제 집에는 옥 바가지가 없고, 옥 찻잔과 옥 술잔만 있는데, 그걸 써도 될까요?"

관음보살이 말했어요.

"그저 옥으로 된 그릇이기만 하면 물을 퍼낼 수 있으니, 가져와 보시구려."

진원대선은 즉시 어린 동자에게 명하여 찻잔 이삼십 개와 술잔 사오십 개를 가져오라 해서 그 뿌리 아래의 샘물을 퍼냈어요. 손오공과 저팔계, 사오정은 나무를 안아 일으켜 똑바로 서도록 부축한 채 흙을 덮고, 옥 그릇 안에 담긴 감천甘泉의 물을 한 잔씩 한 잔씩 받들어 관음보살께 바쳤어요. 관음보살은 버드나무 가지로 찍어 골고루 물을 뿌리며 입속으로 주문을 외었어요. 얼마 지나지 않아서 그 물이 바닥났는데, 과연 그 나무는 예전처럼 푸른 가지에 연두색 잎들이 무성해지고, 그 위에 스물세 개의 인삼과가 달리는 것이었어요. 그걸 보고 청풍과 명월 두 동자가 말했어요.

"저번에 열매가 없어졌을 때는 아무리 세어 봐도 스물두 개밖에 안 되었는데, 오늘 되살아난 것은 어째서 하나가 더 많지요?"

그러자 손오공이 말했어요.

"'날이 오래 지나면 인심을 알게 된다(日久見人心)'고 했지! 저번에 손 어르신은 세 개만 훔쳤을 뿐이고 한 개는 땅에 떨어졌지. 그런데 토지신의 말이, 이 보배는 흙을 만나면 그 속으로 들어가 버린다고 하더군. 저팔계는 내가 몰래 빼돌렸다고 떠들었지만, 지금에 이르러서야 비로소 명백해진 것이지."

관음보살이 말했어요.

"내가 방금 오행의 그릇을 쓰지 않은 까닭은 이것이 오행과 상극相剋이기 때문이니라."

진원대선은 매우 기뻐하며 급히 금 막대기를 가져오라 해서 과일 열 개를 따더니, 관음보살과 세 별의 신선을 모시고 다시 보배로운 궁전으로 돌아왔어요. 우선은 관음보살의 노고에 감사하고, 다음으로는 '인삼과 모임'을 열자는 것이었지요. 여러 젊은 신선들이 곧 탁자와 의자를 배치하고 단약을 담는 쟁반을 늘어놓은 다음, 관음보살을 모셔다 가운데 자리에 앉히고, 왼편에는 세 별의 신선을, 오른편에는 삼장법사를 앉혔어요. 그리고 진원대선은 맞은편 자리에 앉아, 각기 인삼과를 하나씩 먹었어요. 이를 증명하는 시가 있지요.

만수산 속 오래된 신선 마을에는
인삼과가 구천 년에 한 번 익는다네.
신령한 뿌리 드러나고 싹과 가지 상했지만
감로수 적셔 살려내니 과일도 잎도 온전해졌다네.
세 신선 기꺼이 만나니 모두 오랜 벗들이요
네 승려 운 좋게 만나니 전생의 인연 때문이라.
이제부터 모여 인삼과를 먹으니
모두가 불로장생하는 신선이라네.

萬壽山中古洞天　人參一熟九千年
靈根現出芽枝損　甘露滋生果葉全
三老喜逢皆舊契　四僧幸遇是前緣
自今會服人參果　盡是長生不老仙

이때 관음보살과 세 별의 신선은 모두 한 개씩 먹었고, 삼장법사도 비로소 이것이 신선가의 보물이라는 것을 알고 하나를 먹었으며, 손오공과 두 사제도 각기 하나씩 먹었어요. 진원대선도 손님들과 함께 하나를 먹었고, 오장관의 신선들은 하나를 나눠 먹었어요.

손오공은 보타암으로 돌아가는 관음보살에게 사례하고, 바로 봉래산으로 돌아가는 세 별의 신선들을 전송했어요. 진원대선은 소채와 술을 준비하여 손오공과 형제의 의를 맺었어요. 이는 바로 싸우지 않았으면 서로 알지 못했을 것이라는 격으로, 두 집안이 하나가 된 셈이었어요. 삼장법사와 세 제자들은 기뻐하며 즐기다가, 날이 저물어서야 잠자리에 들어 쉬었어요. 저 삼장법사야말로,

인연이 있어 초환단을 먹었으나
장수하자니 요괴들의 고난이 방해하네.

有緣吃得草還丹　長壽苦捱妖怪難

라는 격이었지요.

이튿날 이들이 어떻게 작별하는지에 대해서는 다음 회를 들어보시라.

제27회
손오공, 내쫓기다

한편, 다음 날 날이 밝자 삼장법사와 제자들은 짐을 꾸려 길을 떠나려 했지요. 그런데 진원대선은 손오공과 의형제를 맺은 터라 서로 의기투합하여 그를 놓아주려 하지 않고, 접대 자리를 마련하여 대엿새나 더 머물게 했지요. 삼장법사는 초환단을 복용한 후로 정말 환골탈태하여 정신이 맑아지고 몸도 튼튼해졌지요. 그런데 그는 불경을 구하고자 하는 마음이 정말 간절했으니, 거기서 머물러 있으려 했겠어요? 결국 손오공은 다시 그를 따라 길을 떠날 수밖에 없었지요.

스승과 제자 일행은 진원대선과 작별하고 다시 길을 떠났는데, 얼마 못 가서 높은 산이 하나 보였어요. 삼장법사가 말했어요.

"애들아, 앞에 가파르고 험준한 산이 있는데, 말이 올라가지 못할 것 같구나. 모두들 조심해야 되겠다."

손오공이 대답했지요.

"사부님, 안심하세요. 저희들이 잘 알아서 하겠어요."

멋진 원숭이 왕! 그가 말 앞쪽에서 여의봉을 비껴 메고 산길을 내면서 높은 벼랑에 오르자, 이런 풍경이 끝없이 펼쳐져 있었어요.

봉우리와 암벽 첩첩이요

계곡과 골짜기 구불구불 둘러졌네.

호랑이와 늑대 무리 지어 달려가고

고라니와 사슴 떼지어 가네.

수많은 노루와 암퇘지 빽빽이 모여 있고

여우와 토끼 한데 모여 산속 가득하다.

천 자나 되는 거대한 구렁이

만 길이나 되는 긴 뱀도 있어

구렁이는 자욱한 안개 내뿜고

뱀은 괴상한 바람 일으키네.

길가에는 가시덤불 구불구불

봉우리 위에는 송백나무 아름답구나.

대쭉과 미나리 가득하고

향기로운 꽃 하늘에 닿아 있네.

해가 큰 바다 북쪽으로 떨어지고

구름은 북두칠성 남쪽에서 걷히네.

예부터 신선 되어 오래 살기 바라는 이들 많이 찾아왔으나[1]

수많은 봉우리 우뚝우뚝 햇빛도 차갑구나.

峰巖重疊　澗壑灣環

虎狼成陣走　麂鹿作群行

無數獐豝鑽簇簇　滿山狐兔聚叢叢

千尺大蟒　萬丈長蛇

大蟒噴愁霧　長蛇吐怪風

道傍荊刺牽漫　嶺上松枏秀麗

1　이 구절은 '萬古尋含元氣老' 또는 '萬古常含元氣老'라고 되어 있는 판본도 있으나, 어느 쪽이든 자연스럽게 해석하기 곤란하다.

薛蘿滿目　芳草連天

影落滄溟北　雲開斗柄南

萬古尋貪元長老　千峰巍列日光寒

　　삼장법사가 말 위에서 놀란 마음으로 이 광경을 보고 있을 때, 손오공이 솜씨를 부려 여의봉을 휘두르면서 크게 소리치자, 늑대와 파충류들이 후다닥 굴로 숨고, 호랑이와 표범들도 급히 달아났지요. 스승과 제자들이 산에 들어서서 가파른 곳에 오르자, 삼장법사가 말했지요.

　　"오공아, 오늘 하루 내내 배를 곯고 있는데, 어디 가서 공양 좀 동냥해 오너라."

　　손오공이 웃으며 말했지요.

　　"사부님도 참 멍청하십니다. 이 산속에는 앞에도 가까운 마을 하나 없고 뒤에도 주막 하나 없어 돈이 있어도 살 곳이 없는데, 어디 가서 공양을 구하란 말씀이십니까?"

　　삼장법사가 기분이 상해서 입속에서 욕을 중얼거렸어요.

　　"너 이 원숭이놈아! 네놈이 양계산 돌 상자에 갇혀서 말만 할 수 있고 움직이지도 못하던 때를 생각해봐라. 다행히 내가 네놈 목숨을 살려주고 마정수계를 해줘 제자로 삼았길래 망정이지. 그런 놈이 어찌 노력도 해보지 않고 늘 게으른 마음만 품느냐?"

　　"저도 무척 애쓰고 있어요. 언제 게으름을 피웠다는 겁니까?"

　　"네놈이 애쓰고 있다면 어째서 내 공양을 구해 오지 않는 게냐? 배가 고파서 더 이상 못 가겠다. 더구나 이곳은 산바람에 독한 병의 기운까지 담겨 있으니, 어떻게 뇌음사까지 갈 수 있단 말이냐?"

　　"사부님, 혼만 내지 마시고 잔소리도 그만하세요. 제가 사부님께서 자존심이 강하시다는 것을 알아요. 제가 그 성질 건드려 게으름을 피웠다간 바로 그 주문을 외실 거잖아요? 일단 말에서 내려 앉아 계셔요. 제가 어디 공양을 얻을 만한 인가가 있나 찾아보고 올게요."

손오공은 껑충 뛰어 구름에 올라타서, 이마에 손차양을 얹은 채 눈을 크게 뜨고 둘러보았어요. 안타깝게도 서쪽으로는 너무 적막해서 마을이나 인가 같은 것은 더욱 없었어요. 정말 숲만 빽빽할 뿐, 인가에서 피어오르는 연기는 보이지 않는 상황이었지요. 그런데 한참 살펴보자니, 바로 남쪽에 높은 산이 하나 있고, 그 산의 남쪽에 붉은 점 하나가 선명하게 보이는 것이었어요. 손오공은 구름을 밑으로 내리고 말했어요.

"사부님, 먹을 게 생기겠네요."

"그게 뭐냐?"

"이곳은 밥 짓는 인가가 하나도 없는데, 남쪽 산에 붉은 것이 하나 있어요. 틀림없이 잘 익은 복숭아일 거예요. 제가 가서 몇 개 따 올 테니, 그걸로 요기하세요."

삼장법사가 좋아하며 말했지요.

"출가한 사람한테는 먹을 복숭아만 있어도 과분한 일이지."

손오공이 발우를 들고 상서로운 빛을 뿌리며 솟구쳤어요. 자, 보세요. 근두운이 흔들거리는가 싶더니 찬바람이 쌩 일면서 순식간에 남쪽 산으로 달려간 것에 대해서는 더 이상 말하지 않아도 되겠지요.

한편, 속담에 '산이 높으면 반드시 요괴가 있고, 고개가 험준하면 꼭 요괴가 생겨난다(山高必有怪 嶺峻却生精)'라는 말이 있지요. 과연 이 산에는 요괴가 하나 있었는데, 손오공이 복숭아를 따러 가면서 그 요괴를 놀라게 했던 것이었어요. 그 요괴는 구름 끝에서 음산한 바람을 타고 서서 삼장법사가 땅바닥에 앉아 있는 것을 보고 기쁨을 참지 못하며 중얼거렸어요.

"운도 좋구나, 운도 좋아! 몇 년 전부터 집안사람들이 동녘 땅 당나라 중이 대승불법을 구하러 온다고 하더니만, 저자가 바로 금선자金襬子의 화신으로 여러 세상에 걸쳐 환생하며 수행한 몸이구나. 저자의 고기를 한 점이라도 먹은 자는 장생불로한다고 하던데, 그자가 정말 오늘 왔구나."

그 요괴는 당장 삼장법사를 납치하려 했지만, 삼장법사의 양쪽에서 큰 장정 둘이 지키고 있는 것을 보고는 감히 접근할 수 없었지요. 그가 본 장정 둘이 누구냐고요? 바로 저팔계와 사오정이지요. 저팔계와 사오정은 그다지 큰 능력은 없었지만, 저팔계는 천봉원신이었고 사오정은 권렴대장이었던 몸인지라, 그 위세를 아직 드러내지도 않았지만 요괴가 감히 범접할 수 없었지요. 요괴는 다시 중얼거렸어요.

"저놈들을 골려줘야겠다. 뭐라 말하는지 봐야지."

대단한 요괴! 그놈은 음습한 바람을 멈추고 산골짜기에서 몸을 한 번 흔들어 달 같은 자태에 꽃 같은 얼굴의 여자로 변신했지요. 그 푸른 눈썹과 아름다운 눈, 하얀 이와 붉은 입술은 말로 다 표현할 수 없었지요. 그놈은 왼손에 푸른 항아리, 오른손에 녹색 병을 든 채 서쪽에서 동쪽으로, 곧장 삼장법사 일행 쪽으로 다가갔어요.

성스러운 승려 깊은 산속에서 말을 쉬는데
문득 치마 입고 비녀 꽂은 아가씨 다가오네.
비췻빛 소매 가볍게 흔들며 옥 같은 손가락을 감추고

긴치마 비스듬히 끌며 금빛 연꽃 같은 발 언뜻 내보이네.
화장한 얼굴에 땀을 흘리니 꽃이 이슬을 머금은 듯
먼지떨이 같은 눈썹은 버들가지가 안개를 품은 듯
자세히 눈길 멈추고 보고 있노라니
저것 보게, 이쪽으로 가까이 걸어오는구나.

聖僧歇馬在山巖　　忽見裙釵女近前
翠袖輕搖籠玉笋　　湘裙斜拽顯金蓮
汗流粉面花含露　　塵拂蛾眉柳帶烟
仔細定睛觀好處　　看看行至到身邊

삼장법사가 그 모습을 보고 소리쳤지요.

"팔계야, 오정아! 오공이가 말하길 이 넓은 들판 어디에도 사람이 없다고 했는데, 저것 좀 봐라. 저기 사람이 걸어오고 있지 않느냐?"

저팔계가 말했지요.

"사부님, 오정이랑 여기 앉아 계세요. 이 몸이 가보고 오겠습니다."

이 멍텅구리는 쇠스랑을 내려놓고 옷을 단정히 하더니, 흔들흔들 제법 예의바른 척 그 여자 앞으로 가서 맞이했지요. 멀리서 보았을 때는 잘 몰랐는데, 가까이서 보니 그녀의 모습이 확실해졌지요. 그 여자의 모습을 볼작시면,

얼음처럼 맑은 피부에 옥 같은 뼈를 감추고
저고리 옷깃 사이로 매끈한 앙가슴 살짝 드러나네.
버들가지 같은 눈썹 비췻빛으로 그려놓았고
살구씨 같은 눈 은빛 별처럼 빛나네.

달 같은 얼굴에 다소곳한 몸가짐

타고난 성격은 해맑기만 하네.

몸매는 버드나무에 숨은 제비 같고

목소리는 숲속에서 지저귀는 앵무새 같네.

반쯤 피어난 해당화 아침 해를 머금고

막 피어난 작약꽃 봄볕을 희롱하는 듯.

冰肌藏玉骨　　衫領露酥胸

柳眉積翠黛　　杏眼閃銀星

月樣容儀俏　　天然性格淸

體似燕藏柳　　聲如鶯囀林

半放海棠籠曉日　　才開芍藥弄春晴

저팔계는 그 여자의 빼어나고 아름다운 모습을 보고서는 멍텅구리답게 흑심이 동해서 참지 못하고 마구 지껄여댔지요.

"보살님, 어디로 가십니까? 손에 들고 계신 것은 뭐죠?"

요괴가 분명한데도 저팔계는 알아채지 못하는 것이었지요. 여자는 바로 대답했어요.

"스님, 제 이 푸른 항아리 안에 있는 것은 맛좋은 쌀밥이고, 녹색 병에 들어 있는 것은 볶음국수예요. 여긴 다른 절 같은 게 없는 곳이라서 스님께 공양을 올리며 소원을 빌려고 가져온 것이지요."

저팔계는 이 말을 듣고 무척 기뻐서, 급히 몸을 돌려 미친 돼지처럼 달려가 삼장법사에게 보고했지요.

"사부님, '운 좋은 사람에게는 저절로 하늘이 보답한다(吉人自有天報)'고 하더니, 정말이군요. 사부님께서 배가 고파 사형더러 먹을 것을 구해 오라 시키지 않으셨습니까? 한데 그 원숭이놈은 지금 어디에서 복숭아를 따며 놀고 있을 거예요. 자기 혼자 복숭아를 실컷 먹고 배불러서 꺽꺽거리며 밑으로 빼내고 있는지도 모르죠. 그런데, 저것 좀 보십시오. 저기 스님께 공양을 올린다고 오는 이가 있잖아요?"

삼장법사가 못 미더워서 말했지요.

"이 멍청하고 뚱딴지 같은 놈아! 우리가 여태 걸어오면서 좋은 사람이라곤 하나도 만나지 못했는데, 어디서 공양을 올리러 사람이 온다는 것이냐?"

"사부님, 저기 왔잖아요!"

삼장법사는 여자를 보자마자 벌떡 일어나 가슴 앞에 합장을 하며 말했지요.

"보살님은 어디 사시는 뉘신지요? 무슨 소원이 있어서 여기까지 와서 공양을 올리려는 것입니까?"

이 여자는 요괴가 확실했지만 삼장법사 역시 알아채지 못한 것이었지요. 요괴는 삼장법사가 자신의 내력을 묻자 즉석에서 그럴듯한 거짓말을 꾸며내어 공손하게 대답했어요.

"스님, 이 산은 뱀도 도망가고 짐승들도 무서워하는 백호령白虎嶺이라고 합니다. 산의 바로 서쪽 아래에 저희 집이 있지요. 제 부모님께서는 집에 계시는데 항상 불경을 읽고 적선하는 것을 좋아하셔서 멀고 가까운 곳의 스님들께 두루 공양을 올리시지요. 한데 자식이 없자 신령님들께 복을 내려달라고 기도해서 저를 낳으셨지요. 집안을 좀 일으켜보려고 저를 시집보내려 했지만, 그렇게 되면 부모님께서 의지할 곳이 없어질까 염려스러워 데릴사위를 들일 수밖에 없었지요."

"보살님, 말씀이 잘못되었군요. 『논어』를 보면 '부모님이 살아 계시면 멀리 나다니지 말고, 가는 곳을 알려야 한다(父母在 不遠遊

遠必有方)'라고 했지요. 보살님의 부모님께서 집안에 계시고, 또 데릴사위를 들였다고 말씀하셨는데, 소원을 빌 게 있으면 집안에 있는 남자를 시키면 될 터인데, 어찌 이렇게 직접 산속에 오신 것입니까? 몸종도 거느리지 않고 말입니다. 이건 아녀자의 도리가 아니지요."

여자는 작은 소리로 킥킥 웃더니, 다시 그럴듯하게 말했지요.

"스님, 제 남편은 산 북쪽 골짜기에서 일꾼 몇을 데리고 밭을 갈고 있지요. 이건 제가 지은 점심인데 그 사람들에게 줄 겁니다. 그런데 날도 이렇게 더운데 시킬 사람도 없고 부모님도 연로하셔서, 제가 이렇게 직접 가져다 나르는 것이지요. 그러다 갑자기 세 분께서 멀리서 오시는 것을 보니 부모님께서 적선을 잘하시는 게 생각나서, 이 밥을 스님들께 올리려고 한 것입니다. 스님들께서 먹지 못할 거라고 버리는 것이 아니라면, 보잘것없지만 이 공양을 받아주시기 바랍니다."

"착하십니다, 참 착하십니다! 하지만 제 제자 하나가 복숭아를 따러 가서 곧 돌아올 것이니, 저는 그 밥을 먹을 수가 없군요. 만약 이 몸이 그 밥을 먹어버린다면 남편 분께서 보살님을 책망하실 텐데, 그러면 이 몸도 죄에 연루되는 것이 아니겠습니까?"

여자는 삼장법사가 선뜻 밥을 먹지 않으려는 것을 보고는 얼굴 가득 웃음을 띠며 말했지요.

"스님, 저희 부모님께서는 스님들께 공양을 올렸다고 하면 괜찮다고 하실 것이고, 제 남편도 착한 사람이라서 평생 다리를 수리하고 길도 고치고 어른들 공경하고 가난한 사람을 불쌍히 여기며 살았습니다. 제가 이 밥을 스님께 공양 올렸다는 말을 들으면 저희 부부 사이의 정도 평상시보다 더 좋아질 겁니다."

삼장법사가 그래도 밥을 먹지 않으려고 하자 옆에 있던 저팔계가 답답해졌어요. 그 멍텅구리는 입을 쭉 내밀고 투덜투덜 원망했지요.

"세상에 스님들이야 무수히 많지만 우리 이 늙다리 스님처럼 줏대 없는 이도 없을 거야. 눈앞에 있는 밥도 셋이 나눠 먹기엔 모자란데, 그 원숭이놈까지 오면 넷이 나눠 먹어야 되잖아!"

그놈은 말을 채 마치기도 전에 항아리를 들어 한 입에 털어 넣으려 했어요.

이때 손오공은 남쪽 꼭대기 산에서 복숭아 몇 개를 따서 발우에 담아 근두운을 타고 막 돌아오는 중이었지요. 그런데 그가 불같은 눈의 금빛 눈동자를 크게 뜨고 살펴보니, 일행과 같이 있는 여자가 바로 요괴라는 것을 알 수 있었지요. 그래서 그는 발우를 내려놓고 여의봉을 휘둘러 요괴의 머리를 내리치려 했지요. 삼장법사가 깜짝 놀라 손오공을 붙들었어요.

"이놈아, 누굴 치려 하느냐?"

"사부님, 앞에 있는 이 여자는 절대로 착한 사람이 아니라 바로 사부님을 속이려 하는 요괴예요."

"이 원숭이놈, 네놈 눈이 좋은 줄 알았더니만 오늘은 어째서 그런 헛소리를 하느냐? 이 여보살께서는 착한 마음으로 밥을 가져와 우리들한테 공양을 올리려고 했는데, 너는 어째서 저분을 요괴라 하느냐?"

손오공이 웃으며 말했지요.

"사부님께서 어찌 알아보실 수 있겠어요? 이 몸이 수렴동에서 요괴 생활을 할 때 사람 고기가 먹고 싶어지면 바로 이렇게 했지요. 어떨 때는 금이나 은으로 변하고, 어떨 때는 집으로 변하고, 어떨 때는 취한 사람, 어떨 때는 예쁜 여자로도 변신해서 멍청한 놈이 걸리기를 기다리지요. 그리고 그놈을 홀려 수렴동 안으로 꾀어 들어오게 한 다음, 마음대로 쪄 먹기도 하고 삶아 먹기도 했지요. 배가 불러 다 먹지 못하면 고기를 그늘에 잘 말려두기도 했지요. 사부님, 제가 조금만 늦었더라면 이놈 속임수에 속아 넘어가 잡아먹혔을 겁니다."

삼장법사가 어디 손오공 말을 믿으려 했겠어요? 그저 착한 사람이라고 우길 따름이었지요. 그러자 손오공이 말했지요.

"사부님, 이제 알겠습니다. 사부님께서 저놈이 예쁘게 생긴 것을 보고 마음이 흔들리신 게로군요. 그런 마음이 있으시다면 팔계더러 나무 몇 그루 베어 오라 하시고, 오정이더러 풀을 좀 뽑아오라고 시키시면, 제가 목수가 되어서 여기다가 아담한 집 한 채를 지어 저 요괴와 부부가 되게 해드리겠어요. 그리고 우리 모두 각자 헤어지면 그것도 괜찮은 일이 아니겠어요? 뭣 하러 굳이 고생고생해가며 불경을 구하러 갑니까!"

삼장법사는 원래 마음이 착하고 여린 사람인데, 어떻게 이런 말을 받아들일 수 있었겠어요? 그는 부끄러워서 박박 깎은 머리 꼭대기에서 귀 끝까지 모두 새빨개지고 말았지요. 삼장법사가 부끄러워하고 있을 때, 손오공은 또 성질을 죽이지 못하고 여의봉을 휘둘러 요괴의 머리를 향해 내리쳤어요. 하지만 그 요괴 역시 몇 가지 수단을 부릴 줄 알았는지라, 손오공이 여의봉을 내리칠 때 해시법解屍法[2]을 써서 정신만 빠져나와 달아나고 가짜 시체만 땅바닥에 남겨두었지요. 깜짝 놀란 삼장법사는 부들부들 떨며 중얼거렸어요.

"이놈의 원숭이가 여전히 무례하구나! 누차 권했는데도 말을 듣지 않고 까닭 없이 남의 목숨을 해치다니!"

그러자 손오공이 말했지요.

2 가짜 몸을 버리고 진짜 혼령만 빠져나오는 술법이다.

"사부님, 꾸짖지만 마시고, 항아리 속에 뭐가 들어 있는지 보세요."

삼장법사가 사오정의 부축을 받아 가까이 가서 보니, 항아리 안에는 맛좋은 쌀밥이 아니라 꼬리를 끌며 기고 있는 길쭉한 구더기들만 가득했고, 병 속에도 국수가 아니라 청개구리, 전갈 같은 것들만 어지럽게 뛰어다니고 있었어요. 그제야 삼장법사는 손오공의 말을 세 푼 정도 믿게 되었지요. 하지만 저팔계는 성질을 참지 못하고 옆에 서서 입술로 잔뜩 불만을 드러내며 투덜대기 시작했어요.

"사부님, 이 여자로 말할 것 같으면, 그저 이 동네에 사는 농사꾼의 아내입니다. 밭에다 밥을 가져다주는 길에 우연히 우리를 만난 것인데, 어찌 요괴라고 단정할 수 있겠습니까? 형님의 몽둥이가 살벌해서 그저 시험 삼아 한 번 쳐본 것인데도 이렇게 죽어버린 거지요. 사부님께서 긴고아주를 욀까 봐 무서워서 형님이 일부러 눈을 가리는 법술을 부려 이런 것들로 변하게 한 것이에요. 사부님의 눈을 현혹하여 사부님께서 주문을 외지 못하게 한 것이지요."

삼장법사가 이 말을 듣자마자 불행한 일이 터졌어요. 결국 그는 멍텅구리가 추측한 것을 믿어버리고 손가락으로 결을 맺으며 주문을 외었던 것이지요. 그러자 손오공이 소리를 질러댔지요.

"아이고 머리야! 아이고! 제발 그만하세요, 그만! 하실 말씀이 있으면 좋게 말로 하세요!"

그러자 삼장법사가 말했지요.

"무슨 할 말이 있다는 게냐! 출가한 사람은 항상 좋은 마음씨를 버리지 않기를 생각하고 또 생각해야 하고, 땅을 쓸 때도 개미 목숨을 해치지 않도록 걱정해야 하며, 나방이 호롱불에 뛰어드는 것도 안타깝게 생각해야 한다. 그런데 너는 어째서 항상 움직일 때마다 나쁜 짓을 하느냐? 이렇게 까닭 없이 평범한 사람을 때려 죽인다면 불경은 구해 어디 쓰겠느냐? 너는 이만 돌아가거라!"

"사부님, 저더러 어디로 가란 말씀이십니까?"

"나는 너를 더 이상 제자로 삼지 않겠다."

"저를 제자로 삼지 않으시다면, 사부님은 서천으로 가시지 못할 겁니다."

"내 목숨은 하늘에 달려 있으니, 어느 요괴가 쪄 먹든지 구워 먹든지 할 수 없는 일이다. 너라고 내 목숨을 구할 수 있을 것 같으냐? 얼른 돌아가 버려라!"

"사부님, 저는 돌아가면 그만이지만, 그래도 아직 사부님의 은혜를 갚지 못했습니다."

"내가 너한테 무슨 은혜를 베풀었다고?"

손오공은 그 말을 듣자 급히 무릎을 꿇고 머리를 조아리며 말했지요.

"이 몸은 하늘나라에서 소동을 피우고 몸을 해치는 재앙에 처해져 부처님께서 저를 양계산에 가둬놓았습니다. 다행히도 관세음보살께서 제게 계誡를 내려주셨고, 사부님께서 제 몸을 꺼내주시었으니, 제가 사부님과 더불어 서역으로 가지 않는다면 저는 분명히 은혜를 알고도 보답하지 않으면 군자가 아니라고 만고천추에 오명을 남기게 될 것입니다."

원래 삼장법사는 인자하고 동정심이 많은 훌륭한 스님이라, 손오공이 이렇게 애원하는 것을 보고는 마음을 고쳐먹었지요.

"네가 그렇게 말하니 내 이번 한 번만 용서해주마. 다시는 무례하게 굴지 말거라. 만약 여전히 나쁜 짓을 한다면 이 주문을 스무 번 외겠다."

"서른 번이라도 사부님 뜻대로 하십시오. 다시는 사람을 때리지 않겠습니다."

이렇게 해서 손오공은 비로소 삼장법사를 모셔 말에 오르게 하고, 따가지고 온 복숭아를 바쳤지요. 삼장법사는 말 위에서 복숭아 몇 개를 먹고 임시로 주린 배를 채웠지요.

한편, 그 요괴는 목숨을 빼내어 공중에 떠올랐지요. 손오공이 몽둥이로 한 번 친 것이 요괴를 죽일 정도는 아니었기 때문에, 요괴가 정신만 빠져나올 수 있었던 것이지요. 요괴는 구름 속에서 이를 아득바득 갈면서 손오공을 원망했어요.

"요 몇 년 사이에 손오공의 솜씨가 대단하다는 말만 들었는데, 오늘 정말로 그 소문이 헛된 것이 아니라는 것을 알겠구나. 저 당나라 중이 나를 알아보지 못했으니 잡아먹을 수 있었는데…… 저 중이 고개를 숙여 냄새라도 한 번 맡았더라면 바로 붙잡아 내 밥으로 만들 수 있었잖아? 뜻밖에도 저놈 때문에 도망치는 바람에 일을 망쳐버렸고, 또 저놈의 몽둥이에 맞아 죽을 뻔했네. 저 중놈을 살려 보낸다면 괜히 고생만 하고 남는 게 없잖아? 다시 내려가서 저놈을 속여봐야 되겠어."

대단한 요괴! 그놈은 검은 구름에서 내려 앞산 구릉 아래에 이르더니, 몸을 한 번 흔들어 늙은 할머니로 변했어요. 여든 살 가까운 나이에, 손에는 손잡이가 구불구불한 대나무 지팡이를 짚은 채, 한 걸음 걸을 때마다 한바탕 곡성을 내지르며 걸어왔지요. 저 팔계가 그걸 보고 깜짝 놀라서 말했지요.

"사부님, 사태가 심장치 않은데요? 저 노파가 사람을 찾으러 왔어요!"

삼장법사가 말했지요.

"누굴 찾는다는 거냐?"

"형님이 때려죽인 사람이 틀림없이 저 노파의 딸일 거예요. 분명 그 어미가 딸을 찾아 나선 걸 거예요."

손오공이 말했지요.

"아우야, 허튼소리 하지 마라. 그 여자는 열여덟 살이고 이 노파는 여든 살은 되어 보이는데, 어떻게 예순에 아이를 낳는다는 거냐? 확실히 저 노파도 가짜야. 이 몸이 가서 살펴보고 오마."

멋진 손오공! 그가 어슬렁어슬렁 걸어 가까이 다가가 보니, 그 괴물은 이렇게 변장하고 있었어요.

거짓으로 할머니로 변하니
양쪽 살쩍 얼음처럼 눈처럼 하얗구나.
오는 길 느릿느릿
걸음걸이 휘청휘청
가냘픈 몸 비쩍 말랐고
얼굴은 마른 채소 잎 같구나.
광대뼈 툭 튀어나와 있고
입술은 처져 벌어졌네.
늙으면 젊었을 때와 같지 않으니
얼굴 가득 쭈글쭈글 연밥 주머니 같은 주름살

假變一婆婆　兩鬢如冰雪
走路慢騰騰　行步虛怯怯
弱體瘦伶仃　臉如枯菜葉
顴骨望上翹　嘴唇往下別
老年不比少年時　滿臉都是荷包摺

    손오공은 그 노파가 요괴라는 것을 알아채고, 더 따질 것 없이
여의봉을 들어 머리를 내리쳤어요. 요괴는 여의봉이 들리는 것을
보자, 전번처럼 몸을 한 번 흔들어 또 원신으로 변해서 정신은 빠
져나오고 가짜 시체만 길바닥에 내팽개쳐버렸지요. 삼장법사는
그걸 보고 깜짝 놀라 말에서 내려오더니, 길가에서 자는 듯 눈을
감은 채 두말없이 긴고아주를 족히 스무 번쯤 외었어요. 손오공
의 머리는 불쌍하게도 테에 조여 조롱박처럼 되었지요. 그는 참
을 수 없는 아픔에 이리저리 구르며 애걸했어요.

    "사부님, 그만하세요. 하실 말씀이 있으시면 좋게 말로 하세요."

    "할 말은 무슨 할 말! 출가한 사람은 귀로 좋은 말만 들어야 지
옥에 떨어지지 않는다. 내가 그렇게 너를 감화시키려 권했는데도
너는 어째서 나쁜 짓만 저지르느냐? 죄 없는 사람을 때려죽이더
니 이제 또 하나 때려죽였으니, 도대체 왜 그런 것이냐?"

    "그놈은 요괴였어요."

    "이 원숭이놈이 또 헛소리를 하는구나! 무슨 요괴가 이렇게 많
단 말이냐? 너는 착하고자 하는 마음이라곤 조금도 없고 일부러
나쁜 짓만 하는 놈이다! 썩 가버려라!"

    "사부님께서 또 저더러 가라고 하시니 돌아갈 수밖에 없겠습
니다만, 한 가지 마음에 걸리는 일이 있습니다."

    "뭘 따를 수 없다는 게냐?"

    저팔계가 끼어들었지요.

    "사부님, 저치는 사부님에게 봇짐을 나눠달라고 하나봅니다.
사부님을 따라 몇 년 동안 중노릇을 했는데, 빈손으로 돌아가려
하겠습니까? 저 보따리 안에 있는 낡은 옷이나 망가진 모자 같은
걸 나눠 줘버리세요."

    손오공이 그 말을 듣고 펄쩍 뛸 듯 화를 내며 말했지요.

"이 입만 삐죽한 멍청아! 이 몸이 불교의 가르침을 받은 다음부터는 줄곧 시기하거나 욕심내는 마음을 터럭만큼도 가져본 적이 없는데, 어찌 짐을 나눠 가지려 하겠느냐?"

삼장법사가 말했지요.

"네가 시기하고 욕심 부리는 마음이 없다면 어째서 떠나지 않는 게냐?"

"정말 솔직히 말씀드리자면, 이 몸이 오백 년 전 화과산 수렴동에서 영웅심을 크게 펼치며 살 때 일흔두 개 동굴의 나쁜 마귀를 항복시키고 사만칠천 명의 요괴들을 수하로 부리면서, 머리에는 자금관을 쓰고, 몸에는 자황포를 두르고, 허리에는 남전藍田의 옥으로 장식한 띠를 차고, 발에는 보운리를 신고, 손에는 여의봉을 들고 멋지게 살았지요. 그러다가 깨달음을 얻고 죄에서 벗어나 머리를 깎고 불문에 들어와 사부님의 제자가 된 다음부터 이 금테가 머리를 두르고 있으니, 돌아간다 해도 고향 사람들을 보기 어렵습니다. 사부님께서 저를 원치 않으신다면 송고아주鬆箍兒呪[3]를 한 번 읊어 이 금테를 벗겨주십시오. 이건 사부님께 드릴 테니, 다른 제자의 머리에 씌우세요. 그렇게 하신다면 저는 흔쾌히 사부님의 말씀을 따르겠습니다. 지금까지 사부님과 함께 여행했는데 설마 그런 인정마저 베풀어주시지 않는 건 아니겠지요?"

삼장법사는 이 말을 듣고 크게 놀라며 말했지요.

"애야, 나는 그때 관세음보살한테 긴고아주만 은밀히 전수받았지, 송고아주 같은 것은 배우지 못했다."

"송고아주가 없다면 저를 계속 데리고 다니시는 수밖에 없겠네요."

삼장법사는 어쩔 수가 없어 말했지요.

---

3   머리테를 조이는 긴고아주와 반대로 머리테를 푸는 주문이다.

"일어나라. 다시 한 번 용서해줄 테니, 다시는 나쁜 짓 하지 말 거라."

"어떻게 감히 그러겠습니까!"

손오공은 다시 삼장법사를 부축하여 말에 오르게 하고 앞장서서 길을 헤쳐 나갔어요.

한편, 요괴는 손오공의 두 번째 몽둥이질에도 죽지 않았어요. 요괴는 공중에서 감탄해 마지않았어요.

"정말 대단한 원숭이 왕이로구나! 정말 보는 눈이 있어. 내가 그렇게 변신하고 갔는데도 나를 알아보다니! 이 중놈들이 빨리도 걸어가니 이 산을 지나서 서쪽으로 사십 리를 가버리면 더 이상 내 영역이 아닌데 말이야. 만약 다른 곳에 사는 요괴가 잡아가 버리면, 남만 좋아서 입이 찢어지게 만들고 나는 억장이 무너질 게 아냐? 다시 한 번 내려가서 속여보자."

정말 대단한 요괴지요! 그놈은 음산한 바람을 타고 언덕 아래로 내려오더니, 몸을 한 번 흔들어 이번에는 할아버지로 변신했지요. 그 모습을 한 번 볼까요?

흰 머리는 팽조[4]와 같고
하얀 수염 수성과 겨루는구나.
귀에는 옥돌 부딪히는 소리가 들리고
눈에는 별처럼 금빛이 빛나네.
손에는 용머리 장식한 지팡이 짚고
몸에 두른 학창의가 가볍구나.

---

4 고대 전설 속 인물로, 요임금이 팽성彭城에 봉했기 때문에 팽조라고 한다. 8백 살까지 살았다고 한다.

손으로는 염주를 굴리며

입으로는 불경을 읊는구나.

$$白髮如彭祖 \quad 蒼鬢賽壽星$$
$$耳中鳴玉磬 \quad 眼裡幌金星$$
$$手拄龍頭拐 \quad 身穿鶴氅輕$$
$$數珠掐在手 \quad 口誦南無經$$

삼장법사는 말 위에서 그 모습을 보고 마음속으로 크게 기뻐하며 말했지요.

"아미타불! 서쪽 땅은 정말로 복 받은 곳이로구나. 저 노인은 산길을 걸어 올라오지도 못하면서도 열심히 불경을 외고 있구나."

저팔계가 말했지요.

"사부님, 그렇게 칭찬하실 것 없어요. 저 노인은 재앙의 뿌리니까요!"

"어째서 재앙의 뿌리라고 하는 거냐?"

"손오공이 저 노인의 딸을 때려죽이고, 또 마누라까지 때려죽여 버렸으니, 이 노인이 막 그 둘을 찾으러 오는 것일 겁니다. 우리가 저 노인한테 붙들리면 목숨을 보상하기 위해 사부님께서도 죽음으로 죄를 갚아야 할 걸요? 이 몸은 끌려가서 군역에 복무해야 할 것이고, 오정이도 관아의 영을 받아 노역하는 신세가 되겠지요. 하지만 저 손오공만은 둔갑술을 써서 도망쳐버리고, 우리 셋이 대신 처벌을 받거나 말거나 신경도 쓰지 않을 거예요."

손오공이 이 말을 듣고 말했지요.

"이 멍청아! 그렇게 헛소리를 하면 사부님이 놀라시잖아? 이 몸이 다시 가서 살펴보마."

손오공은 여의봉을 몸 안에 숨기고 요괴 앞으로 걸어가 소리쳤지요.

"노인장, 어디 가십니까? 어째서 길을 가시며 염불을 하시는 겁니까?"

요괴는 진정한 신선을 알아보지 못하고서 손오공이 별 볼일 없는 존재라고 여기며 이렇게 대답했어요.

"스님, 이 늙은이는 조상 대대로 이곳에 살면서 평생 스님들께 공양 올리고, 경전을 읽으며 염불하기를 좋아했다오. 팔자에 자식 하나 없다가 간신히 딸을 하나 얻어서 사위도 맞아들였소. 오늘 아침 딸애를 시켜 밭으로 밥을 가져다주러 보냈는데, 아마도 호랑이를 만난 것 같구려. 마누라가 먼저 찾으러 떠났는데 또한 돌아오지 않는지라, 어떻게 된 일인지 알 수 없어서 이 늙은이가 직접 찾아 나섰소이다. 과연 둘 다 목숨을 잃었다면 어쩔 수 없겠지만, 내 그 뼈라도 수습해서 돌아가 묻어주려고 하오."

손오공이 웃으며 말했지요.

"내가 바로 그 호랑이의 할아버지인데, 너는 어째서 소매 안에 요괴를 숨기고서 나를 속이려 하느냐? 남들은 다 속여도 나는 못 속인다. 나는 네가 요괴라는 것을 알고 있다."

요괴는 놀라서 순간 아무 말도 하지 못했지요. 손오공이 여의봉을 꺼내들고 마음속으로 생각했지요.

'이놈을 죽이지 않으면 틀림없이 또 우리를 속이려 들 테고, 때려죽이자니 사부님께서 또 주문을 외실까 걱정스럽구나.'

그러면서 계속 생각했지요.

'이놈을 때려죽이지 않으면 이놈이 순식간에 허공을 날아 사부님을 잡아가겠지. 그럼 또 애써 구하러 가야 할 테지. 그러느니 차라리 때려죽이는 게 낫겠다. 몽둥이 한 방에 이놈을 죽이면 사부님이 또 주문을 외기 시작할 테지만 '지독한 호랑이도 제 자식은 잡아먹지 않는다(虎毒不吃兒)'는 말이 있듯이, 내 뛰어난 입담으로 그럴듯하게 잘 말씀드려서 사부님을 달래드리면 되겠지.'

멋진 손오공! 그는 주문을 외어 이 산의 토지신과 산신령을 불러내어서 말했지요.

"이 요괴 녀석이 우리 사부님을 세 번이나 속이려 해서, 내가 이번에는 때려죽이려고 한다. 너희들은 공중에서 증인이 되어주고, 이놈이 도망가지 못하게 해라."

토지신과 신령이 그 말을 듣고서 누가 감히 따르지 않겠어요? 그들은 모두 구름 끝에서 명령에 따랐지요. 저 제천대성이 여의봉을 휘둘러 요괴를 때려눕히니 그제야 요괴의 신령한 빛이 끊어졌지요. 삼장법사는 말 위에서 그 모습을 보고는 놀라서 부들부들 떨며 아무 말도 하지 못했는데, 저팔계가 옆에서 또 웃으며 말했지요.

"대단한 손오공이시로군! 이제 아주 미쳤구나. 한나절 걸어오면서 세 명이나 죽이네."

삼장법사가 막 주문을 외려고 하자, 손오공이 급히 말 앞으로 달려와 말했지요.

"사부님, 제발 주문을 외지 마세요. 제발! 직접 가셔서 그 할아범이 어떤 모습인가를 보세요."

일행이 가 보니, 거기에는 뼛가루 한 더미가 쌓여 있었어요. 삼장법사가 놀라서 물었지요.

"애야, 이 사람은 금방 죽었는데 어찌 이렇게 해골 더미가 되었단 말이냐?"

손오공이 말했지요.

"이놈은 본래 떨어져 나온 영혼이 깃들어 요괴가 된 강시인데, 이곳에서 사람을 홀려 망치고 있다가 저한테 맞아 죽어 본래 모습이 드러난 겁니다. 저놈 등뼈에 '백골 부인白骨夫人'이라고 적혀 있네요."

삼장법사는 설명을 듣고서 그 말을 믿었지요. 그런데 못 말리는 저팔계가 옆에서 구시렁거리며 말했지요.

"사부님, 손오공 손에 들고 있는 몽둥이가 얼마나 흉악하다고요. 사람을 때려죽이고 사부님께서 또 그 주문을 외실까 봐, 일부러 저런 모습으로 만들어놓고 사부님 눈을 가리려고 하는 거예요."

삼장법사는 정말로 귀가 얇아서 또 그 말을 믿고 다시 주문을 외기 시작했어요. 손오공은 너무 아파서 길가에서 무릎을 꿇은 채 소리만 질러댔지요.

"그만하세요! 제발 그만! 하실 말씀이 있으시면 빨리 하세요."

삼장법사가 말했지요.

"이 원숭이놈아, 또 무슨 할 말이 있다는 게냐? 출가한 사람이 착한 일을 하면 복은 봄 정원의 풀처럼 자라나는 것이 보이지는 않아도 조금씩 커지는 것이고, 나쁜 짓을 하는 자는 칼을 가는 숫돌처럼 금방 눈에 보이지는 않아도 날마다 닳아서 줄어드는 것이다. 너는 이런 허허벌판에서 한 번에 세 사람이나 죽였다. 그래도 붙잡아 가서 조사할 사람이 없으니 망정이지, 만약 시장 바닥같이 사람들이 많이 모이는 곳에서 네가 그 사람 잡는 몽둥이를 가지고 잠시 잘잘못을 가리지 못하고 마구 휘둘러 큰 재앙을 일으킨다면, 날더러 어떻게 빠져나가란 말이냐? 당장 돌아가거라."

"사부님, 저를 꾸짖는 건 잘못하시는 겁니다. 이놈은 분명히 요괴였고 사부님을 해치려는 마음이 있었단 말입니다. 제가 그놈을 때려죽여서 사부님의 재앙을 없애드렸는데, 알지도 못하시면서 오히려 저 멍청이의 허튼 비난만 믿고 거듭 저를 쫓아내려 하시는군요. '일은 세 번을 넘기지 않는다(事不過三)'는 말이 있듯이, 제가 거듭 실수를 저지르고도 떠나지 않는다면 정말 부끄러움도 모르는 소인배가 되겠네요. 저, 갑니다. 가요! 가긴 가겠지만 단지 사부님 밑에 쓸 만한 제자가 없는 게……."

그러자 삼장법사가 성을 내며 말했지요.

"이런 발칙한 원숭이 녀석! 갈수록 말도 안 되는 소릴 하는구나. 봐라, 너만 제자이고 팔계와 오정이는 제자가 아니란 말이냐?"

손오공은 그 둘이 제대로 된 제자라는 말을 듣고 처량한 마음을 어쩔 수가 없어서 삼장법사에게 말했지요.

"괴롭군요! 사부님께서 장안을 떠나셨을 때 유백흠이 전송해 드렸고, 양계산에서 저를 구해주신 다음에는 제가 사부님의 제자가 되었습니다. 저는 오래된 동굴을 뚫고 들어가고, 깊은 숲에 들어가 요괴를 잡았으며, 팔계를 거두고 오정이를 얻으며 정말 고생도 많이 했습니다. 그런데도 사부님께선 오늘 그런 일들을 모두 잊어버리시고 어리석게도 저를 돌려보내려 하시는군요. 이거야말로 '새를 잡으면 활은 내버려두고 토끼를 잡으면 개는 삶아 먹는다(鳥盡弓藏 兔死狗烹)'는 거로군요. 됐습니다! 됐어요! 하지만 그 긴고아주는 이미 충분히 외신 것 같군요."

"내 다시는 그걸 읊지 않겠다."

"그러기가 쉽지 않을 걸요? 만약에 무서운 요괴가 들끓는 곳에서 벗어나기 어려운 재난을 당하셔서 팔계하고 오정이가 사부님을 구해드리기 힘들어지면, 제가 생각나서 어쩔 수 없이 또 그 주문을 외실 거예요. 그렇게 되면 십만 리나 떨어져 있어도 제 머리가 아프게 되겠지요. 그때 가서 제가 다시 돌아오는 것보다 저를 내쫓지 않으시는 것이 나을 겁니다."

삼장법사는 손오공이 하는 말을 듣고 더욱 화가 나서, 구르듯 말에서 내려와 사오정에게 보따리 속에서 종이와 붓을 꺼내게 하더니, 즉시 계곡물을 떠 오고 돌에다 먹을 갈아 파문장을 써서 손오공에게 주며 말했어요.

"이 원숭이놈아! 이걸 증거로 삼아라. 다시는 너를 제자로 여기지 않을 것이다. 다시 너를 보게 된다면 나는 바로 아비지옥阿鼻地獄*으로 떨어질 거다!"

손오공은 황급히 파문장을 받고서 말했지요.

"사부님, 맹세하실 필요까진 없습니다. 이 몸은 떠납니다."

손오공은 파문장을 잘 접어서 소매에 넣고 삼장법사에게 완곡하게 말했어요.

"사부님, 제가 사부님과 한동안 같이 지냈고 또 관음보살님의 가르침을 받았지만, 오늘 이렇게 중간에 돌아가게 되어 아무 공적도 이루지 못했습니다. 잠시 앉으셔서 제 절을 받으십시오. 그래야 저도 마음 편히 돌아가겠습니다."

삼장법사는 몸을 돌려 손오공을 상대하지 않으며 입으로 중얼중얼 말했어요.

"나는 착한 중이라, 너같이 나쁜 놈의 절은 받지 않겠다."

제천대성은 삼장법사가 자신을 상대하지 않는 것을 보고는 뒤통수에서 털 세 가닥을 뽑아 선기를 불어 넣으며 "변해라" 하고 외쳤지요. 이렇게 신외법身外法을 사용해서 손오공 셋을 만들더니, 진짜 손오공은 그들과 함께 삼장법사의 주위에서 절을 올렸지요. 그렇게 사방에서 절을 올리니 삼장법사는 도저히 피할 도리가 없어서 결국 절 하나는 받게 되었지요.

그런 다음 제천대성은 벌떡 일어나 몸을 한 번 흔들어 털을 거둬들이고, 사오정에게 부탁했어요.

"착한 아우야, 너는 좋은 사람이니까 저팔계가 하는 허튼소리

尸魔戲唐三藏聖僧 恨逐美猴王

강시 요괴가 삼장법사를 속이고, 삼장법사는 손오공을 내치다들을 잘 막아주고 가는 길을 더욱 주의 깊게 살펴서, 만약 어떤 요괴가 사부님을 잡아가면 언제라도 그놈들한테 이 몸이 저분의 큰제자라고 말해주거라. 서쪽의 시시한 요괴들도 내 능력에 대한 소문을 들은 적이 있을 테니, 감히 우리 사부님을 해치지 못할 것이다."

그러자 삼장법사가 말했어요.

"나는 착한 중이라서 너같이 나쁜 놈의 이름은 꺼내지도 않을 테니, 너는 얼른 돌아가거라."

제천대성은 아무리 애써도 삼장법사가 마음을 돌리려 하지 않자, 하는 수 없이 떠날 수밖에 없었지요.

> 눈물 머금고 머리 조아려 스님과 작별하고
> 슬픔 안은 채 남은 뜻을 사오정에게 부탁하네.
> 머리를 비탈진 풀숲에 한 번 문지르고
> 두 발 굴러 땅 위 덩굴에서 거꾸로 솟아오르네.
> 하늘에 오르고 땅에 내리는 것을 바퀴 굴리는 듯하고
> 바다를 뛰어넘고 산을 나는 으뜸의 능력
> 순식간에 그림자도 보이지 않고
> 어느새 왔던 길을 질풍처럼 되돌아가네.

> 噙淚叩頭辭長老　含悲留意囑沙僧
> 一頭拭迸坡前草　兩腳登翻地上籐
> 上天下地如輪轉　跨海飛山第一能
> 頃刻之間不見影　霎時疾返舊途程

보세요. 그는 화를 참으며 삼장법사와 작별한 후, 근두운을 타고 곧장 화과산 수렴동으로 돌아갔지요. 홀로 쓸쓸히 돌아가는데

갑자기 물소리가 귓가에 울렸어요. 제천대성이 공중에서 바라보니 동쪽 큰 바다의 조수가 내는 소리였지요. 그는 그걸 보자 또 삼장법사가 생각나서 뺨 위로 흐르는 눈물을 참지 못하고 구름을 멈춘 채 한참을 머뭇거리다가 비로소 떠났지요. 결국 손오공이 이렇게 떠나서 어떻게 되돌아오게 되는지는 알 수 없으니, 이에 대해서는 다음 회를 들어보시라.

제28회
삼장법사, 황포 요괴에게 납치되다

　한편, 제천대성은 비록 삼장법사에게 쫓겨났지만 그래도 아직 그를 그리워하며 감상에 젖어 한없이 탄식했어요. 그는 동쪽 큰 바다를 바라보며 중얼거렸어요.

　'이 길을 가보지 않은 지도 벌써 오백 년이 되었구나!'

　그 바닷물의 모습은 이러했어요.

안개는 물결처럼 출렁이고
큰 파도 유유히 일렁이네.
출렁이는 안개 물결 은하수에 닿고
일렁이는 큰 파도 지맥과 통하네.
조수가 밀려와 세차게 솟구치고
물이 둥근 만으로 스며드네.
조수가 밀려와 세차게 솟구치니
삼월 봄날에 벽력이 울리는 듯
물은 둥근 만으로 스며드니
한여름에 거센 바람 몰아치는 듯

용을 탄 복 많은 신선도

오가면 틀림없이 눈썹 찌푸리며 지나가고

학을 탄 선동이라도

왔다 가려면 정말 건너기 걱정스럽겠네.

가까운 물가엔 마을도 사당도 없고

뭍 가까운 물에도 고기잡이배 드무네.

물결은 천년설처럼 말려 오르고

바람은 초가을처럼 이네.

들판의 날짐승들 거기에 의지해 출몰하고

모래밭 바닷새들 멋대로 오르락내리락

눈앞엔 낚시꾼도 없고

귓가엔 그저 갈매기 소리뿐

바다 밑엔 물고기 즐겁게 노닐고

하늘가엔 시름겨운 기러기 지나가네.

煙波蕩蕩　巨浪悠悠

煙波蕩蕩接天河　巨浪悠悠通地脈

潮來洶涌　水浸灣環

潮來洶涌　猶如霹靂吼三春

水浸灣環　卻似狂風吹九夏

乘龍福老　往來必定皺眉行

跨鶴仙童　反覆果然憂慮過

近岸無村社　傍水少漁舟

浪捲千年雪　風生六月秋

野禽憑出沒　沙鳥任沉浮

眼前無釣客　耳畔只聞鷗

海底遊魚樂　天邊過雁愁

손오공은 몸을 솟구쳐 동쪽 큰 바다를 뛰어넘어 어느새 화과산에 도착했어요. 구름을 내리며 눈을 크게 뜨고 살펴보니, 산 위에는 꽃이며 풀이 전혀 없었고 안개와 노을도 모두 사라져버린 채, 산봉우리와 바위 절벽은 무너지고 숲의 나무들도 말라비틀어진 상태였어요. 어떻게 이렇게 되었을까요? 바로 그가 하늘궁전에서 소란을 피우고 하늘나라로 잡혀가자 현성이랑신이 저 매산의 일곱 형제들을 거느리고 불을 질러 이 산을 망가뜨려버렸기 때문이지요. 제천대성은 더욱 처량하고 슬퍼졌는데, 이렇게 망가진 산의 퇴락한 풍경을 노래한 고시古詩 한 편이 그걸 증명하지요.

신선의 산 돌아보니 두 줄기 눈물 흐르고
처참한 산 마주하니 더욱 가슴 아프구나.
당시엔 산에 손상 없다 하더니
오늘에야 비로소 땅이 망가진 것 알겠네.
원망스럽구나, 현성이랑신 나를 멸망시켰네.
분통하구나, 작은 성인이라며 남을 속였구나.
흉악한 짓을 하며 선영의 무덤 파헤치고
무단히 조상의 무덤 망가뜨렸구나.
하늘 가득하던 노을과 안개 모두 사라지고
땅에 뒤덮인 바람과 구름 모두 흩어져버렸네.
동쪽 고개에선 얼룩 호랑이 울음소리 들리지 않고
서쪽 산에서 울던 하얀 원숭이 어디 갔는가?
북쪽 계곡의 여우와 토끼 종적도 없고
남쪽 계곡의 노루와 멧돼지 그림자도 없네.
푸른 돌은 불에 타서 천 덩이 흙이 되었고

파리한 모래는 한 무더기 진흙으로 변했네.

동굴 밖 아름드리 소나무 모두 쓰러져버렸고

벼랑 앞 푸른 잣나무 죄다 사라져버렸네.

참죽나무며 삼나무, 노송나무, 홰나무, 밤나무, 단향목도 모
두 말라버렸고

복숭아며 살구, 자두, 매실, 배, 대추도 모두 없어져 버렸네.

산뽕나무 뽕나무 모두 없어져 버렸으니 누에는 어찌 치며

버드나무 대나무 죄다 드물어졌으니 새도 둥지 틀기 어렵
겠네.

산봉우리 위 교묘한 바위는 먼지로 변했고

시내 바닥의 샘은 말라 풀만 무성하네.

벼랑 앞 검게 썩은 흙엔 영지와 난초도 자라지 않고

길가 붉은 진흙엔 등나무 넝쿨만 얽혀 있네.

지난날 날던 날짐승들은 어디로 날아가버렸나?

당시 달리던 들짐승들은 어느 산으로 가버렸나?

표범과 구렁이도 무너지고 퇴락한 곳 싫어하고

학도 뱀도 망가진 이곳 피해 떠나버렸네.

생각해보니 지난날 행한 못된 짓 때문에

눈앞에 이런 괴로움과 시련 받게 되었구나.

回顧仙山雨淚垂	對山悽慘更傷悲
當時只道山無損	今日方知地有虧
可恨二郎將我滅	堪嗔小聖把人欺
行凶掘你先靈墓	無干破爾祖墳基
滿天霞霧皆消蕩	徧地風雲盡散稀
東嶺不聞斑虎嘯	西山那見白猿啼
北谿狐免無踪跡	南谷獐豝沒影遺

青石燒成千塊土　　碧紗化作一堆泥

洞外喬松皆倚倒　　崖前翠柏盡稀少

椿杉槐檜栗檀焦　　桃杏李梅梨棗了

柘絕桑無怎養蠶　　柳稀竹少難栖鳥

峰頭巧石化爲塵　　澗底泉乾都是草

崖前土黑沒芝蘭　　路畔泥紅藤薛攀

往日飛禽飛那處　　當時走獸走何山

豹嫌蟒惡傾頹所　　鶴避蛇回敗壞間

想是日前行惡念　　致令目下受艱難

　　제천대성이 이렇게 슬픔에 잠겨 있을 때 풀과 꽃이 우거진 산비탈 앞, 가시나무와 넝쿨로 가려진 움푹한 곳에서 예닐곱 마리의 작은 원숭이들이 소리 지르며 뛰어나오더니, 일제히 다가와 그를 둘러싸고 머리를 조아리며 소리 높여 말했어요.

　　"제천대성 나리! 오늘에야 돌아오셨군요!"

　　멋진 원숭이 왕은 그들을 둘러보며 물었어요.

　　"너희들은 어째서 놀지 않고 모두 숨어 지내는 것이냐? 내 여기 온 지 한참 되었는데도 너희들 모습을 보지 못했으니, 어찌된 일이냐?"

　　여러 원숭이들은 그 말을 듣고 모두들 눈물을 흘리며 아뢰었어요.

　　"제천대성께서 하늘나라로 잡혀간 뒤로 저희들은 사냥꾼들에게 시달리며 정말 견디기 어려웠습니다. 단단한 쇠뇌와 강력한 활을 들고, 노란 매와 못된 사냥개를 동원하고, 그물을 치고 창을 찌르며 사냥하는지라 각자 목숨이 아까워 여기 숨은 채 감히 머리를 내밀고 놀 수가 없었지요. 그저 동굴 깊숙이 숨어 지낼 뿐이었지요. 배고프면 산비탈 앞의 풀을 훔쳐 먹고, 목마르면 시내 아래의 맑은 샘물을 마셨지요. 그러다가 조금 전에 제천대성 나리의 목소리를 듣고 맞이하러 달려왔사오니, 제발 저희들을 지켜주십시오."

제천대성이 이 말을 듣고 더욱 마음이 처참해져서 물었어요.

"이 산에 너희 무리가 몇이나 있느냐?"

"늙은 놈, 젊은 놈 합쳐서 천 마리밖에 안 됩니다."

"옛날엔 모두 사만칠천 마리의 원숭이들이 있었는데, 지금 모두 어디로 갔단 말이냐?"

"나리께서 떠나신 후, 현성이랑신이 이 산에 불을 놓아 태반을 태워 죽였습니다. 저희들은 우물 속에 웅크리고, 시내 속에 잠기고, 철판교 아래 숨어 목숨을 건졌습니다. 불이 꺼지고 연기가 사라지고 나서 나와 살펴보니 식량으로 삼을 꽃도 과일도 없어서 살아가기가 어렵게 되었는지라, 이곳을 버리고 떠난 이들이 또 반이나 되었습니다. 여기 남은 절반의 저희들은 고생스럽게 산속에 살고 있었습니다. 그런데 요 근래 이 년 동안 사냥꾼들에게 반쯤 잡혀가버렸습니다."

"사냥꾼들이 뭐하러 너희를 잡아간단 말이냐?"

"이 사냥꾼들 얘기가 나왔으니 말씀인데, 그자들은 정말 못됐습니다! 그자들은 저희를 화살로 쏘고, 창으로 찌르고, 독을 풀고, 때려죽인 다음, 가지고 가서 가죽을 벗기고 뼈를 발라 장조림을 담그거나 찌고, 소금에 절여 기름에 튀겨서 밥반찬으로 삼습니다. 간혹 그물이나 덫에 걸린 녀석이 있으면, 산 채로 데려가 훈련을 시켜 재주를 넘거나 물구나무를 서게 한 다음, 거리에서 징을 울리고 북을 치며 온갖 방법으로 희롱합니다."

제천대성은 이 말을 듣고 매우 화가 났어요.

"동굴 안의 일은 누가 맡아서 하고 있느냐?"

"아직 마馬 원수와 유流 원수, 붕鵬 장군과 파쯘 장군이 관리하고 있습니다."

"너희들은 그들에게 가서 내가 왔다고 알려라."

그 졸개 요괴들은 동굴 안으로 달려 들어가 이렇게 보고했어요.

"제천대성 나리께서 돌아오셨습니다."

마 원수 등 넷은 그 말을 듣자 황급히 동굴 밖으로 달려 나와 머리를 조아리며 그를 맞아들였어요. 제천대성이 가운데 자리에 앉자 여러 요괴들이 앞에 나열하여 절을 올리며 아뢰었어요.

"제천대성 나리! 근래에 소문을 듣자 하니, 나리께서 목숨을 구하게 되어 당나라 스님을 보호하며 서천으로 경전을 가지러 가셨다던데, 어째서 서방으로 가시지 않고 이 산으로 돌아오신 것입니까?"

"얘들아, 너희들은 모른다. 그 당나라 삼장법사는 현명한 이와 어리석은 이를 알아볼 줄 모른다. 내 그를 위해 줄곧 괴물을 잡으며 평생 익힌 솜씨를 다했건만, 그 양반은 내가 요괴 몇 마리를 때려죽였다고 나더러 흉악한 짓을 저지른다며 제자로 삼지 않겠다고 돌려보냈다. 이렇게 증명서까지 써서 영원히 나를 쓰지 않겠다고 하더구나."

여러 원숭이들은 박수를 치고 깔깔거리며 말했어요.

"다행입니다, 다행이에요! 중노릇 같은 건 해서 뭣합니까? 돌아오셔서 저희를 데리고 몇 년 즐겁게 노시지요."

그리고 그들은 졸개들을 돌아보며 소리쳤어요.

"얘들아, 얼른 야자 술을 준비해 나리께 환영식을 열어드리자."

그러자 제천대성이 말했어요.

"잠시 술은 접어두고 내 너희들에게 물어볼 게 있다. 그 사냥꾼들은 언제 우리 산에 올라오더냐?"

마 원수와 유 원수가 대답했어요.

"제천대성님, 그자들은 때를 가리지 않고, 날마다 여기서 성가시게 굽니다."

"어째서 오늘은 오지 않느냐?"

"조금 있으면 올 겁니다."

"얘들아, 모두 나가서 산 위에 있는 불타 부서진 돌멩이들을 가져다 내 앞에 쌓아놓아라. 이삼십 개씩 또는 오륙십 개씩 쌓아두면 내가 쓸 데가 있느니라."

원숭이들은 모두 벌떼처럼 위아래로 뛰어다니며 많은 돌멩이들을 날라 여기저기 쌓아놓았어요. 제천대성은 그걸 보고 이렇게 지시했어요.

"얘들아, 너희들은 모두 동굴 안으로 피해 있어라. 내가 술법을 좀 써야 되겠다."

제천대성이 고개 위에 올라가 보니, 산 남쪽에서 둥둥 북소리와 징징 징 소리가 울리고, 천여 명의 사람들이 말을 탄 채 나타났어요. 그들은 모두 매와 사냥개를 거느리고 손에는 칼이나 창을 들고 있었어요. 원숭이 왕이 그들을 자세히 살펴보니 기세가 제법 살벌했어요. 멋진 사나이, 정말 용기도 대단하지!

여우 가죽으로 어깨와 머리 덮고
허리와 가슴엔 비단으로 감쌌네.
주머니엔 이리 이빨 같은 화살 꽂고
허리엔 보석 장식된 활을 찼네.
사람들은 호랑이를 잡으려는 듯

말들은 시내의 용을 쫓아가는 듯
무리 지은 채 사냥개 이끌고
모두들 매를 준비하고 있네.
가시 광주리에 화포를 메고
사나운 해동청 데리고 있네.
끈적한 풀 바른 막대기 수백 개 메고
토끼 잡는 작살도 천 개나 가져왔네.
쇠머리 귀신 같은 길에 거는 그물
염라대왕 같은 새끼줄로 엮은 덫
일제히 함성 내지르며
하늘 가득 별처럼 어지럽게 흩어지네.

狐皮蓋肩頂　　錦綺裹腰胸
袋插狼牙箭　　胯掛實雕弓
人似搜山虎　　馬如跳澗龍
成群引着犬　　滿膀架其鷹
荊筐擡火炮　　帶定海東青
粘竿百十擔　　兔叉有千根
牛頭攔路網　　閻王扣子繩
一齊亂吆喝　　散撒滿天星

　제천대성은 그들이 자신의 산 쪽으로 달려오는 것을 보자 마음에 분노가 치밀었어요. 해서 손가락을 구부려 결을 맺고 입으로 중얼중얼 주문을 외며 동남쪽[巽地]의 바람을 한 입 가득 들여마신 다음, 혹 하고 내뱉으니 한바탕 거센 바람이 일었어요. 그건 정말 대단한 바람이었어요!

먼지 일으키고 흙을 뒤집으며
나무를 쓰러뜨리고 숲도 꺾어버리네.
바다의 물결은 산처럼 치솟고
어지러운 파도 만 겹이나 몰아치네.
하늘도 땅도 어두워지고
해와 달도 어두워 빛을 잃었네.
호랑이의 포효처럼 한바탕 소나무를 흔들고
용 울음처럼 문득 대나무 숲으로 들어가네.
모든 구멍들이 노해 소리치니 하늘도 놀라고
날아오른 모래며 구르는 돌 어지러이 사람을 다치게 하네.

揚塵播土　倒樹摧林

海浪如山聳　渾波萬疊侵

乾坤昏蕩蕩　日月暗沉沉

一陣搖松如虎嘯　忽然入竹似龍吟

萬竅怒號天噫氣　飛砂走石亂傷人

　제천대성이 이 큰 바람을 일으키고 저 부서진 돌들을 바람에
실어 어지럽게 날리며 춤추게 하니, 그 천여 명의 말을 탄 사람들
은 불쌍하기 짝이 없는 몰골이 되었어요.

　돌은 새들의 머리를 때려 가루로 부수고
　모래 날아 말들은 모두 다쳤네.
　백성도 관리도 뒤섞여 고개 앞에서 허둥대고
　피에 젖어 붉은 모래 땅 위에 널렸네.
　어린아이도 고향으로 돌아가기 어렵고
　나그네인들 어떻게 고향으로 돌아갈 수 있으랴?

시체와 해골은 가루가 되어 산에 널렸는데
새색시는 집에서 돌아오기만 기다리고 있네.[1]

> 石打烏頭粉碎　　沙飛海馬俱傷
>
> 人參官桂嶺前忙　　血染硃砂地上
>
> 附子難歸故里　　檳榔怎得還鄉
>
> 屍骸輕粉臥山場　　紅娘子家中盼望

이런 시가 있지요.

사람도 말도 죽었으니 어떻게 집으로 돌아갈까?
들판의 귀신 외로운 영혼 삼대처럼 어지럽네.
가련하다, 의기양양한 영웅의 무리여!
현명한 이 어리석은 이 가릴 것 없이 모래에 피를 적셨네.

> 人亡馬死怎歸家　　野鬼孤魂亂似麻
>
> 可憐抖擻英雄輩　　不辨賢愚血染沙

제천대성은 구름에서 내려 손뼉을 치고 크게 웃으며 중얼거렸
어요.

"용하다, 용해! 당나라 승려에게 귀순하여 중이 된 뒤로, 그치
는 매일 날더러 '천 일 동안 선을 행해도 선은 부족하고 하루만
악을 행해도 악은 남아돈다(千日行善 善猶不足 一日行惡 惡自有餘)'
고 타이르더니, 정말 그렇게 되었구나. 내 그치를 따르면서 요괴
몇 마리만 죽여도 그치는 나더러 악한 짓을 저질렀다고 꾸짖었

1　이 노래는 「서강월西江月」 가락에 갖가지 약 이름을 넣어 원숭이 사냥꾼들이 거센 바람에 날
린 돌에 다치고 죽는 모습을 해학적으로 묘사한 것이다. 본문의 조두烏頭, 해마海馬, 인삼人參,
관계官桂, 주사硃砂, 부자附子, 빈랑檳榔, 경분輕粉, 홍낭자紅娘子는 모두 약재의 이름이다.

는데, 오늘 집에 돌아와 이렇게 많은 생명들을 끝장내버렸구나."

그리고 부하들을 불렀지요.

"애들아, 나오너라!"

원숭이들은 거센 바람이 지나고 제천대성이 부르는 소리를 듣자 모두 뛰어나왔어요. 제천대성이 말했지요.

"너희들은 남산 아래로 가서 저 맞아 죽은 사냥꾼들의 옷을 벗겨 와서 핏자국을 씻고 입어 추위를 가려라. 죽은 사람들의 시체는 저 만 길 깊은 연못에 처넣어버리고, 죽은 말은 끌고 와서 가죽을 벗겨 신을 만들고, 고기는 소금에 절여두었다가 천천히 먹도록 해라. 그리고 저 활과 화살, 칼과 창들은 너희들이 무예를 익히는 데 쓰도록 하고, 저 잡다한 색깔의 깃발들은 거둬오면 내가 쓸데가 있다."

원숭이들은 일일이 그러겠노라고 대답했어요.

제천대성은 깃발들을 씻어서 하나로 꿰매 알록달록한 깃발을 만들고, 그 위에

다시 수리한 화과산
새로 정리한 수렴동의
제천대성

重修花果山　復整水簾洞
齊天大聖

이라고 쓴 다음, 막대기를 세우고 깃발을 동굴 밖에 걸게 했어요. 그리고 날마다 마귀와 짐승들을 불러 모아 풀과 식량을 저장하며 '중'이라는 말은 꺼내지도 못하게 했어요. 그는 인정도 많고 재능도 뛰어나 네 바다의 용왕들에게 가서 숲을 적시는 신령한

물[甘霖仙水]을 얻어 와서는 산을 씻어 다시 푸르게 만들었어요. 동굴 앞에는 버드나무를 심고, 뒤에는 소나무와 녹나무, 복숭아나무, 살구나무, 대추나무, 매실나무 등을 심어 빠진 것 없이 고루 갖춰놓았어요. 그리고 그가 느긋하고 편안하게 즐기며 살게 된데 대해서는 더 이상 얘기하지 않겠어요.

한편, 삼장법사는 저팔계의 교활한 심성을 믿고 충직한 손오공을 내쫓은 다음, 말 위에 올라 저팔계로 하여금 앞장서서 길을 열게 하고 사오정에게는 봇짐을 지게 해서 서쪽으로 길을 계속 갔어요. 백호령을 넘자 문득 숲에 덮인 언덕이 보였는데, 정말 등나무와 칡넝쿨이 가득하고 푸른 잣나무와 소나무가 우거진 곳이었어요. 삼장법사가 소리쳤어요.

"얘들아, 산길이 험해 가기가 무척 힘들구나. 게다가 소나무 숲이 빽빽하고 온통 나무가 들어차 있으니 자세히 살펴야 한다. 요사한 마귀나 짐승이 있을지 모르니까."

저 멍텅구리 좀 보세요. 그놈은 정신을 가다듬고 사오정더러 말고삐를 끌게 하더니, 쇠스랑으로 길을 열며 삼장법사를 소나무 숲 속으로 인도했어요. 한참 가고 있는데 삼장법사가 말을 멈추며 말했어요.

"팔계야, 오늘 내가 종일토록 굶었는데 어디서 먹을 것 좀 구해 다오."

"사부님, 말에서 내려 여기서 잠시 기다리세요. 이 몸이 찾아보고 오겠습니다."

삼장법사가 말에서 내리자, 사오정도 봇짐을 내리고 바리때를 꺼내 저팔계에게 주니, 저팔계가 말했어요.

"다녀올게요."

그러자 삼장법사가 물었어요.

"어디로 가는 게냐?"

"상관 마세요. 어쨌든 얼음을 문질러 불씨를 일으켜서라도 공양을 찾고, 눈을 눌러 짜 기름을 구해서라도 동냥을 얻어 올 테니까요."

보세요. 그놈은 소나무 숲을 나와 서쪽으로 십 리도 넘게 갔지만 인가라곤 하나도 만나지 못했어요. 정말 그곳은 이리와 호랑이만 가득할 뿐 밥 짓는 연기라곤 없는 데였어요. 그 멍텅구리는 고생스럽게 걸으면서 속으로 중얼거렸어요.

'손오공이 있을 때는 늙다리 중이 바라기만 하면 바로 구해왔는데, 이제 그 일을 내가 맡게 되니 정말 집안일을 해봐야 땔나무값 쌀값을 알고, 자식을 키워봐야 부모의 은혜를 깨닫는다(當家纔知柴米價 養子方曉父娘恩)는 말이 맞구나. 어딜 가서 동냥을 한다지?'

그는 또 끄덕끄덕 졸며 걷다가 이렇게 생각했어요.

'이대로 돌아가 늙다리 중한테 동냥할 데가 없더라고 하면, 그 양반은 내가 얼마나 많은 길을 걸었는지 믿지 않으실 게야. 아무래도 시간을 좀 때우고 돌아가 얘기하는 편이 좋겠어. 에라, 모르겠다! 이 풀숲에 들어가 잠이나 좀 자자.'

멍텅구리는 풀숲에 머리를 처박고 잠들어버렸어요. 그때는 그저 좀 누워 있다가 일어나야지 하고 생각했지만, 길을 걸어오느라 너무 힘들어서 그대로 엎어져 드르렁드르렁 코를 골며 잠에 빠지게 될 줄은 몰랐던 것이지요. 어쨌든 저팔계가 여기서 단잠에 빠진 이야기는 그만하겠어요.

한편, 숲속에 있던 삼장법사는 귀가 뜨거워지고 눈이 튀어나올 듯 조바심이 나고 불안해서 급히 사오정을 불렀어요.

"얘가 동냥을 하러 가더니 어째서 여태 돌아오지 않는 게냐?"

"사부님, 아직 잘 모르시는 모양이군요. 형님이 보기에 사람 수는 많은데다 또 자기 배는 큰데, 사부님 생각이나 하겠어요? 형님은 자기가 배불리 먹고 나서야 돌아올 테니, 기다리는 수밖에요."

"정말 그런가보구나. 만약 걔가 거기서 먹는 데 정신이 팔려 있다면, 우리는 어디서 만나지? 날은 이미 저물었고 여긴 사람 사는 곳도 아니니, 묵을 곳을 찾아봐야 할 게 아니냐?"

"너무 조급해하지 마세요. 제가 찾아보고 올 테니, 여기 잠시 앉아 기다리세요."

"그래라, 그래! 공양이야 있건 없건, 묵을 곳을 찾는 것이 급하구나."

사오정은 항요장을 집어 들고 바로 소나무 숲을 나와 저팔계를 찾아 나섰어요.

삼장법사는 홀로 숲속에 앉아 무척 피곤한 상태였지만, 억지로 정신을 가다듬고 벌떡 일어나 봇짐을 한 곳에 모으고, 말을 나무에 매어놓았어요. 그리고 쓰고 있던 삿갓을 벗고, 석장을 짚고, 승복을 가다듬은 다음, 천천히 숲속을 산보하며 잠시 번민을 떨쳐 버리려 했어요. 삼장법사는 들풀과 산에 핀 꽃을 둘러보며, 둥지로 돌아오는 새들이 끝없이 지저귀는 소리를 들었어요.

원래 그 숲속은 풀이 무성하고 길이 좁은 곳이었고, 또 그는 마음이 심란한 상태였는지라 그만 길을 잘못 들고 말았어요. 그는 근심도 씻을 겸, 저팔계와 사오정도 찾아볼 생각이었지요. 그런데 그 둘이 간 곳은 서쪽 방향이었는데, 삼장법사는 잠시 이리저리 헤매다 그만 남쪽으로 걸어가고 만 것이었어요.

소나무 숲을 나서서 문득 고개를 들어 저쪽을 바라보니, 금빛이 찬란히 빛나며 오색 기운이 뭉게뭉게 피어나는 것이었어요. 자세히 살펴보니, 그것은 꼭대기에서 금빛을 뿌리고 있는 불탑佛塔이었어요. 서쪽으로 지는 태양이 그 탑의 꼭대기에 비치며 반사되는 것이었지요.

"내 제자들은 불가佛家와 인연이 없나보구나. 동녘 땅을 떠나면서 사당을 만나면 향을 피우고, 불상을 보면 예불을 올리고, 불탑을 만나면 탑을 청소하겠다고 맹서했는데, 저기 빛나는 것이 바로 황금 불탑이 아닌가? 어째서 저 길로 가지 않았지? 탑 아래 분명 절이 있을 테고, 절 안에는 분명 승려들이 있을 테니, 어디 한번 가보자. 이 봇짐과 말은 이곳에 다니는 사람도 없으니 아무 일도 없겠지. 저기 쉴 만한 곳이 있으면 제자들이 오기를 기다렸다가 함께 가서 쉬어야지."

아! 잠깐 사이에 삼장법사에게 불운이 닥치고 말았어요. 저것 보세요. 그는 천천히 걸음을 옮겨 결국 탑 가까이에 이르렀어요.

돌벼랑 만 길이나 높이 치솟았고
큰 산은 푸른 하늘에 맞닿았네.
뿌리는 두터운 땅에 이어졌고
봉우리는 하늘 높이 꿰뚫었네.
양쪽으로 수천 그루 잡목들이 자라고
앞뒤로 등나무 넝쿨 백 리도 넘게 얽혀 있네.
풀잎 끝에 비친 꽃은 바람에 그림자 일렁이고
흐르는 물에 비친 구름 사이로 달이 흘러가네.
쓰러진 나무 깊은 계곡에 걸쳐 있고
마른 등나무 줄기 반짝이는 산봉우리에 걸려 있네.

돌다리 아래에는
졸졸 흐르는 맑은 샘물
높다란 자리 위에는
한없이 밝은 흰 가루 같은 달빛
멀리서 보니 신선 사는 하늘나라 같더니
가까이서 보니 봉래산의 멋진 풍경 같구나.
향긋한 소나무 붉은 대나무 계곡에 가득하고
까막까치 원숭이들 높은 고개 넘나드네.
동굴 밖에는
오가는 들짐승들 무리를 이루고
숲속에는
들락날락 날짐승들 무리 짓네.
파릇파릇 향긋한 풀들
곱디곱게 피어난 야생화들
이곳은
분명 사악한 놈이 사는 곳이지만
저 스님은
운 나쁘게 불쑥 찾아들었네.

石崖高萬丈　山大接青霄
根連地厚　峰插天高
兩邊雜樹數千顆　前後藤纏百餘里
花映草稍風有影　水流雲寶月無根
倒木橫擔深澗　枯藤結掛光峰
石橋下　流滾滾清泉
臺座上　長明明白粉
遠觀一似三島天堂　近看有如蓬萊勝境

香松紫竹逸山溪　鴉鵲猿猴穿峻嶺

洞門外　有一來一往的走獸成行

樹林裡　有或出或入的飛禽作隊

青青香草秀　豔豔野花開

這所在　分明是惡境

那長老　晦氣撞將來

　　삼장법사가 앞으로 걸음을 옮겨 탑문 아래 이르러 보니, 얼룩무늬 대나무로 엮은 주렴 하나가 안쪽에 걸려 있었어요. 그는 문 안으로 걸음을 옮기며 주렴을 걷어 올리고 안으로 들어갔어요. 그러다 흠칫 고개를 들어 보니, 돌침대 위에 요괴 하나가 잠을 자고 있었어요. 그놈의 생김새가 어땠는지 아세요?

　　검푸른 얼굴
　　희고 날카로운 송곳니
　　커다란 입 쩍 벌리고 있네.
　　양쪽으로 어지러운 살쩍은
　　모두 연지처럼 붉게 물들었네.
　　서너 갈래 붉고 기다란 수염은
　　마치 싹 자란 여지인 듯
　　앵무새 주둥이 같은 코 둥글게 솟았고
　　새벽별 같은 눈동자 동그랗구나.
　　두 주먹은
　　승려들의 바리때 같고
　　한 쌍의 푸른 발은
　　벼랑에 걸린 그루터기처럼 삐죽하게 갈라졌네.

비스듬히 두른 담황색 도포는

수놓은 비단 가사보다 낫네.

지니고 있는 칼에선

맑은 광채 빛나고

베고 누운 돌덩어리는

티끌 하나 없이 매끈하네.

그놈도 한때는 졸개 요괴로 개미 같은 진영도 쳐 보았고

두목이 되어 벌집 같은 소굴에 앉아 부하를 부리기도 했지.

보라, 그의 늠름한 위풍을!

모두들 큰 소리로 외치며

나리라고 불렀지.

달빛 아래 그림자 벗삼아 셋이면서 혼자 술도 마셔 봤고

양쪽 겨드랑이에 바람 일어나도록 찻잔도 기울여보았지.[2]

보라, 그의 크나큰 신통력을!

눈 깜짝할 사이에

하늘 끝까지 두루 다녀오는구나.

황량한 숲에 새들이 지저귀고

깊은 풀숲에 용과 뱀이 머무네.

신선이 밭에 씨 뿌리면 하얀 옥이 자라고

도인이 화로 앞에 엎드리면 단사가 만들어지지.

---

2 노동盧소, '맹 간의가 준 새 차에 감사하며 씀[走筆謝孟諫議新茶]': 한 잔을 마시면 목구멍과 입
술이 촉촉해지고, 두 잔을 마시면 고독과 번민 스러지고, 석 잔을 마시면 메마른 창자를 거둬
들여, 그저 오천 권의 문장만 남는다. 넉 잔을 마시면 가벼운 땀이 나며, 평생의 불만스러운 일
들이, 모두 땀구멍으로 흩어지네. 다섯 잔을 마시면 뼈와 살이 맑아지고, 여섯 잔을 마시면 신
선계의 영험함과 통하리라. 일곱 반은 마실 수 없나니, 그저 양쪽 겨드랑이에 깃털 돋아나 맑
은 바람 일어나네. 봉래산은 어디 있는가? 나는 이 맑은 바람 타고 돌아가려네.[一椀喉吻潤, 兩
椀破孤悶. 三椀搜枯腸, 唯有文字五千卷. 四椀發輕汗, 平生不平事, 盡向毛孔散. 五椀肌骨淸, 六椀
通仙靈. 七椀喫不得也, 惟覺兩腋習習淸風生. 蓬萊山在何處, 玉川子乘此淸風欲歸去.]

조그만 동굴 문은
비록 아비지옥에 미치지 못한다 해도
무시무시한 요괴는
바로 한 마리 쇠머리 야차라네.

青靛臉　白獠牙　一張大口呀呀
兩邊亂蓬蓬的鬢毛　卻都是些胭脂染色
三面紫巍巍的髭鬚　恍疑是那荔枝排芽
鸚嘴般的鼻兒拱拱　曙星樣的眼兒巴巴
兩個拳頭　和尚鉢盂模樣
一雙藍脚　懸崖榾柮枒槎
斜披着淡黃袍帳　賽過那織錦袈裟
拿的一口刀　精光耀映
眠的一塊石　細潤無瑕
他也曾小妖排蟻陣　他也曾老怪坐蜂衙
你看他威風凜凜　大家吆喝　吼一聲爺
他也曾月作三人壺酌酒　他也曾風生兩腋盞傾茶
你看他神通浩浩　睪着下眼　遊徧天涯
荒林喧鳥雀　深莽宿龍蛇
仙子種田生白玉　道人伏火養丹砂
小小洞門　雖到不得那阿鼻地獄
楞楞妖怪　卻就是一個牛頭夜叉

　　삼장법사는 그의 이런 모습을 보고 깜짝 놀라 후다닥 뒷걸음
쳤는데, 온몸이 찌르르 마비되고 두 다리가 시큰거리며 맥이 풀
렸으나 다급하게 몸을 빼서 도망치려 했지요. 그러나 그가 막 몸
을 돌렸을 때, 요괴는 과연 신령한 천성이 있어서 금빛 번쩍이는

무시무시한 두 눈을 뜨고 소리쳤어요.

"애들아, 문밖에 누가 있나 내다봐라."

졸개 요괴 하나가 즉시 머리를 내밀고 밖을 살펴보다가 대머리 반짝이는 스님을 발견하고 급히 달려 들어가 보고했어요.

"대왕님, 밖에 중이 하나 있습니다. 둥근 머리와 큰 얼굴에 두 귀는 어깨까지 늘어졌고, 온몸의 살은 보들보들하고, 가죽은 야들야들한 것이 상당히 근사한 중입니다."

요괴는 그 말을 듣고 껄껄 웃으며 말했어요.

"이게 바로 '뱀 대가리에 앉은 파리처럼 저절로 굴러들어온 옷이나 음식'이라는 것이다. 여봐라! 얼른 쫓아가서 잡아 오너라! 내 후한 상을 내릴 것이다."

졸개 요괴들은 벌떼처럼 일제히 몰려나갔어요. 삼장법사는 그걸 보고 마음이 화살처럼 다급해져서 두 다리를 나는 듯이 놀렸지만, 결국 놀라고 가슴이 떨려 다리에 맥이 풀리고 굳어져버렸어요. 더구나 산길이 험하고 깊은 숲에 해도 저물어버렸으니, 어디 걸음이나 옮길 데가 있었겠어요? 결국 졸개 요괴들에게 붙잡혀 반듯하게 떠메여 가는 수밖에 없었지요.

　

얕은 물 만난 용 새우에게 놀림당하고
평원에 떨어진 호랑이 개에게 모욕당하네.
비록 좋은 일에는 장애가 많은 법이라지만
뉘라서 당나라 승려 서천으로 갈 때와 같을까?

　　　　　　　　龍逢淺水遭蝦戲　　虎落平原被犬欺

　　　　　　　　縱然好事多磨障　　誰像唐僧西向時

　

보세요. 졸개 요괴들은 삼장법사를 떠메고 가서 대나무 주렴

夢果坐韋猴取義黑柴林三藏逢魔

내쫓긴 손오공은 화과산으로 돌아가고, 삼장법사는 요괴의 함정에 걸려들다

밖에 내려놓고 희희낙락하며 보고했어요.

"대왕님, 중을 잡아 왔습니다."

늙은 요괴가 곁눈질로 슬쩍 보니, 삼장법사는 머리가 반듯하고 생김새도 당당한 것이 과연 괜찮은 중이었어요. 그는 속으로 생각했지요.

'이렇게 멋진 중이라면 틀림없이 큰 나라에서 온 자일 테니, 우습게 여겨서는 안 되겠군. 위풍을 떨쳐 보이지 않으면 저자가 어찌 굴복하려 하겠어?'

그는 갑자기 짐짓 여우가 호랑이 위세를 빌어 뻐기듯이 붉은 수염을 뻣뻣하게 세우고, 핏빛 머리칼을 하늘로 세우고, 찢어질 듯 눈을 부릅뜬 채, 큰 소리로 외쳤어요.

"그 중을 데리고 들어와라!"

요괴들은 일제히 "예!" 하고 큰 소리로 대답하고, 삼장법사를 안으로 벌컥 떠밀었어요. 이야말로 '이미 낮은 처마 밑에 왔으니 어찌 감히 머리를 숙이지 않을 수 있으랴(既在矮簷下 怎敢不低頭)' 하는 형국이었으니, 삼장법사는 그저 두 손을 모으고 그에게 예를 올리는 수밖에 없었어요. 그러자 요괴가 물었어요.

"너는 어디서 온 중이며, 어디로 가는 길이냐? 빨리 말해봐라!"

"저는 본래 당나라의 승려로, 위대한 당나라 황제의 칙명을 받들어 서방으로 가서 경전을 구하고자 합니다. 귀 산을 지나던 차에 불탑 아래 와서 부처님을 뵈려다가 뜻밖에 위엄 있는 분을 놀라게 해드렸사오니, 제발 죄를 용서해주십시오. 서방으로 가서 불경을 얻어 동녘 땅으로 돌아가면, 높으신 명망을 영원히 기억하겠나이다."

요괴가 그 말을 듣고 껄껄 웃으며 말했어요.

"내가 큰 나라의 인물일 거라고 했더니만, 과연 너였구나! 마침 너를 잡아먹고 싶었는데 정말 잘 왔다, 잘 왔어! 안 그랬으면 놓아줄 뻔하지 않았느냐? 너는 내 밥이 되어 마땅하니까 저절로 찾아온 것이다. 그러니 절대 놓아줄 수도 없고 도망치려 해도 안 될 것이다."

그리고 졸개 요괴들에게 지시했어요.

"저 중을 데려가 묶어놓아라!"

그러자 졸개 요괴들이 일제히 달려들어 삼장법사를 밧줄로 단단히 감아 혼을 붙들어 매는 말뚝[定魂椿]에 묶어버렸어요. 늙은 요괴가 칼을 들고 또 물었어요.

"네 일행은 몇 명이냐? 설마 감히 혼자서 서천으로 가려 하지는 않았겠지?"

삼장법사는 그가 칼을 들고 있는 것을 보고 사실대로 말했어요.

"대왕님, 제겐 저팔계와 사오정이라는 두 제자가 있는데, 모두 공양을 얻으러 소나무 숲 밖으로 나갔습니다. 그리고 봇짐과 백마 한 필이 모두 소나무 숲 안에 있습니다."

"그 또한 운이 좋구나! 두 제자에다 너를 포함하면 셋이요, 말까지 포함하면 넷이니, 한꺼번에 잡아먹어야겠다."

그러자 졸개 요괴들이 말했어요.

"저희들이 가서 잡아 오겠습니다."

"나갈 필요 없이 문이나 단단히 잠그고 있어라. 동냥하러 간 두 놈이 돌아오면 틀림없이 사부를 찾아 나설 테고, 그러다 찾지 못하면 분명히 우리 대문 앞으로 찾아올 게다. '찾아오는 손님한테는 거래하기가 편하다(上門的買賣做好)'라는 말도 있지 않더냐? 천천히 기다렸다가 잡자."

그래서 졸개 요괴들은 앞문을 닫아걸었어요. 삼장법사가 재난을 만난 일에 대해서는 잠시 얘기하지 않겠어요.

한편, 숲을 나와서 저팔계를 찾던 사오정은 곧장 십 리 남짓 걸었지만 마을을 하나도 보지 못했어요. 그러다가 높다란 언덕에 서서 한참 살펴보고 있을 때, 문득 풀숲 속에서 누군가의 말소리가 들렸어요. 급히 지팡이로 깊은 풀숲을 헤치고 살펴보니, 저 멍텅구리가 그 안에서 잠꼬대를 하고 있는 것이었어요. 그놈은 사오정이 귀를 잡아당기자 비로소 잠에서 깨어났어요.

"정말 멍청이로군! 사부님이 형님더러 동냥을 해오라고 하셨지 여기서 잠이나 자랍디까?"

그 멍텅구리는 어리둥절한 표정으로 잠에서 깨며 말했어요.

"동생, 시간이 얼마나 되었나?"

"빨리 일어나요! 사부님께서 공양을 얻었건 못 얻었건 상관없으니, 우리더러 어디 묵을 만한 곳이나 찾아보라 하십디다."

멍텅구리는 흐리멍덩한 상태로 바리때를 받쳐 들고 쇠스랑을 집어 들더니, 사오정과 함께 곧장 돌아왔어요. 그런데 숲속에 도착해보니 삼장법사가 보이지 않는지라, 사오정이 원망을 퍼부었어요.

"모두 멍청한 형님이 동냥을 갔다가 돌아오지 않는 바람에 생긴 일이오. 틀림없이 요괴가 사부님을 잡아갔을 거요."

그러자 저팔계가 웃으며 말했어요.

"동생, 말도 안 되는 소리 말아. 저 숲 안은 맑고 고요한 곳이라 절대 요괴 따위는 없어. 아마 늙다리 중이 앉아 있지 못하고 어디로 경치 구경을 나간 모양이지. 우리가 찾아오자고."

둘은 할 수 없이 말을 끌고, 짐을 지고, 삿갓과 석장을 챙긴 다음 삼장법사를 찾아 소나무 숲을 나섰어요.

그런데 삼장법사가 이번 회에는 죽어서는 안 되는 모양이에요. 그 둘이 한동안 돌아다녀도 찾지 못하고 있는데, 문득 바로 남쪽 산 아래에서 금빛이 반짝이는 것이었어요. 그걸 보고 저팔계가 말했어요.

"동생, 복 있는 사람은 어쩔 수 없군. 저것 보라고. 사부님은 저 집으로 가신 게야. 저 빛나는 것은 불탑인데, 누가 감히 사부님께 소홀히 대하겠어? 틀림없이 공양을 잘 차려놓고 사부님더러 거기 머물며 잠숫게 하고 있을 걸. 우리도 더 돌아다닐 필요 없이 저기 가서 공양이나 좀 들자고."

"형님, 길흉을 함부로 단정해서는 안 돼요. 가서 잠시 살펴보고 옵시다."

둘이 의기양양하게 문 앞에 이르러 보니, 아, 문이 닫혀 있는 게 아니겠어요? 문에는 백옥으로 만들어진 석판이 가로로 걸려 있었는데, 그 위에는

완자산碗子山 파월동波月洞

이라는 여섯 글자가 크게 새겨져 있었어요. 그걸 보고 사오정이 말했어요.

"형님, 여긴 무슨 절이 아니라 요괴가 사는 동굴이군요. 사부님이 여기 계신다 해도 만나뵐 수 없겠어요."

"동생, 겁먹지 마. 말을 매놓고 봇짐이나 지키라고. 내가 사부님 소식을 알아볼 테니까."

그 멍텅구리는 쇠스랑을 들고 앞으로 다가가서 소리쳤어요.

"문 열어라! 문 열어!"

동굴 안에서 문을 지키던 졸개 요괴는 문을 열어 그 둘의 모습

을 보고, 급히 안으로 달려 들어가 보고했어요.

"대왕님, 손님이 왔습니다."

"무슨 손님이란 말이냐?"

"동굴 문 밖에 주둥이가 길고 귀가 큰 중 하나와 얼굴이 거무칙칙한 중 하나가 찾아와 문을 열라고 합니다."

그러자 늙은 요괴가 무척 기뻐하며 말했어요.

"저팔계와 사오정이 찾아온 게로구나. 옳지! 그놈들도 제법 잘 찾는걸? 우리 동굴 문을 어떻게 찾았을까? 주둥이며 얼굴이 흉측하다니까 그놈을 우습게 대해서는 안 되겠구나."

그리고 부하들에게 지시했어요.

"내 갑옷을 가져오너라!"

졸개 요괴가 갑옷을 가져오자, 그놈은 갑옷을 단단히 차려입고, 손에는 칼을 든 채 재빨리 문을 나섰어요.

한편, 저팔계와 사오정은 문 앞에서 기다리고 있다가 살벌한 기세로 뛰쳐나오는 요마를 발견했어요. 그 차림새를 한번 볼까요?

푸른 얼굴에 붉은 수염, 붉은 머리카락 휘날리며
황금 투구와 갑옷 찬란하게 빛나네.
배와 허리에는 옥돌로 만든 띠를 감쌌고
가슴 감싼 갑옷에 구름무늬 끈[步雲縧] 늘어뜨렸네.
산 앞에 여유롭게 서니 세찬 바람 몰아치고
울적하여 바다 밖 여행하면 거센 물결 일어나네.
시퍼런 색에 힘줄 불룩한 두 손에는
혼을 쫓아 목숨 빼앗는 칼이 들려 있네.
이놈의 이름과 성을 알고 싶으면

소리 높여 '황포'라는 두 글자 외쳐보시라.

青臉紅鬚赤髮飄　黃金鎧甲亮光饒
裏肚襯腰碪石帶　攀胸勒甲步雲纏
閑立山前風吼吼　悶遊海外浪滔滔
一雙藍靛焦䖏手　執定追魂取命刀
要知此物名和姓　聲揚二字喚黃袍

황포 요괴는 동굴 문을 나오자마자 물었어요.

"너는 어디서 온 중이기에 우리 대문 앞에 와서 소리를 지르느냐?"

그러자 저팔계가 대답했어요.

"이놈아, 날 못 알아보느냐? 바로 네 할아비다! 나는 위대한 당나라 황제의 명을 받들어 서천으로 가는 몸인데, 내 사부님이 바로 그 황제의 동생이신 삼장법사이시다. 만약 그분이 너희 집안에 계시거든 얼른 내보내드려라. 내 쇠스랑에 찔리기 전에."

그러자 그 괴물이 웃으며 말했어요.

"그래, 그래! 당나라 중 하나가 내 집에 있지. 나도 함부로 대하지 못하고 사람 고기로 만든 만두 몇 개를 대접해드렸다. 너희들도 들어가 하나 먹어볼래?"

이 멍텅구리는 그 말이 정말인 줄 알고 바로 들어가려 했어요. 그러자 사오정이 그를 붙들며 말했어요.

"형님, 저놈이 형님을 놀리는 거요. 형님이 언제 사람 고기를 먹어보셨소?"

멍텅구리는 그제야 깨닫고서 쇠스랑을 들고 요괴의 얼굴을 향해 찔렀어요. 그 괴물은 몸을 옆으로 돌려 피하면서 강철 칼로 급히 막았어요. 둘이 모두 신통력을 드러내며 구름 위로 뛰어올라 공중에서 이리저리 살벌하게 뛰어다녔지요. 사오정은 봇짐과 백마를 한쪽에 두고, 항요장을 든 채 급히 저팔계를 도와 공격했어요. 이때 사나운 두 승려와 못된 요괴 하나가 구름 속에서 벌인 싸움은 정말 살벌했어요.

항요장 일어나면 칼이 맞이하고
쇠스랑 찔러오면 칼이 막는다.
한 마리 요괴 장군 위세를 펼치면
두 명의 신승들 조화를 부린다.
아홉 날 쇠스랑은
정말 영웅의 기상이요
항요장은
정말 무시무시하게 다그친다.
앞뒤 좌우도 없이 일제히 쳐들어오지만
저 황포 요괴는 당당히 겁내지 않는다.
보라, 그의 강철 칼은 은처럼 빛나고
사실 그의 신통력 또한 넓고 크다.
그 싸움에 온 허공에는
안개와 구름 어지럽고
산 중턱에서는
벼랑이 허물어지고 고개가 무너진다.
한쪽은 명성을 얻으려 하니
어찌 그만두려 하겠는가?
다른 한쪽은 사부를 찾으려 하니
결코 두려워하지 않는다.

杖起刀迎　鈀來刀架

一員魔將施威　兩個神僧顯化

九齒鈀　眞個英雄

降妖杖　誠然凶咤

沒前後左右齊來　那黃袍公然不怕

你看他蘸鋼刀幌亮如銀　其實的那神通也爲廣大

只殺得半空中　霧遶雲迷

半山裡　崖崩嶺咋

一個爲聲名　怎肯干休

一個爲師父　斷然不怕

　　그들 셋은 허공에서 왔다 갔다 수십 합을 싸웠지만 승부를 가리지 못했어요. 각자 목숨이 소중하긴 했지만, 사실 싸움을 떼어놓기도 어려웠지요. 결국 삼장법사를 어떻게 구하는지는 알 수 없는데, 이에 대해서는 다음 회를 들어보시라.

이런 시가 있지요.

망령된 생각 억지로 다시 없어지지 않으니
진여를 구하려 할 필요 어디 있으랴?
본래의 타고난 성품 부처 앞에서 수양하니
미혹과 깨달음이 어찌 앞뒤가 있으랴?
깨달으면 찰나에 정업正業을 이루고
미혹되면 만겁이 지나도 죄악의 물결에 빠져 있는 법
오롯한 마음으로 참된 수양한다면
갠지스강 모래처럼 많은 죄업이라도 모두 없앨 수 있나니!

妄想不復强滅　　眞如何必希求
本原自性佛前修　　迷悟豈居前後
悟卽刹那成正　　迷而萬劫沉流
若能一念合眞修　　滅盡恒沙罪垢

한편, 저팔계와 사오정은 요괴와 서른 합을 싸웠으나 승부를 가릴 수 없었어요. 어째서 승부가 나지 않았느냐고요? 재간만 보면, 말할 필요도 없이 두 승려의 재능을 가진 이가 스무 명이라 할지라도 그 요괴의 적수가 될 수 없었지요. 다만 삼장법사는 죽어서는 안 되는 목숨이어서 저 불법을 지키는 신들이 남모르게 그를 보호해주고 있었고, 또 공중에는 육정육갑과 오방게체, 사치공조, 그리고 열여덟 명의 불교를 수호하는 가람伽藍들이 저팔계와 사오정을 도왔기 때문이었어요. 그들 셋의 전투에 대한 얘기는 잠시 접어두기로 하지요.

한편, 삼장법사는 동굴 안에서 슬피 울며 제자들을 생각하고 눈물을 줄줄 흘리며 중얼거렸어요.

"오능아, 너는 어느 마을에서 좋은 친구를 만나 밥만 실컷 얻어먹고 있느냐? 오정아, 너는 또 어디에서 그놈을 찾고 있느냐? 만나기는 했느냐? 내가 요마를 만나 이런 수난을 당하고 있는 줄은 모르겠지? 언제나 너희들을 만나 이 큰 재난에서 벗어나 영취산으로 가게 될지?"

그렇게 슬피 울며 괴로워하고 있을 때, 갑자기 동굴 안에서 한 부인이 달려 나와 혼을 묶어놓는 말뚝을 붙잡고 소리쳤어요.

"스님, 어디서 오셨습니까? 어쩌다 그에게 잡혀 여기 묶여 있는 것입니까?"

삼장법사가 그 말을 듣고 눈물 사이로 살펴보니, 그 부인은 서른 살쯤 돼 보이는 것이었어요. 그래서 말했지요.

"보살님, 물어보실 필요 없소. 저는 이미 죽어 마땅한 몸이라 당신네 대문 안으로 들어오게 된 것이오. 잡아먹을 거면 먹어치우면 그만이지, 그런 건 물어 무엇하겠소?"

"저는 사람을 잡아먹지 않습니다. 저희 집은 여기서 서쪽으로 삼백 리 남짓 아래쪽에 있습니다. 거기 보상국寶象國이라는 성이 있는데, 저는 그 나라 국왕의 셋째 공주로, 어려서 이름이 백화수百花羞라 했습니다. 십삼 년 전 팔월 보름날 밤에 달구경을 하다가 이 요마의 일진광풍에 납치돼 와서, 십삼 년 동안 그와 부부로 지내고 있습니다. 여기서 아들딸을 낳아 기르고 있지만, 부모님께 소식을 전할 길이 막막하기만 하고, 부모님 생각이 간절해도 만나볼 수가 없습니다. 당신은 어디서 오시다가 그에게 붙잡혔습니까?"

"저는 서천으로 불경을 가지러 가도록 파견된 승려입니다. 산보를 나왔다가 그만 이곳으로 잘못 들어온 것입니다. 지금 저의 두 제자까지 붙잡아 한꺼번에 쪄 먹겠답니다!"

공주가 미소를 지으며 말했어요.

"스님, 안심하세요. 불경을 가지러 가시는 분이시라면 제가 구해드릴 수 있어요. 보상국은 스님께서 서방으로 가시는 길에 있으니, 제 편지 한 통을 가져가셔서 제 부모님을 찾아뵈실 수 있다면, 제가 그이더러 스님을 풀어드리라 하겠습니다."

삼장법사는 고개를 끄덕이며 말했어요.

"보살님, 제 목숨을 구해주신다면 기꺼이 편지 배달부가 되겠습니다."

공주는 급히 되돌아가 집에 보내는 편지 한 장을 써서 단단히 봉한 다음, 말뚝 앞으로 와서 삼장법사를 풀어주며 편지를 주었어요. 삼장법사는 풀려나자 편지를 손에 받아 들며 말했어요.

"보살님, 목숨을 구해주셔서 정말 감사합니다. 저는 이 길로 떠나 당신의 고향에 들러서 반드시 국왕에게 전해드리겠습니다. 다만 세월이 너무 오래되어서 당신의 부모님들이 믿으려 하지 않으실까 걱정스러운데, 어쩌지요? 그때는 절대 제가 거짓말을 했다고 탓하지 마십시오."

"괜찮습니다. 아버님께는 아들이 없고 그저 저희 세 자매만 낳으셨는데, 이 편지를 보신다면 틀림없이 보고 싶은 마음이 생길 것입니다."

삼장법사는 그 편지를 소매 속에 단단히 챙긴 후, 공주에게 작별하고 곧장 밖으로 내달리려 했으나, 공주가 붙들며 말했어요.

"앞문으로는 나가실 수 없습니다. 크고 작은 요괴들이 모두 문 밖에서 깃발을 휘두르며 함성을 지르고, 북과 꽹과리를 치며 저들의 대왕이 스님의 제자들을 처치하도록 응원하고 있습니다. 뒷문으로 나가십시오. 만약 그이가 붙잡는다면 또 심문을 하겠지만, 사리 분간을 제대로 할 줄 모르는 부하 요괴에게 붙잡히신다면 어설프게 스님의 목숨이 다치게 될 것입니다. 제가 그이를 좋은 말로 달래볼 테니, 만약 그이가 스님을 놓아주거든 제자들이 그의 지시대로 스님을 찾아오기를 기다리셨다가, 함께 잘 가시기 바랍니다."

삼장법사는 그 말을 듣고 깊숙이 머리를 숙여 절하고 공주와 작별한 뒤 조심스럽게 시키는 대로 뒷문 밖으로 몰래 빠져나왔어요. 그러나 감히 혼자 가지 못하고 가시덤불 속에 몸을 숨기고 있었어요.

한편, 공주는 마음속에 계교가 떠올라 급히 앞문 밖으로 나가 크고 작은 요괴들을 헤치고 나가는데, 쩽강쩽강 땅땅 무기의 날들이 어지럽게 부딪치는 소리가 들렸어요. 저팔계와 사오정, 그리고 저 요괴가 공중에서 살벌하게 싸우고 있었던 것이지요. 공주는 날카롭게 소리 질러 말했어요.

"황포랑黃袍郞!"

요괴는 공주가 소리쳐 부르는 소리를 듣고, 저팔계와 사오정을 내버려둔 채 구름을 내리더니 강철 칼을 내던지고 공주를 부축하며 말했어요.

"여보, 무슨 할 말이 있소?"

"여보, 제가 조금 전에 비단 장막 안에서 잠을 자고 있었는데, 꿈속에서 문득 황금 갑옷을 입은 신인神人을 보았어요."

"웬 황금 갑옷의 신이란 말이오? 내 집엔 뭣 하러 왔답디까?"

"제가 어려서 궁에 있을 때, 남몰래 신에게 한 가지 소원을 빈 적이 있어요. 만약 훌륭한 남자를 부마駙馬로 얻게 되면 명산에 올라가 신선의 사당에 참배하고, 승려에게 공양을 올리고 보시를 베풀겠다고 말이지요. 하지만 당신을 배필로 삼은 후 즐겁게 부부로 살면서, 지금까지 그 일을 떠올려본 적이 없어요. 그런데 그 황금 갑옷을 입은 신인이 와서 예전의 맹세를 따지며 호통을 치는 바람에 깨어났는데, 알고 보니 한바탕 허망한 꿈이었어요. 그래서 급히 얼굴을 매만지고 당신에게 와서 알려드리려 했는데, 뜻밖에도 저 말뚝에 승려 하나가 묶여 있더군요. 제발 자비롭게 동정을 베풀고 제 작은 뜻을 생각해서 그 스님을 살려주세요. 그저 그것으로 제가 스님에게 공양을 올려 맹세를 지킨 셈으로 칠까 하는데, 당신 생각은 어떠세요?"

"여보, 그렇게 마음 쓸 게 있겠소? 그게 무슨 중요한 일이라고! 내가 사람을 잡아먹으려면 어디 간들 몇 명쯤이야 잡아먹지 못하겠소? 이깟 중이야 어디서나 잡을 수 있으니 놔줘버립시다!"

"여보, 그 스님을 뒷문으로 내보내도록 해요."

"뭐가 그리 번거롭소! 놔줘버리기만 하면 되지, 또 뭐하러 뒷문 앞문을 따진단 말이오!"

그는 곧 강철 칼을 들고 크게 외쳤어요.

"저 팔계야, 이리 와봐라! 내 네가 무서워서 너랑 싸우지 않는 것이 아니라, 아내의 부탁을 생각해서 네 사부를 살려주겠다. 얼른 뒷문으로 가서 그를 찾아 서쪽으로 떠나거라! 또다시 내 구역을 침범한다면 결단코 살려주지 않겠다!"

저팔계와 사오정은 이 말을 들으니, 귀신의 문안에 갇혔다가 풀려난 기분이었어요. 그들은 급히 말을 끌고 짐을 진 채 살금살금 저 파월동 뒷문 밖으로 돌아가서 "사부님!" 하고 불렀어요. 삼장법사는 그들의 목소리를 알아듣고 바로 가시덤불 속에서 대답했어요. 사오정은 곧 풀길을 헤치고 삼장법사를 부축하여 허둥지둥 말에 태웠어요. 이때 사정은 그야말로 이러했지요.

무섭고 악독한 푸른 얼굴의 귀신 만났으나
다행히도 정성스러운 백화수를 만났네.
큰 자라는 쇠갈고리 낚시 바늘 벗어나
꼬리치고 머리 흔들며 파도 따라 헤엄쳐갔네.

狠毒險遭青面鬼　慇懃幸有百花羞
鰲魚脱卻金鉤釣　擺尾搖頭逐浪遊

저팔계가 앞장서서 길을 이끌고 사오정이 뒤를 따라, 그들은 그 소나무 숲을 빠져나와 큰길로 올라섰어요. 보세요. 그들 둘이 연신 옥신각신 말다툼하고 투덜투덜 원망하니, 삼장법사는 화해시키느라 정신없었어요. 날이 저물면 여관에서 잠자고 닭이 우는 아침이면 하늘을 살피며 길고 짧은 여정을 계속하다보니, 어느새 이백구십구 리를 걸었어요. 그러다 갑자기 머리를 들어서 보니 아주 멋진 성이 하나 있었는데, 바로 보상국이었어요. 그곳은 정말 멋진 곳이었어요.

구름은 아득히 떠 있고

길은 멀기만 하네.

땅은 비록 천 리 밖에 있지만

풍경과 사물은 마찬가지로 풍족하네.

상서로운 아지랑이와 안개 뒤덮여 있고

맑은 바람에 밝은 달 배회하네.

가파르고 험한 먼 산

그림처럼 크게 펼쳐져 있고

졸졸 흐르는 물

옥가루처럼 부서져 흩날리네.

경작지가 동서남북으로 이어져 있고

충분히 먹을 만한 곡식 이삭과 새싹 빽빽하네.

고기 잡는 집 몇이던가, 세 줄기 시내 굽이에?

나무꾼이 짊어진 짐에는 두 다발 산초나무 묶였네.

외성이면 외성

내성이면 내성

모두 쇠로 쌓고 끓는 물로 해자 채운 듯 튼튼하고

가정마다

집집마다

그저 다투어 소요할 뿐이로다.

아홉 겹 담장에 둘러싸인 높은 누각은 궁궐 같고

만 길 누대는 비단 드리운 풋대 같네.

또한 저 태극전, 화개전, 소향전, 관문전, 선정전, 연영전은

궁전마다 옥과 금으로 계단을 놓았고

문무백관들의 모자[冠]와 고깔[弁] 나열되어 있지.

또한 저 대명궁, 소양궁, 장락궁, 화청궁, 건장궁, 미앙궁은

궁궐마다 종이며 북, 피리 소리 즐거이 어우러져

규방 여인네들의 원망과 시름 떨쳐 없애버리지.

또한 궁전 꽃밭의 이슬 젖은 꽃들은 모두들 어여쁜 얼굴 자

랑하고

궁궐 도랑의 바람에 나부끼는 버들가지는 가는 허리 흔들어

춤추고 있지.

네거리에도 높은 모자 쓰고 허리띠 단정히 맨 벼슬아치가

행차도 성대하게

다섯 마리 말이 끄는 수레를 타고가고

외딴 숲 그늘 속에는

또한 활 당겨 화살 재는 사냥꾼이

구름과 안개 헤치고

두 마리 수리를 한꺼번에 쏘아 꿰네.

꽃 피고 버들 우거진 거리와

음악 소리 울려 퍼지는 누각에는

봄바람 같은 풍류가 낙양교에 못지않네.

경전 가지러 가는 스님은

고개 돌려 위대한 당나라 바라보며 가슴이 찢어지고

스승을 따르는 제자들은

짐 내리고 쉬는 작은 역에서 꿈속의 혼이 스러지네.

雲渺渺　路迢迢

地雖千里外　景物一般饒

瑞靄祥煙籠罩　清風明月招搖

撺撺崒崒的遠山　大開圖畫

潺潺湲湲的流水　碎濺瓊瑤

可耕的連阡帶陌　足食的密蕙新苗

漁釣的幾家三澗曲　樵採的一擔兩峰椒

廓的廓　城的城　金湯鞏固

家的家　户的户　只鬪逍遙

九重的高閣如殿宇　萬丈的樓臺似錦標

也有那太極殿　華蓋殿　燒香殿　觀文殿　宣政殿　延英殿

一殿殿的玉陛金堦　擺列着文冠武弁

也有那大明宮　昭陽宮　長樂宮　華清宮　建章宮　未央宮

一宮宮的鍾鼓管籥　撒抹了閨怨春愁

也有禁苑的露花勻嫩臉　也有御溝的風柳舞纖腰

通衢上也有個頂冠束帶的

盛儀容　乘五馬

幽僻中也有個持弓挾矢的

撥雲霧　貫雙鵰

花柳的巷　管絃的樓　春風不讓洛陽橋

取經的長老　回首大唐肝膽裂

伴師的徒弟　息肩小驛夢魂消

　보상국의 경치를 미처 다 구경하지도 못한 채, 삼장법사와 두 제자들은 봇짐과 말을 수습하여 여관에서 쉬었어요. 삼장법사는 조정의 대문 앞으로 가서 문을 지키는 관리[閣門大使]에게 말했어요.

　"당나라에서 온 승려가 국왕을 알현하고 통행증명서에 도장을 받으러 왔으니, 국왕께 아뢰어주시기 바랍니다."

　국왕께 상주하는 일을 담당하는 환관은 서둘러 백옥 계단 앞에 나아가 아뢰었어요.

　"폐하, 당나라의 고승 한 분이 폐하를 알현하고 통행증명서에 도장을 받으려 한다 하옵니다."

국왕은 당나라라는 큰 나라에다가 높은 성승이라는 말을 듣고 마음속으로 매우 기뻐하며, 즉시 허락했어요.

"들라 하라!"

삼장법사가 금으로 된 계단 앞에 인도되어 손을 휘저으며 발을 구르고 만세를 세 번 부르는 '무도산호舞蹈山呼'의 예를 마치자, 양쪽으로 늘어선 문무백관들이 모두 감탄했어요.

"큰 나라에서 오신 분이라 이처럼 온화하고 점잖게 예악禮樂을 행하시는구나!"

그러자 국왕이 말했어요.

"스님, 우리나라엔 무슨 일로 오셨는지요?"

"저는 당나라의 승려로서 우리 천자의 칙지勅旨를 받고 불경을 가지러 서천으로 가는 중입니다. 본래 받은 통행증명서가 있어, 폐하의 큰 나라에 왔사오니 도장을 받는 것이 이치에 맞을 듯하옵니다. 그래서 이렇게 처신을 모르고 폐하를 놀라게 해드렸사옵니다."

"당나라 천자의 문서를 지니고 있다니, 어디 좀 보여주시구려."

삼장법사는 두 손으로 받들어 국왕의 탁자 위에 그 문서를 펼쳐놓았는데, 거기에는 이렇게 적혀 있었어요.

남섬부주南贍部洲 위대한 당나라의 천운을 받들어 이은 천자가 쓰노라.

생각건대, 짐은 부족한 덕으로 큰 기반을 이어받아 신을 섬기고 백성을 다스림에, 깊은 못가에 선 듯 얇은 얼음을 밟은 듯 조심스러워 아침저녁으로 두려워하노라.

예전에 경하의 늙은 용을 구해주지 못하여 길이 빛날 후세의 황제들에게 비판받을 일을 저지름에, 내 모든 혼백이 순식간에 저승으로 가 무상한 저승의 나그네가 되었노라. 그러나 이승의 수명이 아직 다하지 않아 고맙게도 염라대왕이 돌려보내 회생하게 해주셨으니, 이에 널리 선한 법회를 열고 죽은 자의 영혼을 구제하는 도량을 세웠노라. 그리고 감격스럽게도 고난을 구제하시는 관세음보살께서 금빛 찬란한 몸을 드러내시고, 저승의 죽은 영혼들을 구제하고 외로운 혼들을 윤회의 고통에서 벗어나게 해줄 수 있는 부처님과 경전이 서방에 있음을 가리켜 보이셨노라.

이에 특별히 법사法師 현장을 파견하여, 멀리 수많은 산을 지나 불경과 게송偈頌을 물어 구하게 하노라. 만약 그가 서방의 여러 나라에 도착하거든, 선한 인연을 없애지 말고 이 문서에 따라 놓아 보내도록 하라.

이로써 문서를 대신하노라.

위대한 당나라 정관貞觀 13년 가을 길일

어전 문서 (여기에는 천자의 직인 아홉 개가 찍혀 있음)

국왕은 그것을 보더니, 문서 끝에 꽃 모양의 초서草書로 서명하고 옥새를 찍는 '화압花押'을 행한 다음, 삼장법사에게 다시 건네주었어요. 삼장법사는 은혜에 감사하고 그 문서를 갈무리한 다음, 다시 아뢰었어요.

"제가 여기 온 것은 우선 통행증명서에 도장을 받기 위해서이기도 하고, 또 폐하께 가족의 편지를 전하기 위해서이기도 합니다."

국왕은 매우 기뻐하며 말했어요.

"무슨 편지요?"

"폐하의 셋째 공주께서 완자산 파월동의 황포 요괴에게 잡혀 갔다가 우연히 저와 만나게 되었기에, 편지를 전해달라고 하셨습니다."

국왕은 그 말을 듣고 눈물을 펑펑 흘리며 말했어요.

"십삼 년 전에 공주가 사라져서 문무백관들 가운데 쫓겨난 자가 얼마나 되는지 모르고, 궁궐 안팎의 크고 작은 하녀들과 태감들 가운데도 맞아 죽은 자가 얼마나 되는지 모르오. 그러나 그들 모두 공주가 황궁을 나갔다가 길을 잃어 어디에서도 찾을 수 없었다고만 했소. 온 성안 백성들의 집도 무수히 수색해보았지만 도무지 행방을 알 수 없었소. 설마 요괴가 납치해 간 줄 어찌 알았겠소? 오늘 갑자기 이 말을 들으니 가슴이 아파 눈물이 나오는구려!"

삼장법사가 소매 속에서 편지를 꺼내 바치자 국왕이 받아 들어 "안녕하십니까[平安]"라는 글자를 보더니, 손에 맥이 빠져서 편지를 펼쳐 보지도 못하는 것이었어요. 그래서 한림원 대학사[1]더러 대전에 올라와 편지를 읽게 했어요. 대학사가 대전에 오르자 대전 앞의 문무백관들과 대전 뒤의 후비后妃 및 궁녀들도 모두 귀를 기울여 들었어요. 대학사가 편지를 펼쳐 낭송하니, 그 내용은 이러했어요.

불효한 딸 백화수가 크나큰 덕을 지니신 부왕 폐하의 용봉전
龍鳳殿 앞에, 그리고 세 분 궁모宮母가 계시는 소양궁昭陽宮 아래
와 온 조정의 현명하신 문무 대신들께 머리 숙여 백 번의 절을
올립니다.

---

1 당나라 때 처음 설치되어 후대까지 이어진 중국 고대 왕조의 중앙 기구 가운데 하나이다. 이곳의 관리들은 황제가 내릴 조령詔令의 초안을 잡고 나라의 역사를 편찬하는 등의 일을 담당했다. 특히 명나라 중엽부터 한림원 대학사의 지위와 권세가 무척 높아서 내각內閣에 들어간 관료들은 대부분 대학사의 직책을 겸했으니, 그 직위가 육경六卿보다 높았다.

못난 이 딸은 왕후의 궁전에서 태어나 감격스럽게도 너무나 많은 보살핌을 받았음에도 힘을 다해 용안을 기쁘게 해드리고 마음을 다해 효도로 받들어 모시지 못했습니다. 그러다가 십삼 년 전 팔월 보름 명절의 좋은 밤에 부왕 폐하의 은혜로운 뜻을 입어 각 궁전에서 베푼 연회에 초대되어, 달구경을 하고 꽃놀이를 하며 맑은 밤의 성대한 연회를 함께 즐겼습니다. 그렇게 즐거워하고 있던 차에 갑자기 한 줄기 향기로운 바람과 함께 황금 눈동자에 쪽빛 얼굴, 푸른 머리칼의 마왕이 번쩍 나타나 저를 붙잡더니, 상서로운 빛을 타고 산중의 인적도 없는 곳으로 데려갔습니다.

저는 차마 부모님과 헤어지기 싫었지만 요괴의 강압 때문에 억지로 그의 아내가 되었습니다. 그래서 어쩔 수 없이 십삼 년 동안 억류된 채 요사한 자식 둘을 낳았으니, 모두 요마의 종자입니다. 이런 얘기를 하는 것은 인류를 망가뜨리고 부왕 폐하께서 백성을 교화하시는 업적에 손상을 주는 일이라, 편지를 전해 욕된 일을 알리는 것이 부당한 줄은 아옵니다. 하지만 제가 죽고나면 사실이 밝혀지지 않을까 염려스러웠습니다.

마침 원한을 품은 채 부모님을 그리워하던 차에 뜻밖에 당나라에서 오신 스님이 역시 마왕에게 붙잡혔습니다. 그래서 저는 눈물을 흘리며 이 편지를 쓰고, 대담하게 그분을 탈출시키며 특별히 그분에게 이 편지를 전해달라고 부탁드려, 제 마음을 보여드리고자 한 것입니다.

엎드려 바라옵건대 부왕께서 연민의 마음을 베푸시어, 완자산 파월동으로 상장군上將軍을 파견하셔서 황포 요괴를 붙잡고 저를 구해 궁궐로 돌아가게 해주신다면, 그 깊은 은혜 잊지 않겠사옵니다.

간략하게나마 이만 줄이겠습니다.

불효한 딸 백화수가 다시 머리 숙여 절하며 삼가 올립니다.

대학사가 편지를 다 읽자 국왕은 대성통곡했고, 세 궁전의 비빈들도 눈물을 흘렸으며, 문무백관들도 모두 가슴 아파하여, 국왕의 앞뒤에 있는 이들 가운데 슬퍼하지 않는 이가 없었어요. 국왕은 한참 눈물을 흘리다가 문무백관들에게 물었어요.

"누가 과인을 위해 병사를 이끌고 요마를 붙잡고 나의 백화공주를 구해 오겠는가?"

그러나 연달아 물어도 감히 대답하는 사람이 없었으니 정말 나무로 조각한 것 같은 무장武將들이요, 진흙으로 빚어 만든 것 같은 문관文官들이었어요. 국왕이 마음이 괴로워 눈물이 샘솟 듯하자, 그 많은 벼슬아치들이 일제히 엎드려 이렇게 아뢰었어요.

"폐하, 괴로워하지 마옵소서. 공주께서 실종된 지 이미 십삼 년이 되었으나 여태 소식이 없다가 우연히 당나라 승려를 만나 이런 편지를 보내왔는데, 그것이 사실인지 알 수 없사옵니다. 게다가 저희들은 모두 평범한 인간으로 병서兵書와 무예 전략을 공부하여 그저 진영을 펼치고 나라가 침범당하는 우환을 방비하는 것만 알고 있습니다. 하지만 저 요괴는 구름을 타고 왔다 안개를 타고 가는 무리 가운데 하나인지라 그와 얼굴도 마주할 수 없는데, 어떻게 그를 치고 공주를 구해낼 수 있겠사옵니까?

생각건대, 동녘 땅에서 경전을 가지러 가는 이는 큰 나라의 성승이옵니다. 이 승려는 '도가 높아 용과 호랑이도 굴복시키고 덕이 커서 귀신도 공경하는(道高龍虎伏 德重鬼神欽)' 분인지라, 틀림없이 요괴를 항복시키는 술법을 지니고 계실 것입니다. 예부터

'잘잘못을 따지러 오는 이가 바로 잘잘못을 가리는 이(來說是非者 就是是非人)'라는 말이 있사오니, 이 스님께 부탁하여 그 요사한 것을 항복시키고 공주를 구하는 것이 만전萬全의 방책인가 하옵니다."

국왕은 그 말을 듣고 급히 머리를 돌려 삼장법사를 바라보며 부탁했어요.

"스님, 무슨 수단을 가지고 계시다면 법력法力을 베풀어 요마를 붙잡고 우리 아이를 구해 궁궐로 돌아오게 해주시구려. 또한 굳이 서쪽으로 가서 부처님을 뵐 필요 없이, 머리를 기르고 짐과 형제의 의를 맺어서 함께 용상에 앉아 부귀를 누림이 어떠하오?"

삼장법사는 당황하여 급히 아뢰었어요.

"저는 그저 염불만 조금 할 줄 알 뿐이지, 사실 요괴를 항복시킬 재간이 없사옵니다."

"그대가 요괴를 항복시킬 수 없다면, 어떻게 감히 서천으로 가서 부처님을 뵙겠다는 것이오?"

삼장법사는 더 이상 숨길 수가 없어서 두 제자에 대한 얘기를 꺼내며 이렇게 아뢰었어요.

"폐하, 저 혼자 몸으로는 사실 여기까지 오기 어렵습니다. 제게는 두 제자가 있사온데 산을 만나면 길을 열고 물을 만나면 다리를 놓는 뛰어난 능력이 있어서, 저를 보호하여 이곳까지 왔사옵니다."

국왕은 의아해하며 말했어요.

"그대는 정말 이상한 승려구려. 제자가 있다면 어째서 함께 와서 짐을 만나지 않았는고? 조정에 들어오면 마음에 맞는 상을 내려주지는 못할지라도 틀림없이 분수에 맞는 공양은 제공했을 터인데."

"저의 그 제자들은 용모가 추악하여, 함부로 조정에 들어왔다가는 폐하의 용안을 놀라게 해드릴까 염려스러웠기 때문입니다."

국왕이 웃으며 말했어요.

"이 스님 말하는 것 좀 보게! 설마 짐이 그들을 무서워하겠는가!"

"감히 말씀드리지 못하겠사옵니다. 제 큰제자는 성이 저이고 법명이 오능 또는 팔계이온데, 생김새가 큰 입에 사냥개 같은 이빨, 억센 갈기와 부채 같은 귀를 가졌으며, 몸집이 장대하여 지나가면 바람이 일어납니다. 둘째 제자는 성이 사이고 법명은 오정 또는 화상和尙이온데, 생김새가 키는 두 길이나 되는데 어깨가 떡 벌어졌고, 얼굴은 쪽빛이요, 입은 피를 칠한 동이 같고, 눈빛이 번쩍번쩍하는데다, 이빨은 못을 가지런히 박아놓은 듯합니다. 그들의 생김새가 모두 이러하니 감히 함부로 조정에 들이지 못한 것이옵니다."

"그대가 이미 이렇게 말했는데 과인이 어찌 그들을 무서워하겠는가? 그들을 들라 하라!"

그렇게 해서 급히 금패를 든 관리를 역관驛館으로 보내 두 제자를 불렀어요.

저 멍텅구리는 자기들을 부르는 소리를 듣자, 사오정에게 이렇게 말했어요.

"동생, 이래도 그 편지를 내보이지 말라고 하겠어? 이게 바로 편지를 내보여 좋은 점이란 말이야. 아마 사부님이 편지를 내보이시자 국왕이 편지를 가져온 사람을 태만하게 대접할 수 없으니 반드시 잔치를 열어 대접하라고 했을 거야. 그런데 그분은 위장이 작아 다 먹을 수가 없자 너와 나를 생각하시고, 우리 이름을 거론하셨기 때문에 이렇게 금패를 든 관리를 보내와 부르신 것일 게야. 다들 한바탕 잘 먹고, 내일 멋지게 길을 떠나자고."

"형님, 무슨 까닭인지 알겠군요! 갔다 옵시다."

이리하여 그들은 봇짐과 말을 모두 역관을 관리하는 벼슬아치에게 맡기고, 각자 무기를 지니고 금패를 든 관리를 따라 조정으로 들어갔어요. 백옥으로 된 계단 앞에 이르자 그들은 좌우로 나란히 서서 국왕을 향해 읍을 올리고 꼼짝도 하지 않았어요. 그러자 문무백관들은 모두들 무서워하며 말했어요.

"이 두 중은 못생긴 건 그렇다 치고, 행동이 너무 저속하군. 어떻게 우리 왕을 보고 절도 올리지 않고, 달랑 읍만 올리고 허리를 편 채 뻣뻣이 서 있는 것이야! 괴상하군, 괴상해!"

저팔계가 그 소리를 듣고 말했어요.

"여러분, 그렇게 떠들지 마시오. 우린 이런 놈들이오. 이미 보셨듯이 사실 좀 못생기긴 했소. 하지만 조금 시간이 지나면 그런 대로 볼 만할 게요."

국왕은 이미 그들의 추악한 용모를 보고 놀라 있던 차에 저 멍텅구리가 말하는 것을 듣자 더욱 간담이 떨려서 편히 앉아 있지 못하고 용상에서 쓰러져 떨어져버렸는데, 다행히 가까이 모시고 있던 벼슬아치들이 부축해 일으켰어요. 삼장법사는 당황해서 대전 앞에 무릎을 꿇고 계속 머리를 조아리며 말했어요.

"폐하, 제가 정말 죽을죄를 졌습니다! 제가 말씀드렸듯이, 제자들의 생김새가 추악하여 감히 조정에 들어와 폐하의 몸을 상하게 할까 걱정스러웠사온데, 정말 폐하께 놀라움을 끼쳐드렸사옵니다."

국왕은 부들부들 떨며 삼장법사에게 가까이 다가와 그를 붙잡으며 말했어요.

"스님, 그래도 미리 말씀해주셨기에 망정이지, 그렇지 않고 갑자기 저들을 보았더라면 과인은 틀림없이 놀라 죽었을 게요!"

국왕은 한참 동안 마음을 진정시키더니, 이렇게 물었어요.

"저 스님, 사 스님, 두 분 가운데 어느 분이 요괴를 항복시키는데 뛰어나오?"

그러자 사리 분별을 잘 못하는 저 멍텅구리가 대답했어요.

"이 몸이 잘합니다."

"어떻게 항복시킨다는 게요?"

"저는 원래 천봉원수天蓬元帥였는데, 하늘나라에서 죄를 지어아래 세상으로 떨어졌습니다. 다행히 지금은 올바른 길에 귀의하여 승려가 되었지요. 동녘 땅에서 여기까지 오면서 요괴를 항복시키는 데 제일 뛰어났던 이가 바로 접니다."

"인간세계에 내려오신 하늘의 장수이시라면, 틀림없이 변신에도 뛰어나겠구려."

"뭘요, 뭘요! 그저 몇 가지 변신술을 알 뿐입니다."

"한번 보여주시구려."

"어떻게 변할지 말씀해주시면 그대로 변해보겠습니다."

"큰 모습으로 한 번 변해보시구려."

저팔계도 서른여섯 가지 변신술이 있는지라, 바로 계단 앞에서 재간을 부렸어요. 손가락을 구부려 결을 만들고 주문을 외면서 "커져랏!" 하고 소리치며 허리를 한 번 굽히자 금방 키가 여덟아홉 길로 늘어나니, 마치 장례 행렬의 선두에 들고 가는 종이로 만든 무서운 개로신開路神의 모습 같았어요. 문무백관들은 깜짝 놀라 부들부들 떨었고, 온 나라의 군주와 신하들은 멍청하게 서 있을 뿐이었지요. 그때 대전을 지키는 장군[鎭殿將軍]이 물었어요.

"스님, 이렇게 키가 커질 수 있다면 도대체 어느 정도까지 커질수 있는 것입니까?"

그 멍텅구리는 또 멍청한 말을 지껄였어요.

"바람을 잘 살펴야 하오. 동풍이 불면 그래도 괜찮지만, 서풍이 불어도 그만이지요. 만약 남풍이 불면 푸른 하늘에 부딪쳐 큰 구멍을 내버릴 거요."

국왕이 크게 놀라며 말했어요.

"신통력을 거두시구려. 이런 변화술이 있다는 것을 알았으니 말이오."

저팔계가 키를 줄여 본래 모습으로 계단 앞에 공손하게 서자, 국왕이 또 물었어요.

"스님은 이번에 가시면 무슨 무기로 그놈과 싸우시려오?"

저팔계는 허리춤에서 쇠스랑을 꺼내며 말했어요.

"이 몸이 쓰는 것은 쇠스랑입니다."

그러자 국왕이 웃으며 말했어요.

"체면이 말이 아니구려. 여기 채찍이며 간簡, 과瓜, 쇠망치, 칼, 창, 큰 도끼[鉞], 도끼[斧], 검, 양날 창[戟], 자루가 긴 창[矛], 낫 등이 있으니 손에 맞는 것을 골라 가져가시구려. 그 쇠스랑이 도대체 무슨 무기라 할 수 있겠소이까?"

"폐하께서 모르시는 말씀이십니다. 저의 이 쇠스랑은 비록 조잡하긴 하지만 사실 제가 어려서부터 몸에 지니고 다니던 것입니다. 일찍이 은하수 관청의 원수로서 팔만 수군을 관할할 때도 오로지 이 쇠스랑의 힘에 의존했습니다. 지금 인간세계에 내려와 우리 사부님을 모시면서 산을 만나 호랑이와 이리의 소굴을 깨부수고 물을 만나 용과 이무기의 굴을 뒤집어엎은 것도 모두 이 쇠스랑입니다."

"짐이 마시는 술을 병에 가득 담아 오라. 그것이나마 스님께 드리겠노라."

그리고 잔에 가득 술을 따라 저팔계에게 주며 말했어요.

必成恩太來江脫
林轉八乘國流難

저팔계가 보상국 왕의 부탁을 받고 황포 요괴를 찾아가 싸움을 벌이다

"스님, 이 잔은 수고를 부탁하는 뜻으로 드리는 것이오. 요마를 잡고 딸을 구해 오시면 큰 잔치를 베풀어드림은 물론이거니와 후한 상금으로 사례하겠소."

그 멍텅구리가 잔을 손에 받아 들더니, 인물은 비록 조악해도 태도는 예를 차려 삼장법사에게 정중하게 절을 올리며 말했어요.

"사부님, 이 술은 본래 사부님께서 먼저 드셔야 마땅합니다만, 군왕께서 제게 내린 술인지라 감히 어기지 못하겠사옵니다. 이 몸이 먼저 마시고 흥을 북돋아 요괴를 잘 잡을 수 있도록 양해해 주십시오."

그 멍텅구리가 단번에 술잔을 다 비우고 다시 한 잔을 따라 삼장법사에게 건네자, 삼장법사가 말했어요.

"나는 술을 마시지 않으니, 너희 형제들이나 마셔라."

이에 사오정이 다가와 잔을 받았어요. 저팔계가 즉시 발아래 구름을 일으키고 공중으로 올라가자, 국왕이 그걸 보고 말했어요.

"저 스님도 구름을 탈 줄 아시는구려."

멍텅구리가 떠나자 사오정도 술 한 잔을 단번에 마시고 말했어요.

"사부님, 그 황포 요괴가 사부님을 잡아갔을 때, 저희 둘이 그놈과 싸웠지만 겨우 대등한 정도였습니다. 지금 둘째 형님이 혼자 가시면 그놈을 이기지 못할 것 같습니다."

"맞다. 얘야, 네가 가서 도와주도록 해라."

그 말을 듣고 사오정도 구름을 타고 뒤따라가니, 국왕이 당황해서 삼장법사를 붙잡으며 말했어요.

"스님은 과인과 함께 앉아 계시지요, 같이 구름을 타고 가버리지 마시고."

"저런, 저런! 저는 반걸음도 떠날 수 없습니다."

이때 두 사람이 대전에서 한가롭게 이야기를 주고받은 데 대해서는 더 이상 얘기하지 않겠어요.

한편, 사오정은 저팔계를 따라가 말했어요.

"형님, 제가 왔어요."

"동생, 넌 뭣 하러 왔어?"

"사부님께서 저더러 형님을 도우라 하셨어요."

그러자 저팔계가 매우 기뻐하며 말했어요.

"그렇고말고! 잘 왔어! 우리 둘이 힘과 마음을 합쳐 그 괴물을 잡으러 가자고. 별일 아니긴 하지만, 그래도 이 나라에서 이름을 날릴 수는 있을 거야."

자, 보세요.

상서로운 빛 아득히 뿌리며 나라의 경계 벗어나

상서로운 기운 자욱하게 풍기며 도읍을 나서네.

국왕의 명을 받들어 산속 동굴로 와서

힘과 마음 합쳐 신령한 요괴 잡으려 하네.

縹緲祥光辭國界　氤氳瑞氣出京城

領王旨意來山洞　努力齊心捉怪靈

그 둘은 얼마 지나지 않아서 동굴 입구에 도착해 구름에서 내렸어요. 저팔계는 쇠스랑을 들고 파월동 문 위로 가서 힘껏 한 방 내질러서 그 돌문에 말[斗]만 한 크기의 구멍을 내버렸어요. 문을 비키던 졸개 요괴가 깜짝 놀라 문을 열고 나왔다가, 그들을 발견하고는 급히 안으로 달려 들어가 보고했어요.

"대왕님, 큰일 났습니다! 긴 주둥이에 큰 귀를 가진 그 중과 얼굴색이 까무잡잡한 중이 또 와서 문을 때려 부숴버렸습니다."

황포 요괴가 깜짝 놀라 물었어요.

"아무래도 저팔계와 사오정 두 중놈인 게로구나. 내 그놈들의 사부를 살려주었는데, 어째서 또 감히 찾아와 우리 문을 부순단 말이냐!"

"아마 무슨 물건을 잊고 가서 가지러 온 게 아닐까요?"

그러자 황포 요괴가 혀를 쯧 차며 말했어요.

"허튼소리! 물건을 잊고 갔다면서 문을 때려 부수고 들어와? 틀림없이 무슨 까닭이 있는 게야."

그는 급히 갑옷을 걸치고 쇠칼을 들고 달려 나와 물었어요.

"거기 중놈들아, 내 너희 사부를 살려주었는데, 어쩌자고 또 감히 와서 우리 문을 때려 부쉈느냐?"

그러자 저팔계가 대답했어요.

"이 못된 괴물아, 참 좋은 일을 저질렀더구나!"

"무슨 일 말이냐?"

"네가 보상국 셋째 공주를 속여 동굴 안으로 데려와 억지로 마누라로 삼고 십삼 년이나 살았으니, 돌려줘야 하지 않겠느냐? 내 국왕의 명을 받들어 특별히 너를 잡으러 왔느니라. 얼른 들어가 스스로 밧줄로 몸을 묶고 나오면 그래도 이 몸이 손을 쓰는 것을 면할 수 있을 게다."

황포 요괴는 그 말을 듣고 무지 화가 났어요. 보세요. 그는 펄쩍 뛰어올라 강철 같은 이빨을 뿌득뿌득 갈며, 눈알이 튀어나올 듯 눈을 치뜨고, 사납게 칼을 들고, 시뻘건 머리칼을 휘날리며 저팔계의 머리를 내리쳤어요. 저팔계는 옆으로 슬쩍 피하며 쇠스랑으로 그의 얼굴을 찔렀고, 뒤이어 사오정이 항요장을 들고 달려들어 함께 붙었어요. 산꼭대기에서 벌어진 이 싸움은 이전 판과 달리 정말 대단했어요.

> 말을 잘못하여 남의 진노를 초래하고
> 마음이 쓰리고 아파 노기가 생겨났네.
> 이 마왕의 커다란 쇠칼
> 머리를 쪼갤 듯 덤비니
> 저 팔계의 아홉 날 쇠스랑 맞받아치네.
> 사오정이 보배로운 항요장 휘두르면
> 마왕은 신령한 무기로 막아내네.
> 사나운 요괴 하나와 두 신승
> 일진일퇴하며 너무나 느긋하네.
> 이쪽에서 "국왕을 속였으니 죽어 마땅한 죄로다!" 하면
> 저쪽에선 "쓸데없이 남의 불평이나 들어주고 다니느냐!"
> 하고
> 이쪽에서 "억지로 공주와 결혼해서 나라 망신시킨다!" 하면
> 저쪽에선 "너와는 상관없는 일이니 끼어들지 마라!" 하네.
> 따져 보면 그저 하찮은 편지 때문에
> 승려들도 요괴도 양쪽 다 불편하게 되었구나.

言差語錯招人惱　意毒情傷怒氣生
這魔王　大鋼刀　着頭便砍
那八戒　九齒鈀　對面來迎
沙悟淨　丟開寶杖　那魔王　抵架神兵
一猛怪　二神僧　來來往往甚消停
這個説　你騙國理該死罪　那個説　你羅閑事報不平
這個説　你婚公主傷國體　那個説　不干你事莫閑爭

그들은 산비탈 앞에서 여덟아홉 합 정도 치고받고 싸웠는데, 저팔계는 점점 감당할 수가 없어져서 쇠스랑도 들기 어려워지고 더 이상 힘을 쓸 수가 없었어요. 그런데 어째서 이렇게 요괴를 당해내지 못했을까요? 처음 요괴와 싸웠을 때는 불법을 수호하는 여러 신들이 삼장법사를 위하여 동굴 안에서 암암리에 저팔계와 사오정을 도와주었기 때문에 겨우 대등하게 싸울 수 있었지만, 지금은 신들이 모두 보상국에서 삼장법사를 보호하고 있기 때문에 둘만으로는 감당할 수 없었던 것이지요. 이렇게 되자 저 멍텅구리가 말했어요.

"동생, 자네가 잠시 저놈과 싸우고 있어. 나는 똥 좀 누고 올게."

그리고 그는 사오정도 내팽개치고 그대로 저 쑥대와 담쟁이덩굴, 가시나무와 칡넝쿨이 우거진 곳으로 앞뒤도 돌아보지 않고 뚫고 들어갔어요. 머릿가죽이 긁혀 찢기든 주둥이와 얼굴이 찔려 터지든 전혀 상관 않고, 데굴데굴 굴러서 자는 듯이 자빠져서는 감히 다시 나올 엄두를 내지 못한 채, 그저 귓전으로 무기 부딪치는 소리만 듣고 있었어요.

황포 요괴는 저팔계가 도망치자 바로 사오정을 쫓아갔어요. 사오정은 상대가 되지 않아서 단번에 요괴에게 붙잡혀 동굴 안으로 끌려 들어가고 말았어요. 졸개 요괴들은 말의 네 다리를 묶듯 사오정의 사지를 한데 꽁꽁 묶어버렸어요.

결국 사오정의 목숨이 어떻게 되었는지는 아직 알 수 없으니, 이에 대해서는 다음 회를 들어보시라.

저팔계, 손오공을 다시 데리러 가다

한편, 황포 요괴는 사오정을 묶어놓은 채 죽이지도 때리지도 않았으며, 한마디 욕설도 하지 않았어요. 그는 칼을 움켜쥔 채 속으로 생각해봤어요.

'삼장법사는 큰 나라 사람이니 반드시 예의를 알 것이다. 내가 자기 목숨을 살려줬는데 설마 다시 제자를 보내 나를 잡아 오라고 하지는 않았겠지? 아! 이것은 마누라가 자기 나라에 무슨 편지를 써서 소식을 전한 게 분명해. 가서 좀 물어봐야겠군.'

황포 요괴는 사악한 본성이 갑자기 치솟아 공주를 죽일 생각까지 했어요.

한편, 공주는 아무것도 모른 채 화장을 끝내고 이쪽으로 오고 있었지요. 그런데 요괴가 성난 눈을 하고 눈살을 찌푸린 채 이를 갈고 있는 모습이 보였어요. 그래도 공주는 웃는 얼굴로 맞이하며 말했지요.

"여보, 무슨 일로 이렇게 괴로워하세요?"

황포 요괴는 홍 하고 비웃더니 욕을 퍼부었어요.

"이 개같은 도적년! 사람의 도리라곤 조금도 모르는구나! 내가 처음 너를 이곳에 데려올 때 너는 일언반구 별다른 얘기가 없었다. 그리고 지금 너는 비단옷을 입고 금장식을 차며 부족한 물건이 있으면 내가 구해다 주지. 사시사철 마음껏 누리게 하고 매일같이 살뜰히 대해주는데, 어째서 너는 부모 생각만 하고 부부의 정이라곤 조금도 없는 거냐?"

공주는 이 말을 듣고 깜짝 놀라 땅바닥에 무릎을 꿇고 대답했어요.

"여보, 오늘 무슨 일이 있었기에 그런 이별 얘기를 꺼내시는 거예요?"

"내가 헤어지려는 게 아니라 네가 헤어지려고 하는 게 아니냐? 내가 그 당나라 중을 잡아와 먹어버릴 생각을 하고 있었는데, 너는 어째서 먼저 나한테 알리지도 않고 그를 놓아준 거냐? 보나마나 네가 몰래 편지를 써서 대신 전해달라고 한 거겠지. 그렇지 않다면 어째서 그 두 중놈이 다시 여길 찾아와 너를 돌려달라고 했겠느냐? 이건 네가 한 짓이 아니냐?"

"여보, 당신이 저를 오해하고 계셔요. 저는 무슨 편지를 전한 적이 없어요."

"끝까지 우기겠다는 거냐? 지금 이곳에 원수 한 놈을 붙잡아두고 있으니 그놈이 증인 아니냐?"

"누구인데요?"

"삼장법사의 둘째 제자인 사오정이다."

죽을 지경에 이르렀다고 해서 죽음을 순순히 받아들이려는 사람은 없는 법. 공주는 황포 요괴의 말에 발뺌할 수밖에 없었어요.

"여보, 화 좀 푸세요. 저와 같이 가서 그자에게 물어봐요. 정말 편지가 있었다면 저는 기꺼이 맞아 죽겠어요. 하지만 편지가 없었다면 억울하게 저를 죽이는 게 아니겠어요?"

황포 요괴는 그 말을 듣고 다짜고짜 키[箕]만큼 크고 푸르딩딩한 손으로 금지옥엽 같은 공주의 머리카락을 움켜쥐더니, 앞으로 끌고 가 땅바닥에 내동댕이쳤어요. 그리고 칼을 들고 사오정에게 다가가 험악한 목소리로 심문을 했어요.

"사오정, 너희 두 놈이 갑작스레 우리 집에 쳐들어온 것은 이 여자가 자기 나라에 편지를 써 보내 국왕이 너희들을 보냈기 때문이지?"

그때 사오정은 저쪽에서 결박당한 상태로 황포 요괴가 매우 사나워져 공주를 땅바닥에 내동댕이치고 칼을 들고 죽이려 하는 모습을 보며, 속으로 생각했어요.

'분명히 편지를 쓰기는 했지. 하지만 공주가 우리 사부님을 구해준 것은 더할 수 없이 큰 은혜야. 내가 만약 한마디만 한다면 저놈은 공주를 죽일 거야. 이것은 은혜를 원수로 갚는 게 아니겠어? 안 되지! 안 돼! 생각해보니, 이 몸이 사부님을 한참 모셨지만 세운 공이라곤 조금도 없어. 오늘 기왕 붙잡혀 묶여 있는 처지이니, 이 목숨을 바쳐 사부님의 은혜를 갚아야겠다.'

그런 생각이 들자 마침내 그는 이렇게 대답했어요.

"요괴야, 버릇없이 굴지 마라! 공주께서 무슨 편지를 보냈다고 그토록 억울하게 그분의 목숨을 해치려는 거냐? 우리가 이곳에 와서 너한테 공주를 내놓으라고 한 것은 다른 이유가 있었기 때문이다. 네가 우리 사부님을 붙잡아 동굴에 가두었을 때, 사부님은 공주의 생김새와 행동거지를 본 적이 있다. 보상국에 도착해 통행증명서에 도장을 받으려는데, 그곳 황제가 공주의 초상화를 보여주고 이런저런 얘기를 물으며 오는 도중에 이런 사람을 본 적이 있느냐고 물으셨다. 결국 우리 사부님은 공주 얘기를 꺼냈고, 그녀가 황제의 딸이라는 사실도 알게 되었던 거다. 국왕께서는 우리들에게 어주를 내려주며 너를 사로잡고 공주를 궁궐로 돌아오게 해달라고 부탁하셨다. 정황이 이러했던 것인데 무슨 편지가 있었다는 게냐? 네가 정 죽이고 싶으면 이 어르신을 죽이고, 억울하게 죄 없는 사람을 죽여 천리를 거스르는 짓은 하지 마라."

황포 요괴는 사오정이 기개 있게 하는 말을 듣더니, 마침내 칼을 내려놓고 두 손으로 공주를 끌어안으며 말했어요.

"내 잠시 경솔하여 성질을 부렸으니, 너무 책망하지 마시오."

황포 요괴는 그녀의 머리카락을 걷어 올려 비녀를 꽂아주고 부드러운 표정으로 그녀를 붙들고 달래며 안으로 들어가더니, 윗자리에 앉히고 절을 했어요. 공주는 연약한 여자인지라 그가 예를 갖춰 대하는 걸 보고 다시 마음이 풀렸어요.

"여보, 당신이 부부의 애정을 생각하신다면, 저 사오정의 밧줄을 좀 풀어주세요."

황포 요괴는 이 말을 듣고 즉시 졸개들에게 명하여 사오정의 밧줄을 풀어주고 안쪽에다 가둬놓도록 했어요. 사오정은 밧줄을 풀어주고 가두는 걸 보고 일어나 속으로 기뻐했어요.

'옛말에 다른 사람의 편의를 봐주면 자기도 편해진다(與人方便 自己方便)고 하더니만. 내가 만약 그녀를 봐주지 않았다면 그녀가 어찌 내 밧줄을 풀어주려 했겠는가?'

황포 요괴는 다시 술자리를 마련하라고 하더니 공주에게 절을 하고 놀란 마음을 진정시켰어요. 술이 얼큰하게 취하자 요괴는 갑자기 화려한 옷으로 갈아입더니 보검을 가져다 허리에 찼어요. 그러더니 이번에는 손으로 공주를 어루만지면서 말했어요.

"여보, 당신은 잠시 집에서 술을 마시고 두 애들이나 보고 있구려. 사오정을 놓아주어서는 안 되오. 당나라 중이 저 나라에 머물러 있을 때 나도 빨리 가서 친척을 찾아뵈야겠소."

"어떤 친척을 찾아뵙겠다는 거예요?"

"당신 아버님을 찾아뵙겠다는 거요. 나는 그분의 부마이고 그분은 내 장인이니 어찌 찾아뵙지 않을 수 있겠소?"

"가서는 안 돼요."

"어째서 안 된다는 거요?"

"제 아버님은 군대나 힘으로 싸워서 나라를 세운 게 아니라, 본래 조상님께 종묘사직을 물려받은 거예요. 어려서 태자에 등극하여 성문에서 멀리 나가본 적도 없으니, 당신같이 이렇게 흉측한 사람을 만나본 적이 없어요. 당신은 얼굴 생김새가 흉측해서 아버님이 당신을 만나면 놀랄 것 같으니, 오히려 좋지 못해요. 차라리 가서 뵙지 않는 게 나아요."

"그렇다면 내 준수한 사내로 변해서 찾아가면 되겠구먼."

"그렇다면 한번 변해보세요. 제가 좀 보게."

대단한 요괴! 그는 술자리에서 몸을 한 번 흔들더니 준수하게 생긴 사나이로 변했어요.

> 외모는 세련되고
> 체격은 훤칠하네.
> 하는 말은 다 점잖고
> 행동거지 올바른 젊은이로다.
> 재주는 조자건과 같아서 쉽사리 시를 짓고[1]
> 외모는 반악과 같아서 가벼이 과일을 던질 만하네.[2]

---

1 조식(曹植, 192~232)을 말한다. 자가 자건子建이다. 재주가 뛰어나 붓을 잡으면 바로 작품을 완성했다고 하는데, 일곱 발자국 걸을 동안 지었다고 하는 「칠보시七步詩」로 유명하다.

2 반악(潘岳, 247~300)은 자가 안인安仁이다. 미남의 대명사로, 그가 문을 나서면 수많은 여자들이 그를 보고 과일을 던졌다는 이야기가 전해진다.

머리에는 작미관[3]을 써서
검은 머리 단정히 했네.
몸에는 옥색 비단 덧옷을 걸쳤는데
넓은 소매가 바람에 날리네.
발에는 꽃무늬 접힌 검은 가죽신을 신었고
난새 문양 허리띠 밝게 빛나네.
풍채는 정말 멋진 남자 그대로요
기세가 출중하고 준수한 영웅이로다.

> 形容典雅　體段崢嶸
> 言語多官樣　行藏正妙齡
> 才如子建成詩易　貌似潘安擲果輕
> 頭上戴一頂鵲尾冠　烏雲斂伏
> 身上穿一件玉羅褶　廣袖飄迎
> 足下烏靴花摺　腰間鸞帶光明
> 丰神眞是奇男子　聲嗸軒昂美俊英

　공주는 그 모습을 보고 매우 기뻐했어요. 황포 요괴가 웃으며
말했지요.
　"여보, 멋지게 변한 것 같소?"
　"멋지게 변했어요. 당신이 이번에 조정에 들어가면 아버님께
서는 친척은 내치지 못한다고 했듯이, 분명히 문무 벼슬아치들로
하여금 당신을 머무르게 하고 잔치를 베풀 거예요. 술 마시는 중
에도 부디 조심하고 또 조심하여 원래의 입과 얼굴을 드러내서
는 안 돼요. 실체가 들통나면 모양새가 사납게 될 테니까요."

3　죽피관竹皮冠이라고도 한다. 죽순 껍질로 만든 까치 꽁지 모양의 모자로, 한나라 고조高祖 유
　방劉邦이 만들었다고 해서 유씨관劉氏冠이라고도 불린다.

"얘기할 필요 없소. 나한테도 생각이 있으니."

자, 보세요. 그는 구름을 솟구쳐 벌써 보상국에 도착했어요. 그리고 구름에서 내려 궁궐 문에 이르러, 문을 지키는 관리에게 말했어요.

"셋째 부마가 황제폐하를 찾아왔으니, 아뢰어주기 바라오."

국왕께 상주하는 일을 담당하는 환관이 흰 옥돌 계단 앞에 이르러 아뢰었어요.

"폐하, 셋째 부마가 폐하를 알현하러 와서 지금 궁문 밖에서 명을 기다리고 있습니다."

국왕은 삼장법사와 이야기를 나누다가 문득 셋째 부마라는 말을 듣고 여러 관리들에게 물었어요.

"과인에게는 부마가 둘뿐인데, 또 무슨 셋째 부마가 있다는 건가?"

벼슬아치들이 대답했어요.

"셋째 부마라면 반드시 요괴가 찾아온 겁니다."

"그를 들어오라고 해도 좋겠소?"

삼장법사는 속으로 놀라며 대답했어요.

"폐하, 영리하지 못한 것들은 요괴가 되지 못하는 법입니다. 그는 과거와 미래를 알고 구름과 안개를 부릴 줄 압니다. 허락하든 않든 상관없이 그는 들어올 테니, 차라리 들어오도록 허락하여 말썽을 줄이는 게 낫습니다."

결국 국왕은 허락한다는 명을 내렸어요. 황포 요괴는 바로 금빛 계단에 이르러 보통 사람처럼 손을 휘저으며 발을 구르고 만세를 부르는 무도산호의 예를 행했어요. 여러 벼슬아치들은 그가 준수하게 생긴 걸 보고 요괴일 거라고는 생각지 못했어요. 그들은 모두 식견이 좁은 범속한 인간들이었는지라, 오히려 그를 좋은 사람으로 생각했어요. 국왕도 그의 출중한 외모를 보고서 세상을 구할 재목으로 생각하고, 그에게 물었어요.

"부마, 그대는 어디에 살며 본관은 어디인가? 언제 우리 공주를 만나 결혼한 것인가? 그리고 또 어째서 오늘에서야 짐을 만나러 온 것인가?"

황포 요괴는 머리를 조아리며 대답했어요.

"폐하, 저는 성 동쪽에 있는 완자산 파월장 사람입니다."

"그대가 사는 그 산은 이곳에서 얼마나 먼가?"

"멀지 않습니다. 삼백 리 정도지요."

"삼백 리 길이라면 우리 공주가 어떻게 그곳까지 가서 그대와 결혼하게 된 건가?"

황포 요괴는 교묘한 말로 그럴듯한 상황을 꾸며내어 대답했어요.

"폐하, 저는 어려서부터 활 쏘고 말 타는 것을 좋아해서 사냥을 생계로 살아가고 있었습니다. 십삼 년 전에 하인들 수십 명을 거느리고 매를 풀고 사냥개를 몰며 사냥을 하고 있는데, 문득 얼룩무늬 호랑이가 한 여자를 등에 태우고 산비탈 쪽으로 달아나는 것을 보았습니다. 저는 화살을 한 대 걸어 호랑이를 쏘아 쓰러뜨리고, 여자를 마을로 데려와 따뜻한 물과 탕을 마시게 하여 소생시켜 그녀의 목숨을 구해주었습니다. 어느 고장 사람이냐고 물었지만 그녀는 '공주'라는 두 글자는 입 밖에 꺼내지도 않았습니다. 진즉 폐하의 셋째 공주라는 말을 했다면, 제가 어찌 양심을 속이고 제멋대로 결혼했겠습니까? 마땅히 궁궐로 찾아와 크든 작든 관직을 하나 요청해 일신을 영화롭게 했을 겁니다. 그러나 공주께서 일반 백성의 딸이라고 말했기 때문에 저는 그녀를 그곳에 머무르게 했던 것입니다. 아름다운 여자와 재주 있는 남자가

서로 좋아하게 되어 결혼한 지 지금 여러 해가 되었습니다. 당시 결혼한 직후에 호랑이를 잡아 여러 친척들을 초청하려고 했습니다만, 공주마마께서 잠시 죽이지 말라고 했습니다. 죽이지 말라는 이유로 이렇게 몇 마디 좋은 말씀을 하시더군요.

하늘과 땅에 의탁하여 부부가 되었으니
중매도 없고 증인도 없이 혼인이 이루어졌네.
전생에 붉은 실이 서로의 발을 묶어놓았던 것이니
이제 호랑이를 중매인으로 삼도록 하지요.

托天托地成夫婦　無媒無証配婚姻
前世赤繩曾繫足　今將老虎做媒人

저는 이 말 때문에 호랑이를 묶었던 밧줄을 풀어주고 그놈의 목숨을 살려주었습니다. 그 호랑이는 화살에 맞아 상처를 입은 상태로 꼬리를 휘두르며 달아났습니다. 그런데 뜻밖에도 그놈은 목숨을 구한 후 그 산속에서 몇 년 수행을 해서 몸을 단련해 요괴가 되었습니다. 그리고 오로지 사람들을 현혹시켜 해치는 짓만 하고 있습니다. 저는 작년에도 여러 차례 경전을 가지러 가는 사람이 있었다는 말을 들었습니다. 모두들 위대한 당나라에서 온 스님이었다고 합니다.

이번에도 이 호랑이가 당나라 스님인 삼장법사를 해치고, 그의 통행증명서를 가로채 경전을 가지러 가는 사람의 모습으로 변해서 지금 조정에서 폐하를 속이고 있는 것입니다. 폐하, 저기 비단 돈대墩臺 위에 앉아 있는 놈은 바로 십삼 년 전에 공주를 등에 태우고 달아나던 그 호랑이입니다. 진짜 경전 가지러 가는 사람이 아닙니다."

여러분 좀 보세요. 줏대 없고 마음이 여린 그 군주는 어리석고 혼미한 보통 인간의 눈으로 요괴를 알아보지 못하고, 황포 요괴가 장황하게 꾸며낸 말을 오히려 진실로 생각했어요. 군주가 물었어요.

"현명한 부마여, 그대는 어떻게 이 중이 공주를 태우고 달아나던 호랑이인 것을 알았는가?"

"폐하, 저는 산속에 살면서 호랑이 고기를 먹고, 호랑이 가죽을 입으며, 호랑이와 같은 시간에 자고 일어나는데, 어떻게 알아보지 못하겠습니까?"

"그대가 호랑이인 것을 알아봤다면, 그의 본래 모습을 드러나게 해서 보여줄 수 있겠는가?"

"정결한 물 반 잔을 가져다주시면, 제가 그의 본래 모습이 드러나게 하겠습니다."

국왕은 관리에게 명을 내려 물을 가져다가 부마에게 주었어요. 황포 요괴는 손으로 물을 받아 일어나더니, 앞으로 가서 눈을 어지럽히고 몸을 꼼짝 못 하게 만드는 '흑안정신법黑眼定身法'을 써서 주문을 외고 삼장법사를 향해 물 한 모금을 내뿜으며 "변해라!" 하고 외쳤어요. 그러자 삼장법사의 진짜 모습은 궁궐에서 사라지고 정말로 얼룩무늬 호랑이로 변해버렸어요. 이때 임금과 신하들이 그들의 범속한 눈으로 바라보니, 그 호랑이는 이런 모습이었어요.

흰 이마에 둥근 머리
얼룩무늬 몸뚱이에 번개 같은 눈
네 다리를
곧게 펴니 기세등등하고

스무 개 발톱은

날카롭게 굽어 있네.

톱 같은 이빨 입을 싸고 있고

날카로운 귀 눈썹까지 이어져 있네.

큰 고양이같이 사납고

누런 황소처럼 용맹하구나.

뻣뻣한 수염 곧게 은 막대처럼 꽂혀 있고

날카로운 붉은 혀에서는 사나운 기운 내뿜고 있네.

과연 화려한 얼룩무늬 호랑이로

횡횡 오싹한 바람 궁궐에 불어대네.

白額圓頭　花身電目

四隻蹄　挺直崢嶸

二十爪　鉤彎鋒利

鋸牙包口　尖耳連眉

獰獰壯若大貓形　猛烈雄如黃犢樣

剛鬚直直插銀條　刺舌騂騂噴惡氣

果然是隻錦斑斕　陣陣威風吹寶殿

　국왕은 호랑이를 보자 혼비백산했고, 깜짝 놀란 여러 벼슬아치들도 모두 숨어버렸어요. 몇몇 대담한 무장들이 장군과 교위校尉들을 거느리고 일제히 달려가 각종 무기로 마구 찔러댔어요. 이번에 삼장법사가 죽을 운명이었다면, 스무 명의 승려가 있었대도 모두 맞아서 장조림한 고기 신세가 되었을 테지만, 이때 다행히 육정육갑과 오방게체, 공조를 비롯한 여러 수호신들이 몰래 하늘에서 보호하고 있어서 사람들의 무기는 삼장법사를 상하게 할 수 없었어요.

여러 신하들은 날이 어두워질 때까지 소란을 피우고서야 그 호랑이를 사로잡을 수 있었어요. 그리고 쇠사슬로 묶고 쇠로 만든 우리 안에 집어넣어 궁궐 안에 두었어요.

국왕은 명을 내려 광록시光祿寺[4]의 관리들에게 크게 연회를 마련해 부마가 자신을 구해준 은혜에 감사토록 했어요. 부마가 구해주지 않았다면 하마터면 그 중에게 목숨을 잃을 뻔했으니까요. 그날 저녁 신하들이 흩어지자 황포 요괴는 은안전銀安殿으로 들어갔어요. 선발된 열여덟 명의 궁녀들은 반주에 맞춰 노래하고 춤을 추며 요괴에게 술을 권하며 즐기게 했어요. 그 요괴는 혼자 상석에 앉았고, 좌우에 늘어선 이들은 모두 아름다운 자태의 궁녀들이었어요.

여러분, 그가 즐기는 모습을 좀 보세요. 그놈은 밤늦도록 술을 마시다보니 취하기 시작했고 난폭한 행동을 참을 수가 없었어요. 마침내 그는 펄쩍 뛰어 일어나더니 큰 소리로 웃으며 본래 모습을 드러냈어요. 그리고 난폭한 마음이 갑자기 일어나자 키만 한 큰 손으로 비파 타는 여자를 잡아서 머리를 한 입에 우두둑 깨물었어요. 깜짝 놀란 열일곱 명의 궁녀들은 앞뒤로 이리저리 죽어라 달아나 숨었어요.

궁녀는 두려워하고
미녀는 당황하는구나.
궁녀가 두려워하는 모습은
밤비가 덮치듯 부용꽃을 때리는 듯하고
미녀가 당황해하는 모습은
봄바람이 작약꽃을 희롱하는 것 같구나.

4 관직 명칭이다. 당대 이후 이 관직은 황실의 제품祭品, 음식, 연회를 관장했다.

비파 부수며 목숨을 돌보고
거문고 짓밟으며 살려고 도망치네.
문밖에 나가매 남북을 가리지 않고
궁전을 나서매 동서를 상관하지 않는구나.
옥 같은 얼굴 돌에 부딪쳐 상하고
아리따운 얼굴 이리저리 부딪쳐 깨지네.
모두들 살려고 달아나고
남은 목숨 구하려 도망치는구나.

宮娥悚懼　彩女忙驚

宮娥悚懼　一似雨打芙蓉籠夜雨

彩女忙驚　就如風吹芍藥逗春風

捽碎琵琶顧命　跌傷琴瑟逃生

出門那分南北　離殿不管西東

磕損玉面　撞破嬌容

人人逃命走　各各奔殘生

　이들 궁녀들은 빠져나간 뒤에도 감히 소리를 지르지는 못했어요. 밤이 깊은 시간이었고 국왕 폐하를 놀라게 할 수는 더더욱 없었기 때문이지요. 모두들 낮은 담장이나 처마 아래에 숨어 벌벌 떨고 있었는데, 그 얘기는 그만하겠어요.

　한편, 그 황포 요괴는 상좌에 앉아서 스스로 술을 따라가며 한 잔 마시고는 궁녀를 잡아당겨 피를 뚝뚝 흘리며 두 입 뜯어 먹었어요. 그가 안에서 그렇게 마음껏 즐기고 있는데, 밖에서는 사람들이 모두 이렇게 말하고 있었어요.
　"당나라 승려는 호랑이 요괴다!"

시끄럽게 떠들며 전해지다 보니 금정관역金亭館驛까지 그 소리가 들려왔어요. 그때 역 안에는 사람은 없고 단지 백마만이 말구유에서 풀과 사료를 먹고 있었어요. 백마는 본래 서해 용왕의 아들이었는데, 하늘의 법을 어겼기 때문에 뿔과 비늘을 제거당하고 백마로 변하여 삼장법사를 태우고 서방으로 경전을 가지러 가게 되었지요. 그런 그는 갑자기 사람들이 '당나라 승려는 호랑이 요괴'라고 하는 말을 듣고서 속으로 생각했어요.

'우리 사부님은 분명 좋은 사람이다. 이건 틀림없이 요괴가 그분을 호랑이 요괴로 변하게 해서 해치려는 것이야. 어쩌면 좋지? 어쩌면 좋아? 큰형님은 떠나버린 지 오래고, 저팔계와 사오정도 소식이 없으니.'

그는 날이 어두워져 온 세상이 고요해질 때까지 기다리다가, 마침내 벌떡 일어나며 중얼거렸어요.

"내가 지금 사부님을 구하지 않으면 이번 일은 끝장이야, 끝장!"

그는 더 이상 참지 못하고 고삐 줄을 끊고, 몸을 흔들어 안장과 고삐를 풀어버리고, 급히 몸을 솟구쳐 예전과 같은 용의 모습으로 변하여 검은 구름을 타고 곧장 하늘로 올라가 아래를 살펴봤어요. 이를 증명하는 시가 있지요.

삼장법사 석가여래를 만나러 서쪽으로 가다가
도중에 사악한 요괴의 기운을 만나게 되었네.
오늘 밤 호랑이로 변하여 재난을 벗어나기 어려운데
백마가 고삐를 드리운 채 주인을 구하네.

三藏西來拜世尊　途中偏有惡妖氣
今宵化虎災難脫　白馬垂韁救主人

용왕의 아들은 공중에서 은안전 안에 등불이 환하게 켜져 있는 것을 발견했어요. 여덟 개의 커다란 촛대 위에 여덟 개의 촛불이 밝혀져 있었지요. 용왕의 아들이 구름에서 내려 자세히 살펴보니, 요괴가 혼자 상좌에 앉아서 제멋대로 술을 마시고 사람 고기를 뜯어 먹고 있었어요. 용왕의 아들은 웃으며 중얼거렸어요.

"이 못된 자식! 결국 본색을 드러내고 사람을 잡아먹고 있다니, 싹수가 노랗구나! 그런데 우리 사부님의 행방을 모르겠구나. 뜻밖에 이 못된 요괴놈을 만났으니, 내 잠시 저놈을 한 번 놀려줘야겠다. 일이 잘 풀리면 요괴를 붙잡을 수 있을 테니, 그때 다시 사부님을 구해도 늦지 않을 게다."

대단한 용왕의 아들! 그는 몸을 한 번 흔들더니 궁녀로 변했는데, 정말 몸매도 나긋나긋하고 자태도 아름다웠어요. 그는 급히 발걸음을 옮겨 안으로 들어가, 요괴를 보고 인사했어요.

"부마님, 제 목숨을 해치지 말아주세요. 제가 한 잔 따르겠어요."

"따라봐라."

용왕의 아들은 술병을 받아서 요괴의 잔에 술을 따랐어요. 술은 술잔보다 한참 높이 올라갔는데도 넘쳐흐르지 않았는데, 이것은 용왕의 아들이 물을 잡아놓는 핍수법逼水法을 썼기 때문이었어요. 요괴는 이를 보고도 알아보지 못하고 기뻐하며 말했어요.

"네가 이런 재주를 가지고 있구나."

"아직도 좀 더 높이 따를 수 있어요."

"더 따라봐라. 더 따라봐."

용왕의 아들이 술병을 들고 계속해서 따르니, 그 술은 계속 높아져 십 층 불탑처럼 되어 뾰족한 상태로 넘실대면서도 조금도 흘러넘치지 않았어요. 황포 요괴는 입을 벌려 한 잔을 마시고, 죽은 궁녀를 끌어당겨 한 입 뜯어 먹으며 말했어요.

"노래할 줄 아느냐?"

"조금 합니다."

용왕의 아들은 곡조에 따라 소곡을 하나 부르고 다시 한 잔을 바쳤어요. 황포 요괴가 다시 물었어요.

"춤출 줄 아느냐?"

"조금 춥니다. 하지만 맨손으로 추면 보기 흉합니다."

황포 요괴는 옷을 헤치더니, 허리에 차고 있던 보검을 풀어 칼집에서 꺼내 용왕의 아들에게 건네줬어요. 용왕의 아들은 칼을 받아 조심스레 술자리 앞에서 위아래로 서너 번 좌우로 네다섯 번 휘두르며 칼로 눈을 현혹시키는 화도법花刀法을 펼쳤어요. 요괴가 쳐다보다 눈이 어지러워지자, 용왕의 아들은 화도법을 멈추고 요괴를 향해 칼을 내리쳤어요. 하지만 이 대단한 요괴는 몸을 옆으로 피하더니, 다급히 큰 촛대를 들고 보검을 막았어요. 그 촛대는 원래 강철로 만든 것으로 자루까지 여든아홉 근은 되었어요. 둘은 은안전을 나와 싸움을 계속했는데, 용왕의 아들은 본래 모습을 드러내 구름을 타고 그 요괴와 하늘에서 싸웠어요. 어둠 속에서 벌어진 이 싸움은 정말 대단했어요.

저쪽은 완자산에서 태어나 자란 괴물이고
이쪽은 서쪽 큰 바다에서 벌 받아 내려온 진짜 용이라네.
한쪽은 번개를 뿜어내듯 빛을 내쏘고
또 한쪽은 붉은 구름 내뿜듯 날카로운 기운 토해내네.
한쪽은 흰 상아의 코끼리가 사람들 사이로 달려드는 듯하고
또 한쪽은 황금 발톱 살쾡이가 아래 세상에서 나는 듯 뛰어
다니네.
한쪽은 하늘을 떠받치는 옥기둥이고

또 한쪽은 바다를 받쳐 들고 있는 황금 들보라네.
은빛 용은 춤추듯 날아다니고
누린 요괴는 솟구쳐 날아다니네.
좌우로 보검은 태만함이 없고
이리저리 촛대도 쉼 없이 움직이네.

那一個是碗子山生成的怪物　這個是西洋海罰下的眞龍
一個放毫光　如噴白電
一個生銳氣　如迸紅雲
一個好似白牙老象走人間　一個就如金爪狸貓飛下界
一個是擎天玉柱　一個是架海金梁
銀龍飛舞　黃鬼翻騰
左右寶刀無怠慢　往來不歇滿堂紅

그 둘이 구름 끝에서 팔구 합을 겨루자, 용왕의 아들은 손에 힘
이 빠지고 근육이 마비되어 가는데, 황포 요괴는 몸이 더 강해지
고 기운도 세졌어요. 결국 용왕의 아들은 당해내지 못하고 칼을
날려 요괴를 찌르려 했지만, 그 요괴는 칼을 받는 술법을 가지고
있었어요. 그는 한 손으로는 날아오는 보검을 받고, 다른 한 손으
로는 촛대를 던졌어요. 용왕의 아들은 미처 피하지 못하고 뒷다
리를 얻어맞고 황급히 구름에서 내렸는데, 다행히 궁궐 도랑이
있어서 목숨은 구할 수 있었지요. 용왕의 아들은 곤두박질하여
물속으로 들어갔어요. 요괴가 뒤쫓다가 그를 찾지 못하자, 보검
을 들고 촛대를 가지고 은안전으로 돌아와 전처럼 술을 마시고
잠을 잤는데, 그 얘기는 더 이상 하지 않겠어요.

한편, 용왕의 아들은 반 시간 정도 물속에 숨어 있다가, 아무 소

리도 안 들리자 비로소 이를 악물고 다리 통증을 참으며 뛰어올라 검은 구름을 타고 곧장 역관으로 돌아왔어요. 그리고 다시 원래의 말로 변해 구유 아래 엎드려 있었어요. 가엾게도 온몸은 물투성이고, 다리에는 상처 자국이 있었어요.

마음의 말과 원숭이 모두 실패하니
저팔계와 손오공은 모두 처량해졌네.
사오정은 부상당하여 연락이 끊어졌고
도의는 사라지고 멀어졌으니 어떻게 공과를 이룰 수 있으랴?

意馬心猿都失散　金公木母盡[5]凋零
黃婆傷損通分別　道義消疎怎得成

삼장법사가 재난을 당하고 용왕의 아들이 싸움에 진 것은 잠시 이야기하지 않겠어요.

한편, 저팔계는 사오정과 헤어진 후, 머리를 온통 풀숲에 숨기고 땅바닥을 파헤쳐 우리를 만들었어요. 그리고 잠이 들었는데 한밤중이 되어서야 깨었어요. 깨어나서도 그는 어딘지도 모르고 눈을 비비며 두리번거리다가, 정신을 차려 귀를 기울여봤어요. 아! 그러나 산은 깊어 개 짖는 소리도 들리지 않고, 넓은 들판에는 닭 우는 소리도 들리지 않았어요. 그는 별들의 움직임을 보고서 대략 자정쯤 되었을 거라고 짐작하고는 속으로 생각했지요.

5　도교에서는 수은을 목모木母라고 부르며 진짜 수은은 해亥를 낳는다고 생각하는데, 해는 돼지에 속하므로 여기서는 저팔계를 가리킨다. 또한 도교에서 납[鉛]을 금공金公이라 부르며 진짜 납은 경庚을 낳는다고 생각하니, 경신庚申은 금이다. 지지地支 가운데 신유申酉 또한 금金이다. 신申은 원숭이에 속하므로 여기서는 손오공을 가리킨다.

'돌아가서 사오정을 구해야 하지만, 한 가닥 실로는 줄이 될 수 없고 한 손바닥으로는 소리를 낼 수 없다(單絲不線 孤掌難鳴)는 말처럼, 혼자서는 무슨 일을 할 수가 없잖아? 포기하자, 포기해! 잠시 성으로 들어가 사부님을 뵙고 지금 상황을 말씀드리고, 다시 날쌔고 용맹한 병사들을 뽑아 이 몸을 돕게 하여 내일 사오정을 구하러 가자.'

그 멍텅구리는 급히 구름을 솟구쳐 성안으로 돌아와 순식간에 역관에 도착했지요. 이때 인적은 고요하고 달빛은 밝았는데, 양쪽 복도 어디에서도 삼장법사를 찾을 수가 없었어요. 다만 보이는 거라곤 백마가 저쪽에서 잠을 자고 있는데, 온몸은 물에 젖어 있고 뒷다리에는 쟁반만한 푸른 멍이 들어 있는 것이었어요. 저팔계는 깜짝 놀라며 중얼거렸어요.

"재수 더럽게 없군! 이놈의 말은 사람도 없고 길을 가지도 않았는데, 어째서 몸은 땀투성이고 다리에는 푸른 멍이 들어 있는 거지? 아마 나쁜 놈이 사부님을 납치하고 말을 때렸나보군."

백마는 저팔계를 알아보고 갑자기 사람 말로 "형님!" 하고 불렀어요. 이 멍텅구리는 깜짝 놀라 자빠졌어요. 기어 일어나 밖으로 도망가려는데, 백마가 몸을 쑥 내밀더니 입으로 검은 도포를 물고 말했어요.

"형님, 무서워하지 마시오."

저팔계는 벌벌 떨며 말했어요.

"동생, 네가 어떻게 오늘 말을 하기 시작한 거냐? 네가 말을 하게 됐으니, 분명히 엄청 불길한 일이 있겠구나."

"형님은 사부님이 재난을 당하신 걸 알고 있소?"

"모르는데?"

"형님은 그간의 사정을 모를 거요. 형님과 사오정 형님이 황제

황포 요괴는 궁궐을 찾아가 만행을 저지르고, 백마는 저팔계를 설득하다

앞에서 재주를 부렸잖소? 그리고 요괴를 붙잡아 공을 세우고 상을 받으려 했지만, 뜻밖에 그 요괴의 능력이 대단해서 형님들의 재주로는 그놈을 당해낼 수가 없었지요? 하지만 어찌 됐든 한 사람은 돌아와서 소식을 전했어야 옳았는데, 아무 소식도 들리지 않더군요. 그 후 저 요괴는 준수한 선비로 변하여 궁궐로 찾아와 황제에게 친척으로 인사를 했다오. 그리고 우리 사부님을 얼룩무늬 호랑이로 변하게 하니, 사부님은 신하들에게 붙잡혀 대궐 안 쇠 우리에 갇혀 계시오. 나는 이런 근심스런 이야기를 듣고 심장을 칼로 도려내는 것 같았소. 하지만 형님은 요 이틀 여기 있지도 않았고 이런 상황도 모르고 있으니, 잘못하다가 사부님이 생명을 잃을까 걱정스러웠소. 그래서 어쩔 수 없이 내가 용의 몸으로 변해 가서 구하려고 했던 거요.

그런데 뜻밖에 궁궐에 도착하니 사부님을 찾을 수가 없었소. 은안전 앞에 이르렀는데 우연히 요괴를 만났소. 나는 다시 궁녀의 모습으로 변하여 그 괴물을 속였지. 그 괴물이 나보고 칼춤을 춰보라고 하기에 마침내 기회를 보다가 그를 칼로 내리쳤는데, 그 요괴가 먼저 피해버렸소. 요괴는 두 손으로 촛대를 들고 나를 물리쳤소. 내가 다시 칼을 던져 찌르려 하자 그놈은 내 칼을 받으며 촛대를 던져 내 뒷다리를 맞췄소. 나는 궁궐 도랑 속으로 들어가 목숨을 구할 수 있었다오. 다리 위에 푸른 멍이 든 건 그 요괴가 던진 촛대에 맞아서 그런 거라오."

"정말 그런 일이 있었어?"

"설마 내가 형님을 속이겠소?"

"어쩌면 좋으냐? 어쩌면 좋아? 너 움직일 수는 있어?"

"내가 움직일 수 있으면 어쩌라고?"

"움직일 수 있으면 바다로 돌아가라. 이 몸은 짐을 들고 고로장으로 돌아가 다시 데릴사위 노릇이나 해야겠다."

용왕의 아들은 이 말을 듣고 입으로 그의 승복을 물더니 조금도 놓아주려 하지 않았어요. 그리고 끊임없이 눈에서 눈물을 흘리며 애원했어요.

"형님, 절대로 태만한 마음을 먹어서는 안 돼요."

"태만하지 않으면 어쩌라는 거냐? 사오정은 이미 그놈에게 붙잡혔고 나는 그놈을 당해낼 수 없다. 그러니 이참에 해산하지 않는다면 또 뭘 하겠니?"

용왕의 아들은 한참을 망설이더니 다시 눈물을 흘리며 말했어요.

"형님, 해산하자는 말은 하지 마요. 사부님을 구하려면 형님이 한 사람을 데려오는 수밖에는 없소."

"나보고 누굴 데려오라는 거야?"

"어서 구름을 타고 화과산으로 가서 큰형님인 손오공을 데려와요. 큰형님은 요괴를 항복시킬 수 있는 큰 법력을 가지고 있으니, 그 형님한테 사부님을 구하도록 하면 돼요. 그리고 또 형님과 나한테 패배를 안겨준 원수를 갚을 수도 있잖아요?"

"동생, 다른 사람을 데려오도록 하자. 그 원숭이는 나와 사이가 좋지 않아. 전에 백호령에서 그 백골 부인을 때려죽일 때도, 그치는 내가 사부님을 부추겨 긴고아주를 외게 했다고 원망하고 있다고. 나는 단지 장난 좀 치려고 한 건데, 뜻밖에 그 늙다리 중이 진짜로 여기고 주문을 외기 시작했고, 끝내 그를 내쫓아 돌아가게 했잖아. 그치가 어떻게 나한테 화풀이할지 몰라. 그치도 절대 돌아오려고 하지 않을 거야. 그리고 또 조금이라도 거슬리는 말을 했다가는 인정사정 봐주지 않을 거야. 그 상주 지팡이 같은 지독한 여의봉을 들고 몇 대 때리기라도 하면, 내가 어떻게 살 수 있겠어?"

"그분은 결코 형님을 때리지 않을 거요. 그분은 어질고 의로운 원숭이 왕이잖소? 형님이 그 양반을 만나게 되면 사부님이 재난을 당했다는 말은 하지 말고, 사부님이 자기를 그리워하고 있다는 말만 하면서 달래서 데려오구려. 이곳에 도착해서 상황이 이런 것을 보면, 그 양반은 절대 성내지 않고 분명 그 요괴와 싸우려 할 거요. 그리고 틀림없이 그 요괴를 사로잡고 우리 사부님을 구할 거요."

"알았다. 알았어. 네가 이렇게 마음을 다하는데 내가 가지 않는다면 내가 마음을 다하지 않는 것처럼 보이겠구나. 내가 이번에 가서 손오공이 정말 오려고 한다면 함께 올 것이고, 그치가 오지 않겠다면 너도 나를 기다리지 마라. 나도 오지 않을 테니까."

"어서 가시오, 어서! 그분은 틀림없이 오실 거요."

그 멍텅구리는 쇠스랑을 들고, 승복을 단정히 묶어 매더니, 풀쩍 뛰어올라 구름을 타고 곧장 동쪽으로 갔어요. 이번에도 삼장법사는 죽지 않을 운명이었어요. 그 멍텅구리는 마침 순풍을 만나 배의 돛처럼 양쪽 귀를 팽팽히 세우고 벌써 동쪽 큰 바다를 건너 구름을 내렸어요. 어느새 태양이 떠올랐고, 그는 산속으로 들어가 길을 찾아갔어요.

한참 가고 있는데 문득 사람 소리가 들렸어요. 자세히 살펴보니, 바로 손오공이 산 움푹한 곳에서 여러 요괴를 모아놓고 자기는 돌 절벽 위에 앉아 있는 것이었어요. 그의 앞에는 천이백여 마리의 원숭이들이 있었는데, 그놈들은 서열에 따라 대열을 갖추고 "만세, 제천대성 나리!"라고 외치고 있었어요. 저팔계가 중얼거렸어요.

"정말 마음껏 기분 내고 있구나. 정말 대단해. 저치가 중노릇하려고 하지 않고 집으로 돌아가려고만 했던 것도 이상한 일이 아니군. 알고 보니 이런 좋은 곳이 있었어. 재산도 엄청 많은데다가 이렇게 많은 졸개들이 떠받들고 있으니, 만약 이 몸에게 이런 산이 있다면 중노릇 따위는 하지 않을 거야. 그나저나 기왕 이곳에 왔으니, 이제 어쩌면 좋지? 저치를 만나보기는 해야겠는데."

그 멍텅구리는 손오공을 약간 두려워하고 있는데다 떳떳이 그를 만나볼 엄두도 나지 않았어요. 그래서 풀이 있는 절벽 가장자리로 가서 살금살금 천이삼백 마리 원숭이들 속으로 숨어 들어갔어요. 그리고 원숭이들과 함께 머리를 조아렸지요.

손오공은 높은 곳에 앉아 있었고 눈썰미도 빨랐는지라, 그 모습을 정확히 간파하고 물었어요.

"대열 중간에서 제멋대로 절하는 자는 이방인이구나. 어디서 온 놈이냐? 끌어 내라."

그 말이 끝나지도 않아서 여러 졸개 원숭이들이 벌떼처럼 저팔계를 떠밀고 올라와 땅바닥에 눌러 엎드리게 했어요. 손오공이 물었어요.

"너는 어디서 온 이방인이냐?"

저팔계는 머리를 숙이고서 대답했어요.

"황공합니다. 말씀드리자면, 저는 이방인이 아니라 잘 아는 사람입니다. 잘 아는 사람이라니까요."

"이 제천대성의 부하 원숭이들은 모두 생김새가 똑같은데, 너의 그 입과 얼굴은 다르게 생겼구나. 네 모습이 약간 흉측한 걸 보니, 분명 다른 곳에서 온 요괴로구나. 다른 곳에서 와서 내 부하가 되고자 한다면, 먼저 이력서를 제출하고 등록을 해야 내가 너를 이곳에 머무르게 하고 서열대로 점호를 하지. 이곳에 있으라고 하지도 않았는데 감히 이곳에서 제멋대로 절을 한 거냐?"

저팔계는 머리를 숙인 채 입을 쑥 내밀며 말했어요.

"부끄럽지도 않소? 이 얼굴을 좀 보시오. 내가 당신과 형제로 지낸 지도 몇 년은 되었는데, 알아보지도 못하고 무슨 이방인이라고 하다니!"

손오공이 웃으며 말했어요.

"고개 좀 들어봐라."

그 멍텅구리는 입을 위로 쑥 내밀며 말했어요.

"보시오. 당신이 나를 알아보지 못해도 어쨌든 이 주둥이는 알아보겠지!"

손오공은 웃음을 참지 못하며 말했어요.

"저팔계구나."

저팔계는 이 소리를 듣자 구르듯이 뛰어오르며 말했어요.

"맞아. 맞아! 내가 바로 저팔계라오."

그러고는 그는 속으로 생각했어요.

'나를 알아봤으니 이야기하기도 수월하겠는걸?'

"너는 삼장법사를 따라 경전을 가지러 가지 않고 어째서 이곳에 온 거냐? 아마도 네가 사부님 기분을 상하게 해서, 사부님이 너도 파면시켜 돌아온 모양이구나. 무슨 증명서가 있다면 가져와봐라."

"나는 사부님 기분을 상하게 하지 않았소. 사부님이 준 무슨 증명서도 없고 나를 쫓아낸 적도 없소."

"증명서도 없고 쫓아내지도 않았다면, 어째서 여기에 온 거냐?"

"사부님이 형님을 그리워하며 나보고 형님을 데려오라고 하신 거요."

"사부님은 나를 데려오라 하시지도 않았을 것이고, 나를 그리워하지도 않아. 사부님이 그날 하늘에 대고 맹세하며 친필로 증명서를 써줬는데, 어째서 또 나를 그리워하고 멀리까지 너를 보내 나를 데려오라고 했겠느냐? 나도 절대 돌아가고 싶지 않아."

저팔계는 즉석에서 거짓말을 지어내 다급히 말했어요.

"틀림없이 형님을 그리워하고 계시오. 틀림없다니까?"

"사부님이 어떻게 나를 그리워하는데?"

"사부님이 말을 타고 가시다가 '얘야' 하고 부르신 적이 있었소. 그땐 나도 못 들었고 사오정도 귀머거리처럼 못 들었소. 그러자 사부님은 바로 형님을 떠올리며 우리들은 쓸모없다 하시고, 형님은 총명하고 영리한 분이라서 항상 부르면 바로 대답하고, 하나를 물으면 열을 대답했다고 말씀하셨소. 이렇게 형님을 그리워하고 있기 때문에 나보고 형님을 데려오라고 한 거라오. 제발같이 가십시다. 사부님이 형님을 기다리는 마음을 헛되이 하지말고, 내가 멀리까지 찾아온 뜻을 저버리지 말아주시오."

손오공은 이 말을 듣고 절벽 아래로 뛰어 내려와 손으로 저팔계를 부축해 일으키며 말했어요.

"동생, 멀리 오느라고 수고 많았다. 잠시 나와 놀러 가자."

"형님, 이곳은 길도 멀고 사부님이 기다리고 계시는데, 늦어질까 두려우니 나는 놀지 않겠소."

"네가 이곳까지 왔는데 우리가 사는 이 산의 경치가 어떤지 좀봐야 하지 않겠냐?"

그 멍텅구리는 더 이상 거절하기가 어려워, 하는 수 없이 손오공을 따라갔어요. 둘은 손을 잡고 서로 부축하며 걸었고, 여러 졸개 요괴들이 뒤를 따르며 화과산 제일 높은 봉우리에 올랐어요. 멋진 산이었어요! 제천대성이 돌아온 이후, 화과산은 요 며칠 사이에 다시 예전처럼 새롭게 정리되어 있었어요.

푸르기는 비취옥을 깎아놓은 것 같고

높기는 구름에 닿아 있는 듯하구나.

주위에는 호랑이가 웅크려 있고 용이 똬리를 틀고 있으며

사방에는 원숭이 울고 학 우는 소리 시끄럽네.

아침에 나가면 구름이 산꼭대기를 가리고 있고

저녁에 보면 해가 숲속에 걸려 있네.

졸졸 흐르는 물은 옥 패물 울리는 소리 같고

뚝뚝 떨어지는 계곡의 샘물은 옥 장식 거문고 연주하는 듯
하네.

산 앞에는 바위 봉우리 깎아지른 절벽이 있고

산 뒤쪽에는 꽃나무가 무성하고 아름답구나.

위로는 선녀가 머리를 감는 대야에 이어지고

아래로는 은하수 지류에 닿아 있네.

하늘과 땅이 봉래산 비길 만한 수려함을 만들어냈고

맑고 탁한 우주의 기운이 진짜 신선 세계를 지어냈구나.

재주 있는 화가라도 사계절 경치 다 그리기 어렵고

신선의 천부적인 기지로도 다 묘사해낼 수 없도다.

아름다운 기암괴석 돌마다 영롱하니

그 영롱한 기암괴석들 우뚝 솟은 봉우리를 아름답게 꾸미고
있구나.

해 그림자는 천 갈래 자줏빛 아름다움 속에 움직이고

상서로운 기운은 만 갈래 붉은 노을 속에서 요동치네.

신선들의 세계가 인간 세상에 있으니

산에는 신선한 나무와 꽃들로 가득하구나.

> 靑如削翠　高似摩雲
>
> 週迴有虎踞龍蟠　四面多猿啼鶴唳
>
> 朝出雲封山頂　暮觀日掛林間

流水潺潺鳴玉珮　澗泉滴滴奏瑤琴
山前有崖峰峭壁　山後有花木穠華
上連玉女洗頭盆　下接天河分派水
乾坤結秀賽蓬萊　清濁育成眞洞府
丹青妙筆畫時難　仙子天機描不就
玲瓏怪石石玲瓏　玲瓏結彩嶺頭峰
日影動千條紫艷　瑞氣搖萬道紅霞
洞天福地人間有　偏山新樹與新花

저팔계는 다 보지도 않아서 마음속에 기쁨이 가득해져 이렇게 말했어요.

"형님, 정말 좋은 곳이요. 과연 천하제일의 명산이오."

"동생, 살 만하지 않아?"

저팔계가 웃으며 대답했어요.

"형님 말하는 것 좀 보소. 이 보배로운 산은 바로 신선들의 세계요. 어찌 살 만하다는 정도밖에 안 되겠소?"

둘은 한참 동안 웃으며 이야기를 나누다가 산을 내려왔어요. 몇몇 졸개 원숭이들이 자줏빛 포도, 향기 물씬 나는 배와 대추, 누르스름한 비파枇杷, 붉게 익은 딸기 등을 받쳐 들고 길가에서 무릎을 꿇으며 말했어요.

"대왕 폐하, 아침식사 드시지요."

손오공이 웃으며 말했어요.

"내 저팔계 아우는 밥통이 커서 과일로 식사가 안 되는데, 그래. 적다고 꺼리지만 않는다면, 좀 먹고 간식으로 생각하지 뭐."

"내가 밥통이 크기는 하지만 그래도 '다른 지방에 가면 그 지방 풍속을 따르는(隨鄕入鄕)' 게 옳지. 일단 가져와봐. 나도 몇 개 맛이나 좀 보게."

둘은 과일을 먹었어요. 그런데 해가 점점 높이 떠오르자 그 멍텅구리는 삼장법사를 구하는 일이 늦어질까 걱정스러워 재촉을 해댔어요.

"형님, 사부님이 저쪽에서 나와 형님을 기다리고 있소. 빨리 가십시다."

"동생, 수렴동으로 가서 좀 놀자구."

저팔계는 단호한 어투로 대답했어요.

"형님의 호의에 정말 감사하오. 하지만 사부님이 오래 기다리고 계시니 어쩌겠소? 수렴동까지는 들어가지 않겠소."

"그렇다면 더 붙들어둘 수는 없고, 여기서 작별하도록 하자."

"형님은 안 가는 거요?"

"내가 어딜 가? 이곳은 하늘도 땅도 간섭하지 않는 자유로운 곳인데, 놀며 즐기지 않고 무슨 중이 되라는 거야? 나는 가지 않을 테니 너 혼자 가거라. 그리고 사부님께 전해줘. 기왕에 쫓아냈으면 다시는 나를 생각하지 말라고."

그 멍텅구리는 이 말을 듣고 억지로 더 권하지 못했어요. 더 권했다가는 손오공이 화를 내어 갑자기 여의봉으로 두어 대 얻어맞을까 두려웠기 때문이지요. 어쩔 수 없이 "알았어요, 알았어" 하고 작별하고는 길을 찾아 떠났지요.

손오공은 그가 떠나는 걸 보고 민첩한 졸개 원숭이 둘에게 저팔계를 뒤쫓으며 그가 무슨 말을 하는지 들어보게 했어요. 정말로 이 멍텅구리는 산을 내려와 삼사 리도 안 가서 고개를 돌려 손오공을 가리키며 욕을 해댔어요.

"이 원숭이놈, 중은 되기 싫고 요괴나 되겠다니! 못된 원숭이놈! 내가 좋은 뜻으로 청했는데 가지 않겠다니. 가기 싫으면 관두라고!"

그 멍텅구리는 몇 걸음 갈 때마다 다시 욕설을 퍼붓곤 했어요.
그 졸개 원숭이들은 급히 뛰어 돌아와 보고했어요.

"제천대성 폐하, 저 저팔계는 정말로 진실하지 못한 놈입니다.
가면서 계속 욕을 하고 있습니다."

손오공은 몹시 화가 나서 소리쳤어요.

"잡아 와라!"

땅에 쫙 깔려 있던 원숭이들은 날듯이 뒤쫓아가서, 저팔계에게
기어올라 넘어뜨리고, 갈기와 귀를 붙들고 꼬리와 털을 잡아끌며
붙잡아 돌아왔어요. 결국 그를 어떻게 처리했고 그의 생사가 어
떻게 되는지는 아직 알 수 없으니, 이에 대해서는 다음 회를 들어
보시라.

부록

현장법사의 서역 여행도

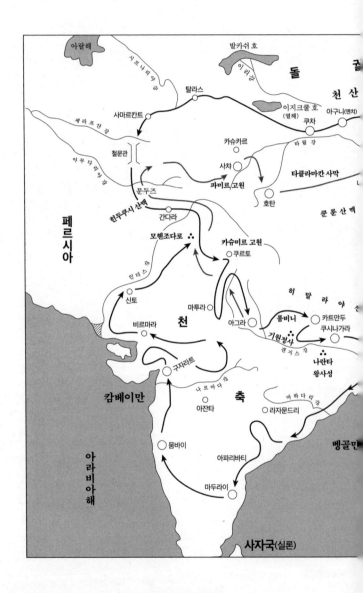

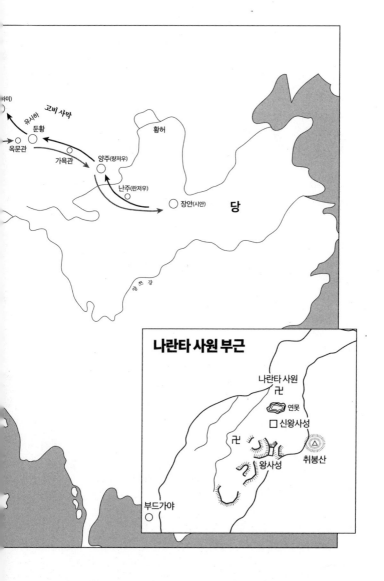

여행 노선
귀국 노선

(하미)
고비 사막
유사하
둔황
옥문관
가욕관
양주(량저우)
황허
난주(란저우)
장안(시안)
당
양쯔 강

나란타 사원 부근

나란타 사원
연못
신왕사성
취봉산
왕사성
부드가야

『서유기』 3권 등장인물

손오공

동승신주東勝神洲 오래국傲來國 화과산花果山의 돌에서 태어나 수보리조사須菩提祖師에게 도술을 배워 일흔두 가지 변신술을 익힌다. 반도대회를 망치고 도망쳐 화과산의 원숭이 무리를 이끌고 스스로 '제천대성齊天大聖'이라 칭하며 옥황상제에게 도전했다가, 석가여래에게 붙잡혀 오백 년 동안 오행산 아래 눌려 쇠구슬과 구리 녹인 쇳물로 허기를 때우며 벌을 받는다. 관음보살의 안배로 서천으로 불경을 가지러 가는 삼장법사의 제자가 되어 신통력과 기지로 온갖 요괴들을 물리친다.

삼장법사

장원급제한 수재 진악陳沂의 아들이자 승상 은개산殷開山의 외손자이다. 아버지는 부임지로 가던 도중 홍강洪江의 도적들에게 피살되고, 임신 중이던 어머니는 강제로 도적의 아내가 된다. 죽은 아버지의 직위를 사칭하던 유홍劉洪의 음모를 피해, 어머니는 그를 강물에 띄워 보낸다. 요행히 금산사金山寺의 법명화상法明和尙이 그를 구해 현장玄奘이라는 법명을 주었다. 그는 이후 불가의 수양에 뜻을 두고 수행하다가 관음보살의 배려로 불경을 찾아 서천으로 떠나도록 선발된다. 당태종은 그에게 삼장三藏이라는 법명을 준다.

저팔계

본래 하늘의 천봉원수天蓬元帥였으나 반도대회에서 항아를 희롱한 죄로 인간 세상으로 내쫓긴다. 어미의 태를 잘못 들어가 돼지의 모습으로 태어났으나, 서른여섯 가지 술법을 부리며 요괴가 되어 악행을 일삼다가 관음보살에게 감화되어 삼장법사의 제자로 안배된다. 이후, 오사장국烏斯藏國 고로장高老莊에서 데릴사위로 있었는데, 손오공을 만나 싸우다가 복릉산福陵山 운잔동雲棧洞으로 도망친다. 하지만 곧 굴복하여 삼장법사의 제자가 된다. 아홉 날 쇠스랑[九齒花]을 무기로 쓴다.

사오정

본래 하늘의 권렴대장군捲簾大將軍이었으나, 반도대회에서 실수로 옥파리玉渾璃를 깨뜨리는 바람에 아래 세상으로 내쫓긴다. 유사하流沙河에서 요괴 노릇을 하며 지내다가 관음보살에 의해 삼장법사의 제자로 안배된다. 훗날 유사하를 건너려던 삼장법사 일행을 몰라보고 손오공, 저팔계와 싸우지만, 관음보살이 자신의 큰제자인 목차木叉 혜안惠岸을 보내 오해를 풀어주어서, 결국 삼장법사의 셋째 제자가 된다. 무기로는 항요장降妖杖을 쓴다.

황포 요괴

본래 하늘나라 이십팔수二十八宿 가운데 하나인 규목랑奎木郞인데, 선녀와 사랑에 빠져 둘이 함께 아래 세상으로 내려왔다. 완자산碗子山 파월동波月洞에서 보상국寶象國의 공주인 백화수百花羞 ― 그녀는 본래 하늘나라에서 규목랑과 사랑에 빠진 선녀였다 ― 를 납치해 아내로 삼고 요괴 노릇을 한다. 길을 잃고 찾아온 삼장법사를 잡아먹으려 하는데, 부친에게 몰래 편지를 전하기 위해 삼장법사를 풀어달라는 아내의 부탁을 들어준다.

진원대선

여세동군與世同君이라고도 하며, 만수산萬壽山 오장관五莊觀에 사는 도

사이다. 삼장법사 일행은 마침 그가 외출한 사이에 오장관에 도착하여 쉬게 되는데, 이때 손오공이 그곳에서만 나는 신령한 과일인 '초환단草還丹'(인삼과人蔘果라고도 함)을 훔쳐 먹고, 나무를 뽑아버린다. 진원자가 도술을 써서 삼장법사와 제자 일행을 모두 붙잡아버리자, 손오공은 관음보살의 도움을 받아 다시 나무를 살려낸다.

백골 부인

백호령白虎嶺에 살던 요괴이다. 삼장법사를 잡아먹기 위해 세 차례나 변신술로 삼장법사를 속이지만, 모두 손오공에게 발각된다. 이 요괴는 손오공이 여의봉으로 치자 가짜 시체를 남기고 도망치는 해시법解尸法을 부린다. 이를 알 리 없는 삼장법사는 저팔계의 부추김을 받아 손오공의 잔인함을 탓하며 그를 내친다.

불교·도교 용어 풀이

【ㄱ】

구전대환단九轉大還丹

도가에서 말하는 신선의 단약. '구전九轉'은 아홉 번 달였다는 뜻이다. 도가에서는 단약을 달이는 횟수가 많고 시간이 오래될수록 복용한 후에 더 빨리 신선이 될 수 있다고 생각했다. "아홉 번 달인 단약은 복용한 후 사흘 안에 신선이 될 수 있다"는 말이 『포박자抱朴子』「금단金丹」에 보인다.

금련金蓮

원래는 '지용보살地湧菩薩'이라고 한다. 『법화경法華經』「용출품湧出品」에 의하면, 석가여래가 「적문迹門」─『법화경』은 「적문」과 「본문本門」으로 나뉜다─을 강의한 후 「본문」을 강의하려 하자, 석가여래의 교화를 입은 무량대보살無量大菩薩이 땅 밑에서 솟아올라 허공에 머물렀다고 한다. 부처와 보살은 모두 연꽃 자리에 앉아 있으므로 '지용금련地湧金蓮'이라 칭하기도 한다. 여기에선 수보리조사가 위대한 도의 오묘함을 강론했음을 비유한 것이다.

급고독장자給孤獨長者

중인도中印度 교살라국憍薩羅國 사위성舍衛城의 부유한 상인 수달다須達多의 별칭이다. 그는 자비와 선을 베풀기를 좋아해서 종종 외롭고 쓸쓸한 이들에게 먹을 것을 베풀어주었기 때문에 이런 별칭을 얻었다. 그는 왕사성王舍城에서 석가여래의 설법을 듣고 크게 감동하여 석가여래를 자기 나라로 초청했다. 그

리고 태자 기다祇多의 정원을 사서 기원정사祇園精舍를 세워 석
가여래에게 바치며 설법하는 장소로 쓰게 해주었다.

기원琪園

기원祇園, 즉 지원정사祇園精舍를 가리키는 듯하다. 인도의 불
교 성지 중 하나이다. 코살라Kosala국 급고독장자給孤獨長者가
큰돈을 주고 파사닉왕태자波斯匿王太子 제타(Jeta, 祇陀)의 사위
성舍衛城 남쪽의 화원花園인 기원을 사들여 정사精舍를 건축하
여 석가가 사위국舍衛國에 머물며 설법하는 장소로 삼았다. 제
타 태자는 화원을 팔았을 뿐만 아니라 화원에 있던 나무를 석
가에게 바치고 두 사람의 이름을 따 이 정사를 기수급독고원祇
樹給獨孤園이라고 불렀다. 기원은 약칭이다. 왕사성王舍城의 죽
림정사竹林精舍와 함께 불교 최고最古의 두 정사로 알려져 있다.
당나라 현장법사가 인도를 찾았을 때 이 정사는 이미 붕괴되
어 있었다.

【ㄴ】

"너는 열 가지 악한 죄를 범하였다."(제1권 5회 171쪽)

불교에서는 사람이 몸, 입, 생각으로 범하는 10가지 죄악으로
살생, 절도[偸盜], 음란[邪淫], 망령된 말[妄語], 일구이언[兩舌],
욕설[惡口], 거짓으로 꾸민 말[綺語], 탐욕, 격노[瞋迷], 사악한
생각[邪見]을 들고 있다. 십악대죄十惡大罪라고 하면 모반謀反,
모대역謀大逆, 모반謀叛, 악역惡逆, 부도不道, 대불경大不敬, 불효不
孝, 불목不睦, 불의不義, 내란內亂을 가리킨다.

네 천제[四帝]

도교에서 떠받드는 네 명의 천신으로 사제四帝 또는 사어四御
라고 불린다. 호천금궐지존옥황대제昊天金闕至尊玉皇大帝, 중천
자미북극대제中天紫微北極大帝, 구진상천천황대제勾陳上天天皇大
帝, 승천효법토황제지承天效法土皇帝祇를 가리킨다.

녹야원鹿野苑

석가모니가 도를 깨달은 후 처음으로 법륜法輪을 전하고 사체법四諦法을 이야기하였다는 곳으로 전해진다.

【ㄷ】

"다시 오천사백 년이 지나서 해회가 끝날 무렵에는 정貞의 덕이 하강하고 원元의 덕이 일어나면서 자회子會에 가까워지고……."(제1권 1회 27쪽)

여기서는 송나라 때의 소옹(1011~1077, 자字는 요부堯夫, 시호諡號는 강절선생康節先生)이 쓴 『황극경세皇極經世』에 들어 있는 천지의 개벽과 순환에 관한 설명을 빌려 쓰고 있다. 『주역』 「건괘乾卦」의 괘를 풀어놓은 글에 '원형이정元亨利貞'이라는 표현이 들어 있는데, 흔히 이것을 건괘의 '네 가지 덕성[四德]'이라고 부르며, 그 하나하나가 네 계절과 짝을 이룬다고 설명하곤 한다. 그런 속설에 입각하면 "정의 덕이 하강하고 원의 덕이 일어난다"는 것은 겨울이 가고 봄이 오기 시작한다는 뜻이 된다.

대단大丹

도가 용어로 오랜 기간의 수련과 고행을 통해 얻어지는 내단內丹을 가리킨다.

대라천

도교에서 말하는 서른여섯 층의 하늘 중 가장 높은 곳에 위치한 하늘.

대승교법大乘敎法

1세기 무렵에 형성된 불교의 교파로서, 대자대비한 마음으로 중생을 두루 제도하여 불국정토佛國淨土를 건립하는 것을 최고의 목표로 삼으면서, 개인적 자아 해탈을 추구하던 원시불교와 다른 교파를 '소승'이라고 비판했다. 대승불교에서는 삼세시방三世十方에 무수한 부처가 있다고 여기는 데 비해, 소승불교에서는 석가모니만을 섬긴다.

대천大千

'대천세계大千世界', '삼천대천세계三千大千世界'를 줄인 말로 석
가모니의 교화가 미친 지역을 가리킨다. 불교에서는 수미산을
중심으로 하여 사대부주四大部洲의 일월이 비추는 곳을 합쳐서
하나의 소세계小世界로, 천 개의 소세계를 소천세계小千世界로,
천 개의 소천세계를 중천세계中千世界로, 천 개의 중천세계를
대천세계로 생각한다.

도솔천궁兜率天宮

도교 전설에서는 태상노군이 거주하는 곳이다. 불교에도 도솔
천이 있는데, 욕계慾界의 육천六天 가운데 네 번째 하늘이다. 욕
계의 정토로 미륵보살이 사는 곳이다.

동승신주東勝神洲 · 서우하주西牛賀洲 · 남섬부주南贍部洲 · 북구로주北俱蘆洲

여기에 언급된 4개 대륙은 불경에서 말하는, 수미산을 사방으
로 둘러싼 염해海에 떠 있는 4개의 큰 대륙을 가리킨다. 다만
여기서는 그 명칭을 약간 바꾸어 사용하고 있다. '동승신주'는
원래 '동승신주東勝身洲'라고 되어 있는데, 이것은 반달 모양
의 그 지역에 사는 사람들이 신체와 용모가 빼어나고 각종 질
병을 앓지 않는다는 뜻이었다. 그리고 '서우하주'는 본래 '서
우화주西牛貨洲'라고 되어 있는데, 이것은 보름달 모양의 그 지
역에서는 소를 화폐로 사용했기 때문에 붙여진 명칭이라고 한
다. 또 '남섬부주'의 명칭은 '염부閻浮'라는 나무의 이름을 뜻
하는 '섬부贍部'라는 표현을 이용해서 만든 것인데, 수레의 윗
부분에 얹은 상자처럼 생긴 이 대륙에 염부나무가 많이 자
라기 때문에 붙여진 것이다. 마지막으로 '북구로주'는 '북구로
주北拘蘆洲'라고 쓰기도 하는데, 정사각형의 그릇 덮개 모양으
로 생긴 이 땅에 사는 사람들은 천 년 동안 장수를 누리고, 다
른 지역보다 평등하고 안락한 생활을 한다고 했다.

【ㅁ】

만겁의 세월

고대 인도에서는 세계가 일정한 시간이 지나면 멸망했다가 다시 시작된다고 믿었는데, 그 한 번의 주기를 하나의 '칼파kalpa'라고 불렀다. '겁'은 칼파를 음역한 것이다. 80차례의 작은 겁이 모이면 하나의 큰 겁이 되는데, 하나의 큰 겁에는 '성成', '주住', '괴壞', '공空'의 네 단계가 들어 있어서, 이것을 '사겁四劫'이라 부른다. '괴겁'의 때에 이르면 물과 불과 바람의 세 가지 재앙이 나타나 세상은 훼멸의 단계로 들어가기 시작한다고 하는데, 이 때문에 후세에는 '겁'을 '풀기 어려운 재난'의 뜻으로 사용하기도 했다.

"모든 것이 결국은 정과 기와 신이니⋯⋯."(제1권 2회 72쪽)

정신력과 체력[精], 원기[氣], 정력[神]을 가리킨다. 도교에서는 이 세 가지를 조화롭게 키우고 수양하면 신선이 될 수 있다고 생각했다. 이는 주로 『황정경』의 주장을 인용한 것이다.

"무상문의 진정한 법주이시니⋯⋯."(제1권 7회 224쪽)

무상문은 여기서 불문佛門을 범칭하는 것으로 쓰였다. 불교의 삼론종三論宗이 '모든 법이 모두 공'이란 사상을 종지로 삼기 때문에 무상종無相宗이라고 불린다. 법주法主는 불경에서 석가모니에 대한 칭호로 쓰인다. 설법주說法主라고 쓰기도 하며 교의를 선양하는 스승이란 의미를 갖는다.

문수보살文殊菩薩

대승불교의 보살 가운데 하나로, 지혜를 상징한다. 특히 보현보살과 함께 석가모니를 좌우에서 모시고 있는데, 일반적으로 석가모니의 왼쪽에서 머리에 큰 태양과 다섯 지혜를 상징하는 상투를 틀고, 손에는 칼을 쥔 채 푸른 사자를 탄 모습으로 묘사된다.

반야般若

범어 '푸라쥬냐Prájuuñā'를 음역한 것으로 '포어루어[波若]'라고도 하며 '지혜'라는 뜻이다. 즉, '모든 사물을 여실히 이해하는 지혜'를 가리키는 것으로 일반적인 지혜와는 다르다.

법계法界

불법의 범위로 원시불교에서는 열두 인연[因緣], 대승에서는 만유의 본체인 진여眞如, 우주를 가리킨다. 또 불교도의 사회라는 의미도 가질 수 있는데, 여기서는 전자와 후자의 의미를 겸한다고 할 수 있다.

법상法相

모든 사물에 내재하거나 외재하는 표상을 통틀어 가리키는 말이다.

"별자리 밟으니……."(제5권 44회 117쪽)

본문의 '사강포두査勛佈斗'는 '답강포두踏勛佈斗', 즉 도교의 법사가 단을 세우고 의식을 치를 때 별자리를 따라 걷는 걸음걸이를 가리킨다. 이렇게 걸으면 신령을 불러낼 수 있다는 것인데, 이 걸음을 만들어낸 이가 우禹임금이라 해서 '우보禹步'라고도 부른다.

보타낙가산普陀落伽山

'흰 꽃이 피어 있는 작은 산' 또는 '꽃과 나무로 가득한 작은 산'이라는 뜻을 가진 범어 '포탈라카potalaka'의 음역이다. 지금의 저장성浙江省 포투어시앤普陀縣 동북쪽 바다 가운데 '보타도'라는 섬이 있다. 이 섬은 옛날에 산서山西의 오대산五臺山과 안휘安徽의 구화산九華山, 사천四川의 아미산峨眉山과 더불어 중국 불교의 4대 사찰이 자리 잡은 명산으로 꼽혔다.

복기服氣

도교에서는 선인仙人들이 여름에는 화성火星의 적기赤氣를, 겨울에는 화성의 흑기黑氣를 마시면 배고픔을 잊는다고 한다.

"불법은 본래 마음에서 생겨나고 또한 마음을 따라 사라진다네."(제2권 20회 271쪽)

법은 범어 '다르마dharma'의 의역이다. 여기서는 모든 사물과 현상을 가리킨다. '심'이란 모든 정신 현상을 가리킨다. 불교에는 '만법일심설萬法一心說'이라는 것이 있다. 『반야경般若經』에 이런 기록이 있다. "모든 법과 마음을 잘 인도해야 한다. 마음을 안다면 모든 법을 다 알 수 있다. 세상의 모든 법은 다 마음에서 비롯된다."

불이법문不二法門

불교 용어로, 모든 현상과 모순이 '분별이 없고' 각종 차이를 초월해야 한다는 뜻이다. 이른바 언어나 문자를 떠난 '진여眞如', '실상實相'의 깨달음으로, 그들은 서로 평등하며 서로 간에 구별도 없다. 보살이 이 '불이不二'의 이치를 깨달은 것을 '불이법문不二法門'에 들었다고 한다. 여기에서 불이법문은 '불문佛門'을 뜻한다.

【ㅅ】

사대천왕四大天王

불교에서는 33개 하늘의 군주를 제석이라고 부른다. 이들은 수미산 꼭대기 도리천 중앙의 희견성喜見城에 거주하고 있다. 이들 밑에 수미산의 사방을 지키는 외장外將이 있는데 이들을 사대천왕, 혹은 사대금강四大金剛이라고 부른다. 천하의 네 방위를 맡아 지키고 있기 때문에 호세사천왕護世四天王이라고도 불린다. 동방의 다라타多羅咤는 지국천왕持國天王으로 몸은 흰색이고 비파를 들고 있다. 남방의 비유리毗琉璃는 증장천왕增長天王으로 몸은 청색이고 보검을 쥐고 있다. 서방의 비류박차毗留博叉는 광목천왕廣目天王으로 몸은 붉은색이고 손에는 용이 똬리를 틀고 있다. 북방의 비사문毗沙門은 다문천왕多聞天王으로 몸은 녹색이고 오른손에는 우산을, 왼손에는 은 쥐를 쥐고 있다.

"사람이 죽어 삼칠 이십일 일 혹은 오칠 삼십오 일, 칠칠 사십구 일이 다 차면 이승의 죄를 다 썻어내고 환생할 수 있습니다."(제4권 38회 228쪽)

불교에서는 7일을 하나의 주기로 삼는다. 죽은 자의 영혼은 이 주기가 일곱 번 끝날 때까지 자신이 내세의 이승에 다시 태어날 곳을 찾을 수 있으며, 그것이 적절한 선택인지 여부는 저승의 판관들이 심사하여 결정한다. 만약 그가 스스로 마땅한 곳을 찾지 못했다면 저승의 판관이 다시 태어날 곳을 지정해 준다. 어쨌든 49일이 지난 후에는 모든 영혼이 반드시 윤회하여 이승의 어딘가에 태어나게 된다.

"사부님, 겁내지 마십시오. 저건 원래 사부님의 껍질이었습니다."(제10권 98회 228쪽)

이것은 본래 불교의 해탈 과정이라기보다는 육신을 버리고 우화등선羽化登仙하는 도교의 '시해尸解'에 가까운 묘사이다. '시해'에는 숯불에 몸을 던지는 '화해火解'와 물에 빠져 죽는 '수해水解', 칼로 목숨을 끊는 '검해劍解' 등 다양한 방법이 있다.

사상四相

불교 용어로, 아래와 같은 여러 가지 다른 의미를 가지고 있다. 첫째 인과사상因果四相이라 하여 생生, 노老, 병病, 사死를 가리킨다. 둘째 만물의 변화를 나타내는 네 가지 상, 곧 생상生相, 주상住相, 이상移相, 멸상滅相을 가리킨다. 셋째 중생이 실재實在라고 착각하는 네 가지 상, 곧 아상我相, 인상人相, 중생상衆生相, 수자상壽者相을 가리킨다.

사생四生

불교에서는 중생의 출생을 네 가지로 나눈다. 사람과 가축 같은 태생胎生, 날짐승과 길짐승 및 물고기 같은 난생卵生, 벌레와 같이 습기에 의지해 형체를 이루는 습생濕生, 의탁하는 것 없이 업력業力을 빌려 홀연히 출현하는 화생化生이 그것이다.

사인四忍

고통이나 모욕을 당해도 원망하는 마음이 없고 편안한 마음으로 불교의 교리를 믿고 지키며 동요되지 않는 것을 말한다. 지혜의 일부분으로 이인二忍, 삼인三忍, 사인四忍 등이 있다.

사위성舍衛城

사위[śrávastī]는 원래 코살라국의 도성 이름이었는데, 남쪽에 있었던 또 하나의 코살라국과 구별하기 위하여 '사위舍衛'라는 도시 이름으로 국명을 대체하였다. 이곳에는 불교를 숭상하는 것으로 유명하던 파사닉왕波斯匿王이 살았는데, 성안에 급고독장자給孤獨長者가 보시한 기원정사祇園精舍가 있는데 유적이 아직도 남아 있다. 전하는 바에 따르면, 석가모니가 성불한 후 이곳에서 25년 살았다고 한다. 7세기에 당나라 현장법사가 이곳을 찾은 적이 있다.

사치공조四値功曹

도교에서 신봉하는 치년値年, 치월値月, 치일値日, 치시値時 네 신의 총칭으로 신들이 사는 천정天庭에 기도문을 전달하는 관직을 맡고 있다.

삼계三界

불교에서는 인간 세상을 세 단계로 나눈다. 욕계慾界는 온갖 욕망을 다 가지고 있는 중생의 세계이고, 색계色界는 욕계의 윗단계로서 욕망은 없으나 외형과 형태는 존재하는 세계이고, 무색계無色界는 다시 색계의 윗단계로서, 색상色相(사물의 형태와 외관)이 모두 사라지고 오로지 정신만이 정지 상태에 머무르는 중생계이다. 여기에선 인간세계에 대한 범칭으로 쓰였다. 감원坎源이란 수원水源을 의미한다. 『주역』「감괘坎卦」가 수에 속하므로 이렇게 일컫는 것이다.

삼공三空

불가 용어로, 삼해탈三解脫, 삼삼매三三昧라고도 한다. 아공我空, 법공法空, 아법구공我法俱空을 가리키기도 하고 삼공해탈三空解脫, 무상해탈無相解脫, 무원해탈無愿解脫을 가리키기도 한다.

삼관

도교의 기氣 수련에 관련된 용어인데, 그에 대한 해설은 각각이다. 『회남자淮南子』「주술훈主術訓」에서는 귀, 눈, 입이라고

했고, 『황정경』에서는 손, 입, 발이라고 했다. 명당明堂, 가슴에 있는 동방洞房, 단전丹田의 셋이라고 하기도 하고(『원양자元陽子』), 머리 뒤쪽의 옥침玉枕, 녹로轆轤, 등뼈 끝부분의 미려尾閭의 셋이라고 하기도 한다(『제진현오집성諸真玄奧集成』).

삼귀오계

삼귀는 '삼귀의三歸依'의 준말이다. 불교에 입문할 때 반드시 스승에게서 '삼귀의'를 전수받게 되니, 즉 부처[佛], 불법[法], 승려[僧]의 삼보三寶를 가리킨다. 오계五戒는 살생하지 말고, 도둑질하지 말고, 음란하고 사악한 짓을 말며, 망령된 말을 하지 말고, 술을 마시지 말라는, 불교도가 평생 지켜야 할 다섯 가지 계율이다. 도가에도 오계가 있으니, 살생하지 말고, 육식과 술을 하지 말며, 속 다르고 겉 다른 말을 말며, 도둑질하지 말고, 사악하고 음란한 짓을 하지 말라는 것이다.

삼단해회대신三壇海會大神

덕이 깊고 넓은 것이나 수량이 엄청난 것을 비유하여 쓰는 말이다. 『화엄현소華嚴玄疏』에 따르면, '바다가 모인다[海會]'고 말하는 것은 그 깊고 넓음 때문이다. 어짊이 두루 미쳐 중생들에게 골고루 퍼지고 덕이 깊어 불성佛性을 구하는 것이 헤아릴 수 없이 넓고 크기 때문에 '바다'라고 한 것이라고 했다.

삼도三塗

'삼악취三惡趣' 또는 '삼악도三惡道'라고도 하는데, 뜨거운 불로 몸을 태우는 지옥도地獄道와 서로 잡아먹는 축생도畜生道, 그리고 칼과 몽둥이로 핍박하는 아귀도餓鬼道를 가리킨다. 불교에서는 악행을 저지른 사람은 죽어서 반드시 이 셋 가운데 하나에 빠지게 된다고 한다.

삼매화三昧火

삼매란 범어 '사마디Samadhi'의 역어로서 '고정되다', '정해지다'의 뜻을 가지고 있다. 보통 한 가지에 집중하여 흩어짐이 없는 정신 상태를 가리킨다. 삼매화란 삼매의 수양을 쌓은 사람의 몸 안에서 돌고 있는 기운이며 진화眞火라고 부르기도 한다.

삼승三乘

승乘이란 물건을 실어 나르는 기구로서, 중생을 구제해 현실 세계인 차안此岸에서 깨달음의 세계인 피안彼岸에 도달함을 비유한 것이다. 불교에선 인간을 세 종류의 '근기根器'로 나눌 수 있다고 보므로, 수양에도 세 종류의 경로가 있게 되고, 수레로 실어 나르는 것의 비유에 따라 세 종류의 수행 방법을 '삼승'이라고 일컬으니, 성문승聲聞乘, 연각승緣覺乘, 보살승菩薩乘이 그것이다. 도가에도 '삼승'이 있는데, 동진부洞眞部가 대승, 동현부洞玄部가 중승中乘, 동신부洞神部가 소승이다.

삼시신三尸神

도교에서는 인간의 신체에 세 가지 벌레가 있다고 여기는데, 이를 삼충三蟲, 삼팽三彭, 삼시신三尸神이라 한다. 『태상삼시중경太上三尸中經』에 이르기를, "상시上尸는 팽거彭倨라 하는데 사람 수염 속에 있고, 중시中尸는 팽질彭質이라 하는데 사람 배 속에 있고, 하시下尸는 팽교彭矯라고 하는데 사람 발 속에 있다"고 한다. 송나라 때 섭몽득葉夢得이 쓴 『피서록화避暑錄話』에 따르면, 삼시신은 "인간의 잘못을 기억해 경신일庚申日에 사람이 잠든 틈을 타 상제께 그것을 일러바친다"고 한다.

삼원三元

도교 용어로 도교에서는 천天, 지地, 수水를 삼원三元 혹은 삼관三官이라고 한다.

삼재三災의 재앙

불교에는 큰 '삼재'와 작은 '삼재'가 있다. 전자는 한 겁이 끝날 무렵마다 나타나 세상 만물을 없애버리는 바람과 물과 불의 세 가지 재앙을 가리키고, 후자는 기근과 역병과 전쟁을 가리킨다. 여기서는 전자를 의미한다.

삼청三淸

도교에서 추앙하는 세 명의 최고신으로 옥청원시천존玉淸元始天尊(혹은 천보군天寶君), 상청영보천존上淸靈寶天尊(혹은 태상노군太上道君), 태청도덕천존太淸道德天尊(혹은 태상노군太上老君)을 말한다. 도교에서는 사람과 하늘 밖의 선경, 곧 삼청경三

清境이라는 곳에 이들 세 신이 살고 있다고 생각한다.

"세 송이 꽃 정수리에 모여 근본으로 돌아갈 수 있었고……"(제2권 19회 240쪽)

도교의 연단술에서는 정情, 기氣, 신神을 세 송이 꽃 혹은 세 가지 보물이라고 부른다. 세 송이 꽃이 정수리에 모였다는 것은 신체가 영원히 훼손당하지 않는 경지에 이르렀다는 것을 뜻한다.

세 혼

도가에서는 사람에게 혼이 세 개가 있다고 여겼으니, 탈광脫光, 상령爽靈, 유정幽精이 그것이다.『운급칠첨雲笈七籤』54권「혼신魂神」에 따르면, 도가에서는 그 세 개의 혼을 굳게 지키는 법술이 있다고 한다.

"손에 든 여의봉은 위로 서른세 곳의 하늘……"(제1권 3회 107쪽)

범어 '도리천忉利天'의 의역이다.『불지경론佛地經論』에 따르면, 이 명칭은 수미산 정상의 네 면에 각기 팔대천왕이 자리 잡고 있고, 가운데 제석帝釋이 살고 있다고 해서, 그 수에 맞춰서 붙여진 것이다.

수미산

인도의 전설에 나오는 산 이름이다. '수미須彌'는 '오묘하고 높다[妙高]'는 뜻을 가진 범어 '수메루sumeru'를 잘못 음역한 것이다. 불교에서는 이 산을 인간세계의 중심이자, 해와 달이 돌아서 뜨고 지는 곳이며, 삼계三界의 모든 하늘들을 지탱하는 기둥으로 여긴다.

수보리조사須菩提祖師

'수보리'는 본래 부처의 십대제자 가운데 하나이나, 여기서는 불교와 도교의 수련을 겸한 신선의 하나로 설정된 허구적 등장인물이다.

수중세계[下元]

도교에서는 하늘나라[天上]를 상원上元이라 하고, 육지를 중원中元, 물속을 하원下元이라 부른다.

"신묘한 거북과 삼족오三足烏의 정기 흡수했지."(제2권 19회 240쪽)

　　이 구절은 도가에서 물과 불을 조화롭게 하고 정精과 기氣가
서로 호응하는 연단술을 사용함을 나타내고 있다. '이離'와
'감坎'은 각각 팔괘의 하나로서, 이는 불이고 감은 물이다. 용
과 호랑이는 도가에서 각각 물과 불, 납과 수은을 의미한다.
연단술에서 신묘한 거북은 신장 속의 검은 액체이다. '금오'는
신화 속의 '삼족오'로서 태양을 의미하고, 결국 심장을 뜻한
다. '신령한 거북'과 '금오'는 연단술의 정과 기이다.

**"신장腎臟의 물 두루 흘려 입속의 화지로 들어가게 하고……."(제2권
19회 240쪽)**

　　도교에서는 혀 아래쪽에 있는 침샘을 화지華池라고 부른다. 여
기서는 오행 가운데 물에 해당하는 신장腎臟에서 정화된 기운
이 온몸에 흐른다는 관념을 엿볼 수 있다.

십지十地

　　불교 용어로 '십주十住'라고도 한다. 보살이 수행하는 열 가지
경계를 말한다. 『화엄경華嚴經』에 따르면, 이것은 환희지歡喜
地, 이구지離垢地, 발광지發光地, 염승지聆勝地, 난승지難勝地, 현
전지現前地, 원행지遠行地, 부동지不動地, 선혜지善彗地, 법운지法
雲地를 가리킨다.

【ㅇ】

"아래로는 십팔 층 지옥……."(제1권 3회 107쪽)

　　지옥은 범어 '나락가那洛迦'의 의역이며, 불락不樂, 가염可厭, 고
기苦器 등으로도 쓴다. 지하에는 팔한八寒, 팔열八熱, 무간無間
등이 있다. 불교에서는 사람이 생전에 악업을 지으면 사후에
지옥에 떨어져 각종 고통을 당한다고 한다. 『남사南史』「이맥
전夷貊傳」에 따르면, 유살하劉薩何가 갑자기 병으로 죽었다가
나중에 다시 소생했는데, 스스로 십팔 층 지옥에 다녀온 적이
있다고 말했다는 기록이 있다.

아비지옥

불교에서 말하는 팔대지옥 중에서 여덟 번째 지옥으로서 거기에 떨어지면 영원히 벗어나지 못한다.

"아홉 등급 연화대가 있네."(제1권 7회 224쪽)

구품화九品花란 곧 구품 연화대蓮花台를 가리킨다. 불교 정토종淨土宗에서는 수행자의 공덕이 각기 다르므로 극락왕생해서 앉게 되는 연화대 또한 등급이 있게 된다고 본다. 상상上上, 상중上中, 상하上下, 중상中上, 중중中中, 중하中下, 하상下上, 하중下中, 하하下下 종 아홉 등급이다.

여산노모驪山老母

여자 신선의 이름이다. 전설에 따르면, 은나라와 주나라가 교체될 무렵에 천자가 된 여인이라고 한다. 당나라와 송나라 이후로 신선으로 받들어져서 '여산모驪山姥' 또는 '여산노모'라고 불렸다. 『집선전集仙傳』에 따르면, 당나라 때의 이전李筌이 신선의 도를 좋아했는데, 숭산嵩山 호구암虎口岩의 석벽에서 『황제음부경黃帝陰符經』을 얻고, 그것을 베껴 수천 번을 읽었으나 그 뜻을 이해할 수 없었다. 그러다가 여산에서 한 노파를 만났는데, 신령한 생김새가 예사롭지 않았다. 마침 길가에 불에 탄 나무가 있었는데, 노파가 "불은 나무에서 일어나지만 재앙은 반드시 극복된다(火生於木 禍發必剋)"고 중얼거렸다. 이전이 깜짝 놀라서 "그건 『황제음부경』의 비밀스러운 문장인데, 노파께서 어찌 알고 언급하시는 겁니까?" 하고 물었더니, 노파는 이전에게 그 경전의 오묘한 뜻을 풀어 설명해주고 보리밥을 대접해주고는 바람을 타고 사라져버렸다. 이전은 이때부터 밥을 먹지 않아도 배가 고프지 않아서, 그 참에 곡식을 끊고 도를 추구했다고 한다. 여산은 당나라 때 장안 부근(지금의 산시성陝西省 린동시앤臨潼縣 동남쪽)에 있는 산이다. 당나라 현종玄宗은 이곳의 온천에 화청궁華淸宮을 지어 양귀비楊貴妃와 함께 놀았으며, 근처에는 진秦 시황제始皇帝의 무덤이 있다.

연등고불燃燈古佛

정광불錠光佛이라고도 한다. 『지도론智度論』의 기록에 따르면,

그가 태어났을 때 몸 주변의 빛이 등과 같아서 그런 이름이 붙여졌다고 한다. 석가모니가 부처가 되기 전에, 연등불燃燈佛은 그가 장래에 부처가 될 거라고 예언했다고 한다.

영대방촌산靈臺方寸山

'영대'는 도가에서 사람의 마음을 비유하는 표현이며 '영부靈府'라고도 한다. '방촌' 역시 사람의 마음을 나타내는 표현이다. 이런 표현 때문에 일반적으로 『서유기』는 사람이 마음을 수양하는 과정을 비유와 상징으로 묘사한 작품이라고 여겨지곤 한다.

"예로부터 연단술과 『역경易經』, 황로黃老 사상의 뜻을 하나로 합쳤으니……"(제10권 99회 258쪽)

동한의 방사方士 위백양魏伯陽은 『주역참동계周易參同契』를 지어 『주역』의 효상론爻象論을 통해 연단하여 신선을 이루는 법을 설명하면서, 연단술과 『주역』, 황로 사상을 합쳐 하나로 만들었다.

예수기고재預修寄庫齋

기고寄庫란 요나라에서 제사 의식을 이르던 말이다. 또 한편으로는 민간신앙의 하나로 생전에 지전을 사르며 불사를 행하여 저승 관리에게 미리 돈을 주어 사후에 쓸 수 있도록 준비하는 의식을 가리키기도 한다.

오방오로五方五老

도교에서는 동왕공東王公(동화제군東華帝君), 단령丹靈, 황노黃老, 호령晧靈, 현로玄老를 오방오로라고 한다.

오온五蘊

'오음五陰'이라고도 하며 색色, 수受, 상想, 행行, 식識의 다섯 가지를 가리킨다. 이것은 순서대로 형상形相, 기욕嗜慾, 의념意念, 업연業緣, 심령心靈을 의미한다. 불교에서는 일체의 중생이 다섯 가지에 의해 이루어진다고 여긴다.

옥국보좌玉局寶座

태상노군의 보좌를 가리킨다. 옥국玉局은 지명으로 현재 청두시成都市에 있다. 도교의 전적에 따르면, 동한東漢 환제桓帝 영수永壽 원년(155)에 태상노군이 장도릉張道陵과 함께 이곳에 도착했는데, 다리가 달린 옥 침상이 땅에서 솟아올라 태상노군이 보좌에 앉아 공중으로 올라가 장도릉에게 경전을 강설하였다고 한다. 그리고 그가 떠나자 침상은 사라지고 땅에는 구멍이 생겼는데, 후에 그것을 옥국화玉局化라고 불렀다 한다. 송나라 때는 이곳에 옥국관玉局觀이 설립되었다.

"우리는 정精을 기르고, 기氣를 단련하고, 신神을 보존해서 용과 호랑이를 조화롭게 만들고, 감坎으로부터 이離를 채워야 하니⋯⋯."(제3권 26회 151쪽)

도교의 연단煉丹에 대한 설명이다. 용과 호랑이는 음양오행의 원리에 따라 내단內丹을 설명하는 말이다. 용은 양陽에 속해서 이離에서 생기는데, 이는 불에 속하기 때문에 "용은 불 속에서 나온다(龍從火裏出)"고 한다. 이에 비해 호랑이는 음陰에 속해서 감坎에서 생기는데, 감은 물에 속하기 때문에 "호랑이는 물가에서 태어난다(虎向水邊生)"고 한다. 이 두 가지를 합쳐서 '도의 근본[道本]'이라 하는 것이다. 인체의 경우 간肝은 용에 해당되고 신장腎臟은 호랑이에 해당한다. 용과 호랑이의 근본은 원래 '참된 하나[眞一]'에 있으니, 음양의 융합이란 곧 그 근본을 합쳐 하나가 되는 것을 가리킨다. 한편, 외단外丹에서도 용과 호랑이로 음양을 비유하며, 수은[汞]을 구워 약을 제련하는 것을 일컬어 "용과 호랑이를 만든다(爲龍虎)"라고 하는데, 이 또한 음양의 융합을 가리키는 말이다.

원신元神

도교에서는 인간의 영혼이 수련을 거친 경우에 그것을 '원신'이라고 부른다. 신선의 도를 터득한 사람은 원신이 육체를 떠나 자유자재로 다닐 수 있다.

원양元陽

원양지기元陽之氣를 가리킨다. 도교에서는 이것을 선천적으로 타고나는 것이자 후천적인 양생의 노력으로 키울 수 있다고 본다. 이 기운은 타고난 정기精氣가 변화된 것으로, 오장육부

등의 모든 기관과 조직의 활동을 추동하고, 생명 변화의 원천
이 된다.

육도六道

불교 용어로 '육취六趣'라고도 한다. 불교에서는 중생의 세계
를 여섯 가지, 즉 하늘, 사람, 아수라阿修羅, 아귀餓鬼, 축생畜生,
지옥地獄으로 나눈다. 『엄경楞嚴經』에 따르면, 불문에 귀의하지
않으면 영원히 이 여섯 세계 안에서 윤회를 거듭하고 해탈할
수 없다고 말한다.

육도윤회六道輪廻

불교에서는 중생이 선악의 업인業因에 따라 지옥과 아귀餓鬼,
축생, 수라修羅, 인간, 천상의 여섯 세계를 윤회한다고 여겼다.

육욕

여섯 가지 탐욕. 첫째는 색욕色慾으로 빛깔에 대한 탐욕이고,
둘째는 형모욕形貌慾으로 미모에 대한 탐욕, 셋째는 위의자태
욕威儀姿態慾으로 걷고 앉고 웃고 하는 애교에 대한 탐욕, 넷째
는 언어음성욕言語音聲慾으로 말소리, 음성, 노래에 대한 탐욕,
다섯째는 세활욕細滑慾으로 이성의 부드러운 살결에 대한 탐
욕, 여섯째는 인상욕人相慾으로 남녀의 사랑스런 인상에 대한
탐욕을 가리킨다.

육정六丁과 육갑六甲

도교에서 받들고 있는 천제天帝가 부리는 신으로 바람과 우레
를 일으킬 수 있고 귀신을 제압할 수 있다. 육정은 정묘丁卯,
정사丁巳, 정미丁未, 정유丁酉, 정해丁亥, 정축丁丑으로 음신陰神,
즉 여신이고, 육갑은 갑자甲子, 갑술甲戌, 갑신甲申, 갑오甲午, 갑
신甲辰, 갑인甲寅으로 양신陽神, 즉 남신이다.

은혜

불교에서 말하는 "네 가지 크나큰 은혜[四重恩]"란 세상 사람들
이 마땅히 갚아야 될 네 가지 은덕을 가리킨다. 『석씨요람釋氏
要覽』「권중卷中」에 따르면 두 가지 설이 있다. 하나는 부모의
은혜, 중생의 은혜, 임금의 은혜, 삼보三寶의 은혜를 말한다. 다

른 하나는 부모의 은혜, 스승과 나이 많은 어른의 은혜, 임금의 은혜, 시주施主의 은혜를 말한다.

일곱 부처

불가에서는 비파시불毗婆尸佛, 시기불尸棄佛, 비사부불毗舍浮佛, 구류손불拘留孫佛, 구나함모니불拘那含牟尼佛, 가섭불迦葉佛, 석가모니불釋迦牟尼佛을 '과거의 칠불' 혹은 약칭으로 '칠불'이라 부른다.

입정入靜

불교에서 좌선을 하고 모든 잡념이 끊어진 고요한 상태에 들어가는 것을 일컫는 말이다.

【ㅈ】

작소관정鵲巢貫頂

석가여래가 참선을 하느라 나무 아래 앉아 있는데, 새 한 마리가 그런 석가여래를 나무인 줄 알고 머리에다 집을 짓고 알을 낳았다. 참선을 끝낸 석가여래는 머리 속에 알이 있는 줄 알고는 참선을 계속하여 그 알이 부화하여 새가 되어 날아간 다음에야 일어섰다는 이야기에서 유래한 표현이다.

장생제長生帝

도교에서 숭상하는 태산신泰山神을 가리킨다. 이 신이 인간의 생사를 주관한다는 전설이 있다. 그래서 '장생제'라고 부른다.

재동제군梓潼帝君

도교에서 공명功名과 녹위祿位를 주재한다고 여겨 모시는 신이다. 『명사明史』 「예지禮志」와 『삼교원류수신대전三教源流搜神大全』에 따르면, 그의 이름은 장아자張亞子이고 촉蜀 땅의 칠곡산七曲山(지금의 쓰촨성四川省 쯔통시앤梓潼縣 북쪽)에 살았다고 한다. 그는 진晉나라에서 벼슬살이를 하다가 전사했는데, 후세 사람들이 그를 위해 사당을 세워주었다. 당나라와 송나라 때 여러 차례 벼슬이 더해져서 '영현왕英顯王'에까지 봉해졌다. 도교에서는 그가 문창부文昌府의 일과 인간 세상의 벼슬살이를 관장한다고 여겼기 때문에, 원나라 인종仁宗 연우延佑 3년(1316)에는 '보원개화문창사록굉인제군輔元開化文昌司祿宏仁帝君'에 봉해져서 흔히 '문창제군文昌帝君'으로 불렀다.

"절로 거북과 뱀이 얽히게 되리라."(제1권 2회 73쪽)

모두 도교에서 내단內丹을 수련함을 의미하는 용어이다. 옥토끼는 달에서 약을 찧고 있다는 신화 속의 동물이고, 까마귀는 해에 산다는 다리 셋 달린 새로서 보통 금조金鳥라고 부른다. 여기에선 이것들로 인체 내의 정, 기, 신, 음양이 서로 어울려 조화되는 이치를 비유하고 있다. 거북과 뱀이 뒤얽혀 있다는 것은, 도교에서 떠받드는 북방의 신 현무玄武로서 거북과 뱀이 합체된 모습을 하고 있다. 북방 현무가 수水에 속한 것을 가지고 중의中醫에서는 오행 가운데 수에 속하는 콩팥[腎臟]을 비유하고 있는데, 콩팥은 타고난 원양 진기眞氣를 보존하는 곳이다.

"제호醍醐를 정수리에 들이부은 듯……."(제4권 31회 16쪽)

불교 용어로 지혜를 불어 넣어 깨닫게 한다는 뜻이다. 제호醍醐란 치즈[峯酪]에서 추출한 정화로, 불가에서 최고의 불법을 비유하는 말이다.

좌관坐觀

자기 몸 하나가 들어갈 만한 작은 방에 들어가 외부와 일체의 교섭을 단절한 채 수행하는 것으로 90일이 한 단위가 된다.

지장왕보살地藏王菩薩

불교의 대승보살大乘菩薩 가운데 하나로, 범어 '걸차저얼파乞叉底蘗婆'의 의역이다. 그는 "대지처럼 편안히 참아내는 부동심을 갖고 있고, 비장의 보물처럼 고요하게 생각에 잠겨 깊고 은밀한 성품을 나타낸다(安忍不動如大地 靜慮深密如秘藏)"(『지장십륜경地藏十輪經』)는 데서 '지장'이라는 이름을 갖게 되었다. 불교에서는 그가 석가모니가 사라지고 미륵彌勒이 세상에 나타나기 전에 육도六道에 현신하여 천상에서 지옥에 이르기까지 모든 중생의 고난을 구제해주는 보살이라고 한다.

진언眞言

불교 밀종의 경전을 진언이라고 하니, 범어 '만다라mandala'의
의역으로서 망령되지 않고 진실된 말이란 의미이다. 또 승려
나 도사가 귀신을 항복시키고 사악한 기운을 쫓기 위해 암송
하는 구결을 진언이라고 하기도 했다. 여기서는 후자에 해당
한다.

진여

'진眞'은 허망하지 않고 진실한 것을 가리키며, '여如'는 '여상如
常', 즉 항상 변하지 않는 것을 가리킨다. 이런 경지는 투철한
깨달음을 통해서 도달할 수 있는 것이라고 한다.

【ㅊ】

천강성天勡星

도교에서는 북두성 주변에 있는 36개의 별을 지칭하여 천강
성天勡星이라 한다.

천화天花

양나라 무제 때 운광雲光법사가 경전을 강의하자 하늘이 감동
하여 천화가 떨어져 내렸다는 말이 양나라 혜교慧皎의 『고승
전高僧傳』에 실려 있다. 또 『법화경』「서품序品」에 의하면, 부처
가 『법화경』 강론을 끝내자 하늘에서 만다라화, 마하만다라
화, 만수사화와 마하만수사화가 부처와 청중들 몸으로 어지
러이 떨어져 내렸다고 한다. 여기서는 이 두 가지 의미를 함께
가지고 있다.

칠보七寶

불교 용어로 『법화경法華經』에 따르면 금, 은, 유리, 거거硨磲
(인도에서 나는 보석), 마노瑪瑙, 진주, 매괴玫瑰(붉은빛의 옥)
를 칠보라 한다.

탈태환골

　　도교의 연단煉丹에서는 어미의 몸에 태胎가 생기는 것으로 정精, 기氣, 신神이 뭉쳐 내단內丹을 이루는 것을 비유한다. 이런 경지에 이르면 보통 인간의 육신을 벗어던지고 신선의 몸으로 탈바꿈한다는 것인데, 이것을 일컬어 '탈태환골'이라 한다. 오대五代 무렵의 진박陳樸이 편찬한 『내단담內丹談』에 따르면, 도가의 수련은 아홉 단계를 거쳐 연단하게 되는데, 그 과정은 다음과 같다. 첫 번째 단계를 지나면 생기가 유통하고 음양이 화합하면서 내단이 단전丹田을 향해 내려오기 시작하고, 두 번째 단계를 지나면 참된 정기가 단약처럼 둥글게 뭉쳐 단전으로 갈무리되고, 세 번째 단계를 거치면 신선의 태가 어린애 같은 모양을 갖추고, 네 번째 단계를 거치면 신선의 태와 정신이 넉넉해져서 혼백이 모두 갖춰지고, 다섯 번째 단계를 거치면 신선의 태가 자라면서 마음대로 신통력을 부릴 수 있게 되고, 여섯 번째 단계가 지나면 신체 안팎의 음양이 모두 넉넉해져서 신선의 태와 정신이 인간의 육체와 하나로 합쳐지고, 일곱 번째 단계가 지나면 오장五臟의 타고난 기운이 모두 신선의 그것으로 바뀌고, 여덟 번째 단계가 지나면 어린애에게 탯줄[臍帶]이 있는 것처럼 배꼽 가운데 '지대地帶'가 생겨서 태식胎息, 즉 코와 입을 쓰지 않는 호흡을 통해 기운을 온몸에 두루 흐르게 할 수 있으며, 최후의 아홉 번째 단계에 이르면 육신이 도와 하나가 되어 지대가 저절로 떨어지고 발아래 구름이 생겨 하늘로 날아오를 수 있다고 한다.

태상노군급급여율령봉칙太上老君急急如律令奉勅

　　'급급여율령急急如律令'이란 도교에서 사용하는 일상적 주문이다. 원래 한나라 때의 공문서에 '여율령'이라는 표현이 자주 쓰였는데, 나중에 도교에서 '신을 부르고 귀신을 잡는[召神拘鬼]' 주문의 말미에 종종 이 표현을 모방해서 썼다. 이것은 율법의 명령과 같이 반드시 긴급하게 집행해야 한다는 뜻을 나타낸 것이다.

태을太乙

태일太一이라고도 한다. 여기서는 하늘과 땅이 나뉘지 않고 혼돈된 상태로 있을 때의 원기元氣를 의미한다. 도가에서도 텅비어 있는 '도道'의 별칭으로 쓴다.

태을천선太乙天仙

천선이란 도교에서 승천升天한 신선을 가리키는 말이다. 『포박자抱朴子』「논선論仙」에 따르면, "『선경仙經』에 이르기를, '상사上士'는 육신을 이끌고 허공으로 올라가니 천선天仙이라 하고, 중사中士는 명산에서 노니니 이를 지선地仙이라 하고, 하사下士는 죽은 후에야 육신의 허물을 벗으니, 이를 시해선尸解仙이라 한다'고 하였다"고 한다.

【ㅍ】

팔난八難

팔난이란 부처님을 만나고 불법을 구하기 어려운 여덟 가지 상황을 말하는 것이다. 즉 지옥, 축생, 아귀, 장수천長壽天, 북울단월北鬱單越, 맹롱음아盲聾瘖啞, 세지변총世智辯聰, 불전불후佛前佛後이다.

팔대금강八大金剛

팔대금강명왕八大金剛明王의 약칭으로 금강수보살金剛手菩薩, 묘길상보살妙吉祥菩薩, 허공장보살虛空藏菩薩, 자씨보살慈氏菩薩, 관자재보살觀自在菩薩, 지장보살地藏菩薩, 제개장보살除蓋障菩薩, 보현보살普賢菩薩을 가리킨다.

【ㅎ】

현무玄武

도교의 사방신四方神 가운데 북방의 신을 가리킨다. 그 모습은 대체로 거북과 뱀이 합쳐진 모양으로 묘사된다. 송나라 대중상부(大中祥符, 1008~1016) 연간에는 휘휘諱를 피하기 위해 '진무眞武'라고 칭했다. 송나라 진종眞宗 때는 '진천진무령응우성제군鎭天眞武靈應祐聖帝君'으로 추존되어 '진무제군'으로 불리기 시작했다. 도교 사당에 조각상이 모셔진 경우가 많은데, 그 모습은 검은 옷을 입고 머리를 풀어헤친 채, 손에 칼을 짚고 발로 거북과 뱀이 합쳐진 괴물을 밟고 있으며, 그 하인은 검은 깃발을 들고 있는 것으로 묘사된다.

현장玄奘

당나라의 실존했던 고승으로, 속세의 성명은 진위(陳褘, 602~664)이며, 낙천洛川 구씨柳氏(지금의 허난성河南省 이앤스시 앤偃師縣 꺼우스쩐柳氏鎭) 사람이다. 어려서 출가하여 불교 경전을 연구했고, 천축天竺, 즉 인도에 유학하여 17년 동안 공부하고 장안으로 돌아와 불경의 번역에 힘써서, 중국 불교 법상종法相宗의 창시자 가운데 하나가 되었다. 『서유기』에서는 비록 이 인물을 모델로 삼았지만, 오랫동안 민간에서 전설로 전해지면서 실제 역사에 나타난 것과는 많은 차이가 생기게 되었다.

현제玄帝

노자老子를 가리킨다. 당나라 고종高宗 건봉乾封 원년(666)에 노자를 태상현원황제太上玄元皇帝로 추존하였는데, 간략히 현제라고도 불린다.

화생化生

『유가론瑜迦論』에 따르면, 껍질에 의지해서 나는 것을 난생卵生, 암수 교합을 통해 몸에 담고 있다가 낳은 것을 태생胎生, 습기를 빌려 나는 것을 습생偉生, 아무것도 없는 상태에서 변화하여 생겨난 것을 화생化生이라 한다고 했다.

『황정경黃庭經』

도가의 경전 가운데 하나로, 원래는 『태상황정내경경太上黃庭內景經』과 『태상황정외경경太上黃庭外景經』이라는 두 권의 책으로 되어 있다. 이 책에 담긴 내용은 주로 양생수련養生修練의 방법들이라고 한다.

"할멈과 어린아이는 본래 다름이 없다네."(제3권 23회 63쪽)

시에서 '할멈'은 도교에서 신봉하는 비장脾臟의 신이다. 비장은 오행 가운데 토土에 속하고, 그 색은 황색이기 때문에 이런 명칭이 붙었다. 『서유기』에서 황파는 종종 사오정의 별칭으로 쓰인다. '어린아이'는 심장의 신으로, '적성동자赤城童子'라고도 한다. 심장을 상징하는 색은 적색이기 때문에 이런 명칭이 붙었다.

서유기 3

1판 1쇄 발행	2019년 11월 15일
1판 3쇄 발행	2024년 9월 20일

지은이	오승은
옮긴이	홍상훈 외
펴낸이	임양묵
펴낸곳	솔출판사

편집	윤정빈 임윤영
경영관리	박현주

주소	서울시 마포구 와우산로29가길 80(서교동)
전화	02-332-1526
팩스	02-332-1529
블로그	blog.naver.com/sol_book
이메일	solbook@solbook.co.kr
출판등록	1990년 9월 15일 제10-420호

ISBN	979-11-6020-107-9	(04820)
	979-11-6020-104-8	(세트)

• 잘못된 책은 구입한 곳에서 바꿔드립니다.
• 책값은 뒤표지에 표시되어 있습니다.